देवी

मृणाल पाण्डे

जन्म : 26 फरवरी, 1946 को टीकमगढ़, मध्य प्रदेश में।

शिक्षा : एम.ए. (अंग्रेजी साहित्य), प्रयाग विश्वविद्यालय, इलाहाबाद। गन्धर्व महाविद्यालय से 'संगीत विशारद' तथा कॉरकोरन स्कूल ऑफ आर्ट, वाशिंगटन में चित्रकला एवं डिजाइन का विधिवत् अध्ययन।

कई वर्ष विभिन्न विश्वविद्यालयों (प्रयाग, दिल्ली, भोपाल) में अध्यापन के बाद पत्रकारिता के क्षेत्र में आईं। *साप्ताहिक हिन्दुस्तान* व *वामा* की सम्पादक तथा *दैनिक हिन्दुस्तान* की कार्यकारी सम्पादक रहीं। *स्टार न्यूज* और *दूरदर्शन* के लिए हिन्दी समाचार बुलेटिन का सम्पादन किया। *दैनिक हिन्दुस्तान, कादम्बिनी* एवं *नन्दन* की प्रमुख सम्पादक रहीं।

प्रकाशित पुस्तकें : *विरुद्ध, पटरंगपुर पुराण, देवी, हमका दियो परदेस, अपनी गवाही* (उपन्यास); *दरम्यान, शब्दवेधी, एक नीच ट्रेजिडी, एक स्त्री का विदागीत, यानी कि एक बात थी, बचुली चौकीदारिन की कढ़ी, चार दिन की जवानी तेरी* (कहानी-संग्रह); *मौजूदा हालात को देखते हुए, जो राम रचि राखा, आदमी जो मछुआरा नहीं था, चोर निकल के भागा, सम्पूर्ण नाटक* (नाटक) और देवकीनन्दन खत्री के उपन्यास *काजर की कोठरी* का इसी नाम से नाट्य-रूपान्तरण, *परिधि पर स्त्री, स्त्री : देह की राजनीति से देश की राजनीति तक* (निबन्ध); *बन्द गलियों के विरुद्ध* (सम्पादन), *ओ उब्बीरी* (स्वास्थ्य)।

अंग्रेज़ी : *द सब्जेक्ट इज वूमन* (महिला-विषयक लेखों का संकलन), *द डॉटर्स डॉटर, माई ओन विटनेस* (उपन्यास), *देवी* (उपन्यास-रिपोर्ताज), *स्टेपिंग आउट : लाइफ एंड सेक्सुअलिटी इन रूरल इंडिया।*

सम्प्रति : अध्यक्ष, प्रसार भारती।

मृणाल पाण्डे

देवी

समयातीत गाथाएँ स्त्रियों की

अनुवाद

मधु बी. जोशी

राधाकृष्ण पेपरबैक्स

पहला पुस्तकालय संस्करण
राधाकृष्ण प्रकाशन प्राइवेट लिमिटेड द्वारा
1999 में प्रकाशित

राधाकृष्ण पेपरबैक्स में
पहला संस्करण : 2014

राधाकृष्ण पेपरबैक्स : उत्कृष्ट साहित्य के जनसुलभ संस्करण

राधाकृष्ण प्रकाशन प्राइवेट लिमिटेड
7/31, अंसारी मार्ग, दरियागंज
नई दिल्ली-110 002
द्वारा प्रकाशित

शाखाएँ : अशोक राजपथ, साइंस कॉलेज के सामने, पटना-800 006
पहली मंजिल, दरबारी बिल्डिंग, महात्मा गांधी मार्ग, इलाहाबाद-211 001
36 ए, शेक्सपियर सरणी, कोलकाता-700 017

वेबसाइट : www.radhakrishnaprakashan.com
ई-मेल : info@radhakrishnaprakashan.com

बी.के. ऑफसेट
नवीन शाहदरा, दिल्ली-110 032
द्वारा मुद्रित

मूल्य : ₹ 195

DEVI
by Mrinal Pandey

ISBN : 978-81-8361-661-4

माँ को
जिससे सीखा
कभी न डरना
प्यार या सत्ता से

अरविंद को
जिन्होंने मदद की
निपटने में इन दोनों से
रोज़मर्रा-ज़िंदगी में
बग़ैर किसी क्रोध और अपराध-बोध के

क्रम

प्रस्तावना

'स्त्रियाः समस्ताः सकला जगत्सु,
तव देवि रूपाः ...' (देवी महात्म्य 11.6)

अपने ज़माने के औसत परंपरावादी परिवारों में पली-बढ़ी सभी लड़कियों की तरह देवियों से हमारे घर की लड़कियों का सान्निध्य भी शुरू से काफ़ी गहरा रहा। हमारी भेंट रोज़ होती थी, पहले एक बार जब दिन शुरू होता और दोबारा जब वह जा ढलता। हम बच्चों को उनके आगे एक क़तार में खड़ा किया जाता। देवियों के हाथ सदा अभय मुद्रा में उठे रहते थे, और हमारे याचक की मुद्रा में गुँथे हुए। और इस सारी प्रक्रिया की सुपरवाइज़र होतीं हमारी नानी, जिन्हें हम आमा कहते थे। वे कमरे के पूजा वाले कोने में बाघंबर से ढँकी एक चौकी पर सुबह-सुबह बैठकर हर सुबह तरह-तरह की ध्वनियों से घर को गुंजायमान करतीं। उनका मंत्रोच्चार, पूजा के बरतन उठाने-धरने की खटपटाहट, जलधार की मृदुल ध्वनि, फिर एक बड़ी-सी तिब्बती पूजा की घंटी का घनघनाता नाद और सबसे अंत में आता उनके द्वारका वाले शंख का तुमुल-घोष—पुप्पूऽऽ प्पूऽऽ प्पूऽऽ। आवाज आई नहीं कि हम सबके लिए वहाँ जाकर हाथ जोड़ खड़ा होना अनिवार्य हो जाता। आमा प्रार्थना-मंत्र बुदबुदाती हुई आरती घुमातीं :

अन्तस्तेजं बहिस्तेजं एकीकृत्यामित प्रभो।
आरार्तिकमिदमदेव गृहाण मत्सिद्धये।।

एक बताशा मुँह में डाल आरती की जोत पर हथेलियाँ फिरा, कूदते हुए हम अपनी-अपनी लामबंदियों पर निकल जाते। तदुपरांत हमारा दिन देवी के हाथों सुरक्षित था। यही प्रक्रिया रात को फिर दोहराई जाती, और देवी का प्रताप एक कवच की तरह पहाड़ के भयानक भुतैले अंधकार और बुरे सपनों

के ख़िलाफ़ हम पर चढ़ा दिया जाता। इस तरह अब हमारी रातें भी देवी के हाथों सुरक्षित हो जातीं।

कश्मीर और उत्तराखंड से लेकर कन्याकुमारी तक और पश्चिम में हिमाचल से लेकर सुदूर उत्तर-पूर्वी राज्यों तक आर्य संस्कृति के आगमन से भी पहले से शक्ति के रूप में देवी की उपासना हमारे यहाँ निरंतर होती आई है। और हमारी बूढ़ी आमा की ही तरह लाखों-करोड़ों स्त्रियों का दृढ़ विश्वास रहा है कि इस मर्त्यलोक में अच्छा-बुरा जो भी उनके या उनके परिवार के साथ घटता है, उसकी नियन्ता और कोई नहीं, देवियाँ ही हैं। इन औरतों की उपासना-परिधि में ब्रह्मा, विष्णु, महेश की वृहत्त्रयी और उनके अनेकानेक अवतार तथा सहायक देवता बेदख़ल किए गए हों, ऐसा तो नहीं। लेकिन औरतों की पूजा और दैनिक जीवन में घर के मर्दों की ही तरह पितृतुल्य देवगण कुछ अधिक गंभीर, कुछ ज़्यादा ही कड़े क़ायदे-क़ानूनों में निबद्ध और तटस्थ होकर बिराजते हैं। देवियों से स्त्रियों का रिश्ता कहीं अधिक ऊष्मा-भरी अंतरंगता का रहा है क्योंकि कहीं-न-कहीं देवियाँ औरतों को बहुत सुपरिचित, बहुत विश्वसनीय और अपनी ही सरीखी प्रतीत होती हैं। अपने झनझनाते आक्रोश में, अपनी स्पर्धापूर्ण गुटबाज़ी में, अपने वैवाहिक जीवन के द्वंद्वात्मक भावावेश भरे क्षणों में, जो कुछ आम स्त्री में है, देवियों की गाथाओं में भी मौजूद है।

हमारी आमा की कहानियों की नायिका देवियाँ भी हमारे घर की औरतों की ही तरह दुर्धर्ष शक्ति और सुकुमार भोलेपन में एक विस्मयकारी सामंजस्य स्थापित करती थीं। अपने पति के साथ वे प्रायः आकाश-भ्रमण को निकलतीं और इन यात्राओं के दौरान नीचे इस नसीबों जले मर्त्यलोक में कोई-न-कोई हृदयद्रावक दृश्य ऐसा ज़रूर दिख जाता, जहाँ उन्हें पति का दैवी हस्तक्षेप अनिवार्य प्रतीत होता। उनके सत्तावान पति (हमारे परिचित पतियों, पिताओं की ही तरह) तनिक विद्रूप से मुसकराकर सलाह देते कि इन मूर्ख मानवों को मदद देना व्यर्थ है, उनके कर्मों का लेख तो उनको बारंबार वही मूर्खताएँ दोहराने को बाध्य करेगा। पर करुणामयी देवियाँ हठ पकड़ लेतीं। देखते-देखते उनके केशपाश खुल जाते, आँखों का काजल अश्रुधार में बह चलता और हिचकियाँ बँधने लगतीं। तब घर के पुरुषों की ही तरह उनके पति भी उसाँस छोड़कर उन अभागों से एवमस्तु कह ही तो देते और इसके साथ ही गोबर के ढेले सोने में बदलने लगते और ख़ाली पड़े कोठे-बखार भी धन-धान्य से

भरने लग जाते। लेकिन हम चतुर बाल श्रोता बख़ूबी समझ चुके थे कि उनकी संपन्नता टिकने वाली नहीं। मर्त्यलोकवासियों की अटल मूढ़ता और उनकी ललाट की लिपि के चलते देवी 'एवमस्तु' से भीख में मिला सुख भला कितनी दूर जाएगा ? कितना टिकेगा ?

यदि टिक ही जाता, तो फिर कर्म का चक्र कैसे घूमता भला ? और कैसे बनतीं कहानियाँ ? हुआ कि नहीं ?

सो कहानी का हुँकारा भरते हुए भी बच्चे सदा से जानते रहे हैं कि मात्र एवमस्तु का सहारा माँगने वाले मूढ़मति, ख़ुदगर्ज़ और आलसी रहेंगे सो रहेंगे, और आख़िर में फिर कोई कहेगा पुनर्मूषकोभव और वे मूषक बनकर ही रह जाएँगे जो वे मूलतः थे। भविष्य सिर्फ़ वे ही सँवार पाते हैं, जो अपने पैरों ख़ुद खड़े हों, और जो अपने पैरों ख़ुद खड़े हों, वे भगवान के भी आगे त्राहिमाम् की भीख माँगने नहीं जाते। वे तो सिर्फ़ कृतज्ञता-ज्ञापन करते आते हैं और फिर नई चुनौती का सामना करने जा निकलते हैं।

क़िस्सागोई मानवजाति के शुरुआती समय से औरतों के अनुभव, उनकी समझ और जीवनदर्शन का दर्पण रही है। हर देश में कथ्य भी वही हैं : परिवार, दारिद्रय, मेहनत, बँटवारा, न्याय बनाम अन्याय, ईश्वरीय हस्तक्षेप, परिवार ! इनका क्रम बदल सकता है, पर इन कथाओं का आकार हमेशा चक्राकार ही होगा।

चलिए ! आमा की पूजा-कोठरी की ओर फिर लौटें ! वहाँ विराजमान देवियाँ मोटे तौर से दो श्रेणियों में आती थीं : एक तो वे जो पूरी तरह आत्मसंभवा और एकल हैं। दूसरी वे जो घर-परिवार वाली हैं। एकल, आत्मसंभवाओं में तीन देवियाँ प्रमुख थीं– महालक्ष्मी, महाकाली और महासरस्वती। महालक्ष्मी अपने चित्रित गोचर रूप में राजा रवि वर्मा शैली की सुंदरी बनकर प्रस्तुत रहती थीं : लाल-सुर्ख़, सुनहली पाड़ वाली साड़ी और ढेरों-ढेर स्वर्णाभूषण पहने, कमल पर विराजमान ! उनके दोनों ओर दो हाथी सूँड़ों में कलश थामे उनका निरंतर जलाभिषेक करते रहते और चतुर्भुजा लक्ष्मी के दो खुले हाथों से सोने की झनाझन अशर्फ़ियाँ अजस्र निर्बाध झरती रहतीं। काली के दो रूप

थे—एक दुर्गा का, तो दूसरा महिषासुर-मर्दिनी का। कभी कोई गृह-सदस्य कलकत्ता से काँच की पिटारी में बंद वह प्रतिमा लाया होगा जिसमें खुले घुँघराले केश-जाल के बीच उग्र चेहरा धारे दुर्गा अपने दस हाथों में थमे खेटक, तोमर, मूसल वगैरा खनखनाती एक लंबे बर्छे से भैंसे के शरीर वाले महिषासुर का वध कर रही थीं। जबकि दुर्गा सिंह की सवारी गाँठे, हाथ में नंगी तलवार लिए फ्रेम में से हमें अभय हस्तमुद्रा से आश्वस्त करतीं।

इन तीनों में सबसे कम चर्चे सरस्वती के होते। सरस्वती का बड़ा-सा चित्र जो हमारे यहाँ था उसमें भी वह अपने सफ़ेद कपड़ों, निराभरण गंभीरता और आयुधविहीन हाथों में पुस्तक, वीणा और अक्षमाला के साथ अलग-थलग नज़र आतीं। घरेलू क़िस्म के तामझाम, रौबदाब या रक्तपात और भव्य उग्रता से भी उनका कोई संबंध नहीं बनता था। उनका हमारे इलाक़े में कोई मंदिर नहीं था। शायद उनको ज़रूरत ही नहीं थी उसकी भी।

परिचित घरेलूपने में सहज खपने वाली देवियों में एक तो थीं रामपंचायतन की सिया सुकुमारी ! राम के राज्याभिषेक के बाद अपने राजसी परिवार की जगर-मगर के बीच मुझे वे कुछ खोई-खोई और क्लांत-सी लगतीं, जैसे टोप. जैसे भारी स्वर्णमुकुट का बोझ ढोना उन्हें कष्टकर लग रहा हो। फिर भी ननदों की शादी में अपने कुछ ज़ेवर उतारकर काज कराने वाली घर की बहुओं की तरह एक सहमी-सलज्ज मुसकराहट उनके उदास चेहरे पर बिछी रहती थी।

सीताजी के ठीक विपरीत थीं, अपने अलमस्त पहाड़ी परिवार के बीच विराजमान पार्वती मैया ! उनके अलावा उनके उस मलंग शिव-परिवार के सदस्य थे भाँग-धतूरे के रसिक सर्प और भस्मभूषित अंगांग वाले उनके सदा बम-बम पति भोलेनाथ शिव और उनके दो उतने ही मलंग मस्त बेटे—गणेश और कार्तिकेय ! हमारे घर की औरतों की ही तरह पार्वती भरे-पूरे बदन की और मातृमुखी महिला थीं, और चूँकि वे हमारी यानी पहाड़ियों के घर की बेटी थीं, उनका हर 'काज' अतिरिक्त धूमधाम से मनाया जाएगा यह तय था ही था। बड़े यत्न से छोटे-छोटे रुई के टुकड़ों समेत गूँधे गए चिकनी मिट्टी के लोंदों से यह शिव-परिवार घर की महिलाओं के कुशल हाथों से हर वर्ष श्रावण मास में आकार पाता था। एक बार जब यह 'डिकारे' सूख जाते, तो रंग भरने की बारी आती और हमें बुलाया जाता। पार्वती का रंग था खड़िया-गोरा और उनकी विराट् रंध्रों वाली नासिका में पहनाई जाती एक डगाडग्ग नथ ! इस

नाक के वार-पार बनतीं दो मछलियों जैसी स्याह आँखें और फिर बीच में जुड़ी उनकी भँवें काली रोशनाई और रुई की फुरहरियों से खींची जातीं। फिर महावर में भीगी एक अन्य फुरहरी से बनती उनकी वह सदाबहार आहाहा वाली मुसकान, और ललाट पर लंबी सीमंत रेखा ! पार्वती भी हमारी माँओं की तरह ही अपनी विकलांग संतति गणेश के प्रति तनिक अधिक पक्षपातपूर्ण रवैया रखती थीं, इसलिए हर बार उसकी गोद में बबुआ बनकर बैठने का सौभाग्य मिलता गणेश को (आहा बाप ने तो बिचारे का सिर काटके भनका दिया हो, वो तो महतारी के रोने-धोने के बाद खपाट्ट से हाथी का ये सिर काटके रोपा ठहरा) ! बहरहाल पार्वती का पुरुष सौंदर्य का उपमान सरीखा अन्य पुत्र कार्तिकेय बेचारा हमेशा बाप-माँ के बीच थच्च से हिमालय की पथरीली ज़मीन पर बिठाया जाता। संग में खड़े किए जाते शिव का नंदी, गणेश का मूषक और कार्तिकेय का वाहन मोर !

और हाँ, फिर षोडश मातृकाएँ भी तो थीं घर में। हर नवजात के आगमन पर वे हाथ के रँगे पीले कपड़े पर सोलह लाल बिंदुओं के रुपए पंचामृत और अक्षत-कुंकुम से पूजी जाती थीं। यदि बेटा हुआ हो, तो सौरी घर के द्वार पर नवजात शिशु और उसकी माँ को राहु जैसे पाप ग्रहों और इन मातृकाओं की उग्रता से बचाने के लिए टोटके के रूप में एक धनुष-बाण टाँग दिया जाता ! न टाँगो तो भय था कि धनुषटंकार, ज्वर-ताप, उल्टी-दस्त, छोटी या बड़ी माता किसी भी रूप में यह ख़ुराफाती देवी-तत्त्व नवजात बालक का जीना हराम कर सकती थी। वैसे यह धनुषबाण भी तो हमेशा इन दुर्निवार आपदाओं को कहाँ टाल पाते थे, पर फिर भी। लिहाज़ा जब नवजात नींद में हँसता तो दादियाँ खराब मुँह बनाकर कहतीं देखो मातृकाएँ कैसा खिला रही हैं बेचारे को, अब हो न हो रोता हुआ जागेगा। पिंडा देखो, कहीं तप तो नहीं रहा ? हमें बताया जाता था कि बालकों को कुछ ज़्यादा ही सताती हैं मातृकाएँ, बालक ज़्यादा अनमोल जो होने वाले हुए, सो बालक को कष्ट पाता देख घर वालों को ज़्यादा कष्ट होने वाला हुआ। बालिकाओं का क्या ? उनकी ओर तो मातृकाएँ भी नहीं देखने वाली हुईं तभी झपाझप सिसूण (एक घास) की झाँप, खरपतवार जैसी बढ़ जाने वाली हुईं लड़कियाँ ! लड़कों को मातर (अलबत्ता) सौ-सौ निहोरे करके पालना हुआ ! कई चतुरा दादियाँ मातृकाओं को भरमाने के लिए नवजात बालक को झबला पहनाकर हाथ में लोहे या मोती की चूड़ी भी पहना

देने वाली हुईं ! लड़कियों की वेशभूषा से लड़कियों को जितनी हिकारत मिलती हो, लड़कों की उम्र दराज हो जाती है, ऐसा मानना आम था।

लड़कियों का स्वागत भले हो न हो, उनके लिए सदा अच्छी ही नहीं अति अच्छी बनना ज़रूरी हुआ ! सावित्री हुई जैसेकि, और नंदा-सुनंदा हुईं। पर घर के अंदर इनकी पूजा जहाँ औरतें ही करने वाली हुईं, घर बाहर की पूजा पर एकछत्र अधिकार ठहरा मर्दों का ! शारदीय नवरात्रि पर नंदा देवी का मेला भरता, रात-रात-भर गाँव वालों के ठट्ठ नाचते-गाते, धूम मचाते उत्तराखंड की रक्षिका नंदा देवी की आराधना करते ! पूजन के उपसंहार में देवी के आगे जतिया (भैंसा) कटता और फिर धूमधाम से विसर्जन के लिए नंदा और उसकी बहन सुनंदा का डोला पुरुष कहारों के कंधों पर चढ़कर जलस्रोत की ओर वैसे ही विदा किया जाता जैसे मायके आई बेटियों को प्रकट में सम्मान सहित और परोक्ष में छुटकारे की साँस लेकर पठाया जाता है। प्रकट में कहते, फिर आना लली, और प्रच्छन्न में, 'जहाँ हो वहीं सुखी रहो।' गच्छ-गच्छ स्वस्थानं सुरेश्वरि, यत्र ब्रह्मादयो देवा : तत्र गच्छ...। यहाँ तुम्हारा अन्न-जल अब जो क्या रहा ?

पुरुषों ने युग-युगों से जो अपनी बेटियों के साथ किया वही तो वे देवियों के साथ भी करेंगे न ! मेरा बालमन कहता ! जो भी हो यह यक़ीन मुझमें हमेशा रहता कि चाम्मड़े दुबले चेहरे वाली कुरूप खष्टी देवी से लेकर भारी कूल्हों और स्तनों वाली यक्षिणियों तक ये समस्त देवियाँ और उपदेवियाँ कहीं ख़ासतौर से मेरा ध्यान रखती होंगी। मैं भी तो उनकी ही तरह पहाड़ की ही लड़की हूँ न ! जो भी लड़ाई-भिड़ाई, द्वंद्व-विजय उन्हें करनी हो, कहीं बीच में मेरी माँ की ही तरह पसीना पोंछती एक नज़र वे ज़रूर मुझ पर फेंकती होंगी, खिझलाई, पर प्यार से भरी हुई—अब क्या करो इसका ? हुई तो अपनी ही ना, कहकर !

ज्यों-ज्यों उम्र बढ़ी, मुझे यह भी लगने लगा कि जैसे अपनी माँ को लेकर निरर्थक भावुक नहीं हुआ जा सकता वैसे ही देवियों के साथ भी होता है। युगों-युगों से करोड़ों-अरबों स्त्रियों ने इन देवियों की वंदना की है, कभी अपने और अपनों के भले के लिए, कभी रक्षा के लिए, लेकिन मूल में वही भावना कि एक भरोसा, एक बल, एक आस-विश्वास लिए चातक तुलसी के लिए जैसे राम थे, वैसे ही हमारे लिए थीं ये लक्ष-कोटि देवियाँ ! कारण ढूँढ़ना कठिन नहीं। हममें से अधिसंख्य लड़कियाँ जब से होश सँभालती हैं, अपने को औरतों

से ही घिरा पाती हैं। ये वे औरतें हैं जिनमें से अधिकतर के पास कोई अधिकार, कोई स्वतंत्र व्यक्तित्व या स्वतंत्र नज़रिया नहीं होता। लड़कों के विपरीत वयःसंधि की बेला में हमें अपने आगे रखने को स्त्रियों में अपना कोई सकारात्मक मॉडल नहीं दिखाई देता। हाँ, नकारात्मक कहिए तो ढेरों मिल जाएँगे ! इसी के साथ यह अहसास भी निरंतर हमें होता रहता है कि हमारे न चाहते हुए भी कई सामाजिक दबाव बड़े नामालूम ढंग से धकियाकर हमें अहर्निश चपटा, दब्बू, कातर और मौन बनाने में जुटे हुए हैं। हर कहीं उच्च शिक्षा की गंभीर दुनिया से हमें काटा जा रहा है (बहुत पढ़कर क्या करोगी ? रोटी ही तो बेलना है, दाल ही तो उबालना है ? वर ढूँढ़ना कठिन होता है बहुत पक्की पौढ़ी के लिए)। होते-होते हममें से अधिकतर लड़कियाँ समाज-स्वीकृत, महिला बनने की प्रक्रिया में अपने उलझे-उलझे पर जायज़ विचारों को भी सुलझाकर बिना खीजे, बिना शरमाए स्पष्ट तर्कसंगत रूप से प्रस्तुत करने की क्षमता से हाथ धो बैठती हैं। फिर कहा जाता है, ये कमअक्ल हैं। हज़ारों क़िस्से हैं उन लड़कियों के जो स्कूली पढ़ाई पूरी करने के बाद भी सार्वजनिक रूप से बोलते हुए बुरी तरह हकलाने लगती हैं, जो ऊँची कॉलेजिया तालीम पाने के बाद भी अपने पुरुष प्रतिस्पर्धियों की तुलना में लगातार एक हीनता का बोध अनुभव करती हैं, और ऑफिस का काम ज्यों-त्यों निबटाकर घर भागने में ही राहत पाती हैं ! दम-ख़म के साथ ज़ोरों से बोलना, हममें से अधिकतर के लिए वैसा ही अकल्पनीय बनता जाता है जैसे ठठाकर हँसना !

इन पहले ज़बरन बिसराए और फिर स्वेच्छा से त्यागे गए मानवीय तेवरों को देवियाँ हममें पुनर्स्थापित करती हैं ! पर हममें से सिर्फ़ उन्हीं में, जो समझ-बूझकर उन्हें यह करने देती हैं। हमारे आगे एक और लक्ष्मी का आदर्श है, जो सिर्फ़ उद्योगी पुरुष सिंह की ही ओर आँख उठाकर देखती हैं; मूर्खों, आलस्य और प्रमाद के मारों को ऐसे त्याग देती हैं जैसे कमलदल जलकणों को ! दूसरी ओर पर्वतकन्या पार्वती है, झरने जैसी खुली कलकल हँसी हँसने वाली पार्वती, जो बातों-बातों में अपने उबटन से अपने स्नानगृह की निगरानी को एक बालक की सृष्टि कर देती हैं। फिर बुद्धि की दीप्ति से उज्ज्वल माथे वाली अंतर्मुखी मितभाषी सरस्वती हैं, जब चाहे अपनी वीणा और पुस्तक उठाकर असंपृक्त भाव से सारे दुनियावी आभरणों, ताम-झाम और चमक-दमक को त्यागकर स्वेच्छा से वनोपवन और नदी-तट में उन्मुक्त विचरण के लिए

चल देती हैं, बिना किसी जवाबदेही, बिना ग्लानि-भाव के।

ये वे तमाम स्त्री-शक्तियाँ हैं जिन्हें देवता भी नियंत्रित करने में असमर्थ हैं। अपनी बुद्धि, वाक्चातुर्य और स्वाश्रयी कर्मठता से इन देवियों ने दुनिया-भर की स्त्रियों के लिए युग-युगों से भावनाओं के जटिल स्वर-मंडल को अपने सभी वादी-विवादी और अनुवादी स्वरों के साथ प्रस्तुत कर रखा है। इन्हीं का प्रताप है कि हर तरह की भवबाधा और नकारात्मक दबावों के बावजूद युग-युगों से पूरी स्त्री-जाति जीवन की जटिलताओं से सफलतापूर्वक जूझ पाई है, अन्यायों को भुलाकर पुरुषों की मूर्खताओं को क्षमा कर उनसे सच्चा प्रेम कर पाई है। यदि पुरुष यह सब भोगते तो क्या वे कभी भी स्त्रियों से सच्चा प्रेम कर सकते ?

स्त्रियाँ क्षमा कर पाईं, इसीलिए हम हैं। सभ्यताएँ हैं। पृथ्वी है। राज चाहे जिस किसी का हो, हमारे देश में हर तरह ईमानदार मतांतरवादियों को एक प्रकार की बौद्धिक स्वायत्तता हासिल रही है। इसलिए देवियों के हर उपासक के लिए किसी ख़ास प्रकार का भगवा पट्टा सिर या बाँह पर बाँधना या भोंपू लगाकर 'माता की (बेसुरी) भेंटें' गाना या नौ दिन का उपवास रखकर नवरात्रि में ध्यान-साधना क़तई ज़रूरी नहीं है। ऐसा कुछ न करते हुए भी देवी सूक्त या दुर्गासप्तशती में निहित कविता या गंगालहरी के तरल माधुर्य का आस्वादन कर पाना संभव है। इसी तरह जटा-जूट खोले बर्राती हुई किसी दलित ग्रामीण महिला के ऊपर 'उतरी' हुई देवी के आगे आबाल वृद्ध तमाम जातियों, धर्मों के लोगों का सादर साष्टांग करना, दंडवत देवी को शराब कंचुकी से लेकर सिंदूर तक चढ़ाना, उसके कुल्ले के छींटे सादर स्वीकारना भी नितांत विश्वसनीय और तर्कसंगत ठहरता है।

स्वेच्छाचारी देवियों के ऐसे निरंतर, भ्रमणशील, उन्मुक्त और अबाधित आचरण के बावजूद, जो स्वयं उनके लिए अकल्पनीय है, यदि हमारी लक्ष-कोटि महिलाएँ उन पर अटूट आस्था बनाए हुए हैं, तो उसकी एक बड़ी वजह यही है कि ऐसे आचरण और स्पष्टवादिता में कहीं वे अपने कुंठित-दमित जीवन का बहुत कुछ अनकहा और अनकिया छूट गया, उजागर होते देखती हैं। जिस समाज में स्त्रियों के लिए जब मन चाहे ढेला-गुलेल उठाकर पेड़ों पर धमाधम जा चढ़ना, चाय की दूकान पर घंटों उन्मुक्त ठहाकों के बीच जमकर अड्डेबाज़ी करना, खुली नदी में मन होने पर मन भरकर नहाना जैसे सहज काम, एक

आकर्षक, पर अकल्पनीय स्वप्नमात्र बना दिए गए हों, वहाँ उनका सामूहिक रूप से बाल खोले, त्रिशूल, वीणा, पुस्तक, खप्पड़ या मदिरापात्र हाथ में लिए लोलजिव्हा वाली, रक्तदंतिका, ठठाकर हँसने या गला फाड़कर हुंकार करने वाली देवियों के माध्यम से अपनी गुप्त इच्छाओं, आकांक्षाओं को तर्कसंगत ही नहीं पूज्य बनाकर उनका सार्वजनिक समारोह करना नितांत तर्कसंगत ही तो ठहरता है।

लेकिन हाँ, शक्ति पाना एक बात है, और उसका सक्षम निर्वाह कर सकना दूसरी ! स्त्री हो या पुरुष, दुर्गा की तरह शक्तिरूपी शेर की सवारी करने वाले हर व्यक्ति में एक प्रकार का अक्खड़ और विकट स्वाभिमान, एक सतत जागरूक चौकन्ना तेवर और एकाकी भ्रमणपरकता का गुण होना अनिवार्य है ! शक्ति की सवारी का सीधा अर्थ है, तमाम सुरक्षात्मक खोहों को त्यागकर उन्मुक्त लेकिन हर तरह के ख़तरे से लैस वातावरण में पैठ बनाना। यहाँ सुरक्षा नहीं, परिचित भाषा नहीं, एक ख़ास तरह के परिचित मित्र भी नहीं, लेकिन है एक अनहद अकाट्य स्वतंत्रता। देवियों की गाथाओं का अवगाहन हमें सदा उसी चुनौती-भरी दिशा में ले जाता है, जहाँ हमें अक्षर-माला पुनः नए सिरे से पढ़नी होती है। परिचित शब्दों की अर्थहीनता को समझ पूरी वर्णमाला को ही नए ढंग से टटोलना होता है।

मेरी माँ 'शिवानी' का जन्म 30 के दशक में बेहद रूढ़िवादी और उतने ही संपन्न परिवार में हुआ था। अपने समय और परंपरा के तमाम बंधन तोड़कर उन्मुक्त बौद्धिक विकास का दुर्लभ मौक़ा उनको मिला, जब उनको अपनी बड़ी बहन जयंती और भाई त्रिभुवन के साथ गुरुदेव रवींद्रनाथ टैगोर के शांति-निकेतन में दाख़िला दिलवाया गया। इसके बाद एक दशक से भी अधिक वे उस उन्मुक्त हवा में रहीं, और उसी हवा ने उनके व्यक्तित्व को अंतिम आकार दिया।

जब हम लोग बड़े हो रहे थे, मेरी यादों में माँ के गिर्द उसकी अपनी बौद्धिक श्रेष्ठता एक व्याघ्रचर्म की तरह लिपटी रहती थी। एक अजीब तरह से यह उसे घर-परिवार और परिचित समाज की और औरतों से भिन्न बनाता

था, और हमें यानी उसकी बेटियों को एक अजीब ढंग से शर्मसार करता था। तब जो सामाजिक रूढ़ियाँ खौंरहें कुत्तों की तरह विकराल दाँत और जीभ खोले भले घरों की औरतों के आसपास मँडराती रहतीं, उन्हें माँ का यह आवरण बड़ी हिकारत से दूर हँकाल देता था। और यही कारण था कि भय, मात्सर्य और निरर्थक परनिर्भरता से मुक्त होकर वह अपने मानसिक संसार में सदा खुलेपन से विचरती हुई, अपनी रचनाशीलता की क्षमता को उजागर कर सकी। माँ की वह रूखी तटस्थता और स्पष्टवादिता, जो उसे अन्य औरतों के लिए आलोचना और हमारे लिए शर्म और आत्मसजगता का बायस बनती थी, दरअसल एक आवश्यक जिरह-बख़्तर था, जिसे पहनना उसकी पीढ़ी और सामाजिक तबके की महिला कलाकार के लिए बेहद ज़रूरी था। बाद को उसी गुण के दर्शन मैंने उसकी अन्य समकालीन कला-बांधवियों, स्व. महादेवी वर्मा, अमृता प्रीतम, पुपुल जयकर, नर्तकी मृणालिनी साराभाई और गायिका दीपाली नाग के व्यक्तित्व में भी किए।

तो माँ लिखती रही और रेडियो पर पाठ भी करती रही। और उसके माध्यम से हमारा रिश्ता बड़ी सहजता से उस समय के बेहतरीन रचनात्मक साहित्य-संगीत से होता गया, भले ही घर के लोगों में इस कलावादिता से लड़कियों के बिगड़ने या 'चीप' बनने की आशंका पर ज़ोरों से खुसुर-पुसुर होती रहती। यह माँ का ही ज़हूरा था कि हम, उसकी बेटियाँ घरेलू तर्ज़ की सिलाई-बुनाई सीखने की बजाए अपना समय पढ़ाई-लिखाई, संगीत और साहित्य की साधना में बिता सकीं। ससुर के घर जाकर हमारी जैसी 'मट्ठ' लड़कियों का कैसा दुखद हश्र होगा, इसके बारे में घर की औरतों ने हमें काफ़ी त्रासद चित्र लगातार थमाए। लेकिन माँ का कवच हमें उस बाँझ भय से लैस दुनिया से लगातार बचाता रहा, जहाँ कुँआरी लड़कियों को दब-ढँककर रहना, बहुत कम बोलना और बहुत ग़म खाना सिखाया जाता है।

जैसाकि बेटियों का स्वभाव होता है, शुरू में हम बहनें भी माँ के अलगाववादी दर्शन की समर्थक नहीं थीं। मुझे जहाँ तक याद पड़ता है, माँ की हमारे पठन-पाठन को लेकर व्यग्रता और उत्सुक निगरानी हमें अकसर उकताहट या चिड़चिड़ाहट से भर देते थे। लेकिन आज हम बहनें उसके उस दुर्लभ उपहार की ही मार्फ़त अपने व्यक्तित्व में दैवत्व के उसी अग्नि-स्फुल्लिंग का स्पर्श महसूस करती हैं। यह भी याद है, जब मैं अपने अंतर्मुखी बचपन

के दौरान अकसर घर के बड़े-बूढ़ों से लेकर बच्चों के गिरोहों तक के साथ अपने लगातार चल रहे अघोषित युद्धों से जूझती हुई अकसर रात को सपनों में चीख़ मारकर आसपास सोयों को जगा देती थी, तो माँ ने ही मुझे सोने से पहले रोज़ मार्कण्डेय पुराण के देवी-कवच का पाठ करना सिखाया था। मुझे बताया गया कि हाथ-पैर धोकर और कुल्ला कर पहले मैं उन श्लोकों का पाठ करूँ और फिर नीचे दिए गए उसके हिंदी भावार्थ को समझूँ और फिर उस पाठ की पुस्तक को तकिए के नीचे रखकर टप्प से सो जाऊँ। यह तरीक़ा कारगर रहा। कम-से-कम रातों को। दिन के उजाले में मेरी झड़पें और युद्ध बदस्तूर जारी रहे क्योंकि ऐसे पेचीदा प्रकरणों को सुलझाने के लिए माँ के पास तब न वक़्त होता था, न ही इच्छा।

एक बार जब अक्षरों की दुनिया से मेरा परिचय बन गया तो धीमे-धीमे मैंने पाया कि कैसे इसी वाक् की सहायता से मेरी ही जैसी लाखों-करोड़ों लड़कियों-औरतों ने ख़ौफ़नाक चुप्पी से भरी अज्ञान की उस हवालात से मुक्ति पाई होगी, कि कैसे देवियों का नाम-स्मरण एक सिरे से स्वतः अपने तमाम पर्वतों, नदियों, झीलों और सागरों का भी स्मरण करना बनता चला जाता है और कैसे ये सब शब्द हमें एक क़ुतुबनुमा की डिबिया की तरह लगातार दिशाबोध देते रहते हैं।

नवदुर्गा, दस भैरवियाँ, षोडश मातृकाएँ, असंख्य ग्रामदेवियाँ—इन सबका स्मरण करना अपने चारों ओर फैली अनगिनत राहों का संधान कर लेना है। एक बिंदु वह भी आता है जब इन तमाम गाथाओं के विराट दिक्-काल में मनों का एक-दूसरे को टोहकर परस्पर विलय हो जाता है। और, उस घड़ी इन कालातीत गाथाओं के महोदधि में हमें अपने समय के बिंब स्पष्ट झलकते दीखते हैं।

यही सब विचार और अहसास थे जिन्होंने कालांतर में मुझे लेखिका और पत्रकार बनने की प्रेरणा दी। लेकिन विडंबना देखिए, जब मैं पत्रकारिता के क्षेत्र में आई तो माँ ख़ासी त्रस्त हुई। उसे लगा कि अब मैं न तो अपने माँ और पत्नी के कर्त्तव्य ठीक-ठाक निभा सकूँगी, और न ही कलाकार और लेखिका के रूप में अपनी क्षमताओं को पूर्णरूपेण उजागर कर पाऊँगी। एक अरसे तक जैसे-जैसे मेरा कार्यकारी जीवन उसके अपने जीवन के अनुभवों और टकरावों को दोहराता गया, माँ का भय बढ़ता रहा। एक के बाद एक पुरुषों

के वर्चस्व वाले क्षेत्रों में एक बुलडोज़र की तरह मैं भी प्रवेश करती गई, मेरी स्पष्टवादिता ने भी वरिष्ठजनों, गुरुजनों को ख़फ़ा किया और मैं भी स्त्रियों के लिए तब लगभग अकल्पनीय धनराशि कमाने लगी।

लेकिन अपनी माँ की ही तरह इस सबके बावजूद मेरा अस्तित्व नष्ट नहीं हुआ, उसी तरह जैसे अरेबियन नाइट्स की कथावाचिका शहरज़ाद का नहीं हुआ था, और द्वात्रिंश पुत्तलिका गाथाओं की वे बत्तीस पुतलियाँ भी तो बच निकली थीं, जो विक्रमादित्य की गाथाओं का स्वर्णसिंहासन सदियों तक अपने कंधों पर ढोती रही थीं। अंत में जाकर हम सब कथाकारों को हमारी अपनी कथाओं ने ही इन दुर्वह दबावों से मुक्ति दी थी। वह क्षमता दी थी कि आसपास बिखरे तमाम तरह के दुर्निवार प्रपंचों, बोझों, आकर्षणों की अनदेखी कर हम अपनी कहानियाँ कहती चली जाएँ।

पर कहीं शायद यह दुनियावी प्रपंच और आकर्षण ही थे, जिन्होंने तमाम पुरानी कथाओं के रक्त-मांस-हाड़ खोजकर उनको पुनः सिरजने की क्षमता भी हममें जाग्रत की थी।

कौन जाने ? हम तो सिर्फ़ इतना ही जानती हैं कि हमारी देवी की महागाथा और मानवीय गाथाएँ—दोनों निरंतर एक साथ चलती हैं, एक-दूसरी में लगातार सीझती-भीगती हुईं।

आज, जबकि मेरी बेटियाँ भी वयस्क होकर मेरी ही तरह अपने-अपने कैरियर के संधान में दूर-दराज़ चली गई हैं, मैं भी अकसर अपनी माँ की तरह बैठी सोचती रहती हूँ कि हमारी इन निरंतर चलायमान अबूझ ज़िंदगियों में अब आगे क्या घटेगा भला ? क्या एक बिंदु पर आकर मेरी बेटियाँ इस बीहड़, लगभग त्रासद विरासत को त्यागकर सामान्य स्त्रियों की तरह बनना चाहेंगी ? या अचानक एक दिन मुझे एक पत्र मिलेगा या फ़ोन आएगा जिसमें वे मुझे बताएँगी कि किस तरह उन्होंने एक बड़ा फ़ैसला ले लिया या कि नहीं लिया क्योंकि वे मेरी बेटियाँ हैं। उनके जीवन के महत्त्वपूर्ण फ़ैसले कई ऐसी मान्यताओं के आधार पर लिए जाएँगे, जिन्हें मैं नहीं समझ सकती, और माँ तो एकदम नहीं। पर फिर भी हम जानती हैं कि इन तमाम फ़ैसलों में कहीं हम तीनों पीढ़ियों का जीवन अनिवार्यतः गुँथा हुआ है। रात-रात-भर जगाए रखकर यह ख़याल हम सबका पीछा करता है। क्लांत शरीर भले ही विश्राम करता हो, मन तो चंचल तुरंग बना ही रहता है न ?

हम सबके जीवन में वे घड़ियाँ भी आती हैं जब हम गतिशील होना चाहती हैं, लेकिन सवाल उठता है कि सही दिशा और मूल्यों की परख कैसे की जाए ? उस घड़ी हमें एक बुनियादी कसौटी की सख़्त ज़रूरत होती है, जिसके आधार पर हम ख़ुद जाँच-परखकर अपने और दूसरों के विचित्र-से-विचित्र मानवीय को भी उसके सही संदर्भ के चौखटे में मढ़कर उसको सही तरह आँक पाएँ। और हाँ, अनेक बार यह भी लगता है कि विपरीतगामी और अबूझ भावनाएँ हमारे अंतर्मन को मथकर उसे जैसे दो फाड़ कर देंगी :

सुनहु तात यह अकथ कहानी,
समुझत बनत न जाय बखानी।

सभी कथावाचक इस बात की पुष्टि करते हैं कि देवी की गाथाएँ निरंतर परिवर्तनशील हैं। आप कभी उनको दो बार एक ही तरह से नहीं भेंटते। कुछ कहानियाँ अन्य कहानियों की तुलना में अधिक पठनीय या श्रवणीय हो सकती हैं, कई हमारा ध्यान छू-भर पाती हैं और कई तो बस इस कान से भीतर पैठीं, और उस कान से बाहर हुईं। लेकिन अचानक निशा-जागृति के उन एकाकी क्षणों में, जब कथाकार का मन-तुरंग बाग तुड़ाकर भाग रहा हो तो एक-एक कर ये सभी गाथाएँ, विवरण, पात्र मन की आँखों के आगे से गुज़रने लगते हैं।...सुनहु तात यह अकथ कहानी...ये अकथ कहानियाँ हमें अकसर छोटे-छोटे झुंडों में विचरती मिल जाती हैं।

बंद दरवाज़ों के पीछे औरतें, चुपचाप रोतीं औरतें, अनंत राहों पर जंगल-पर्वतों के बीच यात्रा करतीं औरतें, ठठाकर हँसतीं औरतें, औरतें जिन पर देवी 'सवार' है। इन सबकी गाथाएँ बाँचना सदियों के महाश्मशान में फैली अपनी अनेक पीढ़ियों के फूल बीनना है। महाकाली और नवदुर्गा के लोक में प्रवेश करना है जहाँ स्त्रियाँ पागल घड़ियों की तरह टिकटिकाती हुई अपने काल का अलग से सृजन करती हैं।

शैलपुत्री—पर्वतों की बाग़ी बेटी, ब्रह्मचारिणी, एकाकी आत्मा जिसने निस्संग रहना तय किया है; चंद्रघंटा—जिसने चंद्रमा को अपने गले में एक घंटी की तरह बाँध लिया है; कूष्मांडा—वह जो कोख में अजन्मे भ्रूण की ऊष्मा का स्रोत है; स्कंदमाता—देवताओं के सेनापति स्कंद की माँ; कात्यायनी—जिसने कात्यायन सरीखे राक्षस का वध किया; कालरात्रि—जो सृष्टि की अंतिम रात्रि का भयावह स्वरूप है; गौरवर्णा दिव्य महागौरी और सिद्धिदात्री—सभी वरों को देने वालीं :

अग्निना दह्यमानस्तु शत्रुमध्ये गतो रणे,
विषमे दुर्गमे चैव भयार्ता : शरणं गता।
न तेषां जायते किंचिद् अशुभं रण संकटे
संग्रामे संकटे चैव विघ्नस्तस्य न जायते।।

भारतीय स्त्रियों के लिए देवियों की उपस्थिति जीवन का अपरिहार्य अंग है। वे सामान्य भी हैं, दिव्य भी, और जाने-अजाने सभी स्त्रियाँ निरंतर इस देवी-तत्त्व से अनुप्राणित होती रहती हैं।

कोशिश तो पुरुषों ने भी काफ़ी की है, देवी को आश्वस्त करने की कि वे भी उनके भक्त हैं, और उनकी तृप्ति के लिए वे चाहते हैं कि देवी अपना उग्र स्वरूप तजकर करुणामयी वत्सला माँ के रूप में ही उनके पास आए। अधिसंख्य देवियाँ चूँकि निःसंतान हैं, अतः पुरुषों में एक बड़ी चतुर साध है कि वे स्वयं उनकी अनुपस्थित संतति का स्थान ग्रहण कर लें। और इसी से उन्होंने अपनी इच्छानुसार माँ का एक मिथक गढ़ लिया है, जो पुत्रों के प्रति विशेष रूप से वत्सला है और अपनी तमाम शक्ति और तेज के बावजूद पुत्रों के पापों को लेकर सतत क्षमाशील और प्रेममयी बनी रहेगी।

'कुपुत्रो जायेत् क्वचिदपि कुमाता न भवति।'

देवी को सिर्फ़ पुरुषों की थाती और संरक्षिका के रूप में सीमित करने के लिए मिथकों की कार्यशाला में असंख्य नई गाथाएँ ठोंक-पीटकर सिरजी गई हैं। एक क्रूर और ठंडी स्वार्थपरता के साथ ये गाथाएँ देवी की वास्तविक गाथाओं को अपदस्थ करके उनको विस्मृति के गर्त में धकेलती जा रही हैं। कर्कश लाउडस्पीकर जगह-जगह इन विकृत गाथाओं से आधुनिक 'भेंटों' और माता के पुत्रों की आरती के रूप में गढ़कर उनसे चहुँदिशि को गुंजायमान कर रहे हैं। वह माता जो सिर्फ़ पुत्रों की जननी है, जो निरंतर उनके घर की चहारदीवारी में एक चट्टान की तरह अडिग खड़ी है। दिन-रात टेलीविज़न और फिल्में उन उदात्त असली गाथाओं को निचोड़कर ऐसे-ऐसे सीरियल बना रहे हैं जिनमें देवी पुरुषों के लिए धन, संपत्ति और प्रतिशोध पाने का एक स्रोत मात्र बनकर रह गई है। इन नव-गाथाओं में देवी का जो स्वरूप चित्रित है उसमें वह लक-दक लाल साड़ी पहने, गहनों से लैस मिमियाती माँ बनकर रह जाती है जो मारती नहीं, सिर्फ़ दुलारती है, तुम कैसा कुछ भी क्यों न करो। देवी की वह उड़ती केशराशि, मद्यपान से लाल हुईं आँखें, वह उग्र और दहलाने

वाला अट्टहास, अर्द्धनग्न शरीर पर झूलते शस्त्रास्त्र और रुंड-मुंड जैसे उपादान, वह लोल जिव्हा, इन चित्रों में कहीं भी मौजूद नहीं हैं। ऐसे-ऐसे भजन गढ़े जा रहे हैं जिनमें माता से कहा जा रहा है कि वे गायक, भक्त के मार्बल चिप्स के फ़र्शवाला मकान गढ़ा दें, या वे हाथ में तलवार उठाकर भारतम् पर म्लेच्छों का रक्त बहा दें, अनब्याही बेटियों को वर दिला दें...

हम, जो कथावाचिकाएँ हैं, इन सब प्रपंचों की मार्फ़त माँ के नाम की ओट में ज़मीन हड़पने वाले भू-माफिया, भ्रष्ट-निरंकुश राजनेताओं, ग्रामीण इलाक़ों के बौराए नवधनाढ्यों और पीत पत्रकारिता में बैठे इन सबके पिट्ठू पत्रकारों की एक बड़ी जमात को एक संयुक्त तंत्र बनाते देख सकती हैं। वे मँडराते फिरते हैं कि मूल गाथाओं में उन्हें कहीं झाँक दीख जाए तो वे सेंध लगाकर सत्य की जगह असत्य को स्थापित कर दें। चटपट।

झूठ के इस मँडराते कुहासे से बाहर उबरने को हम कथाकारों के पास सिर्फ़ एक बेचैनी है जो हमारी मज्जा में अहर्निश कुलबुलाकर कह रही है—भाग ! भाग ! भाग !

भाग ! भाग ! भाग ! कथाएँ कहती हैं।

चलो ! चलो ! चलो ! देवी कहती है।

और फिर एक दिन हम क़लम उठाकर लिखने बैठ जाती हैं।

हम लिखती हैं, उस पर जो घट रहा है, और जो अब नहीं घट सकता। हम लिखती हैं, अपनी माँओं के बारे में जो सृष्टि के सृजन को छड़ी से पका रही हैं, परस रही हैं, सफ़ाई कर रही हैं। हम आदेश में स्वर ऊँचा किए पिताओं के बारे में लिखती हैं। हम उन तमाम कर्मकांडों पर लिखती हैं, जिन्हें हमारे बालनेत्रों ने देखा था। हम एक किशोर शरीर पर फूटते वयःसंधि बेला के कोमल रोमों पर लिखती हैं, और उस गर्भगृह पर भी जहाँ पवित्र विग्रह विराजमान हैं। हम पुरुष के लिए आतुर स्त्री की देह परिमल के बारे में लिखती हैं, और उन घरों के बारे में भी जहाँ न पुरुष हैं, न ही संतान। हम अजन्मे शिशुओं पर लिखती हैं, और आकर्षक सुती हुई आकृति वाले पुरुषों के बारे में भी।

हम उन पुरुषों के बारे में लिखती हैं जो क्रूर, प्रतिहिंसक और घृणास्पद हैं।

हम उन स्त्रियों के बारे में लिखती हैं जो सुखी हैं, तृप्त हैं।

हम उन स्त्रियों के बारे में लिखती हैं जो प्रवंचित हुई हैं।

हम उन स्त्रियों के बारे में लिखती हैं जिनसे अब और नहीं सहा जाता, और जो अपने विदीर्ण चेहरे चाँद की ओर उठाकर मादा भेड़ियों के स्वर में विलाप करती हैं।

हम उन पुरुषों के बारे में लिखती हैं, जो उस विलाप का उत्तर देते हैं।

हम बीते वर्षों पर लिखती हैं, और आने वालों पर भी। और उस नो-मैंस-लैंड के बारे में भी जहाँ कोई किसी का नहीं, जहाँ स्त्री, पुरुष, बच्चे सब उल्काओं की तरह तिरते हैं।

तो आइए, देवियों के इस लोक में आपका स्वागत है।

1
युयुत्सु देवी

समयबद्धता के इस ज़माने का उसूल है कि कथा पहले कहीं-न-कहीं से आरंभ करनी ही पड़ती है। यह आरंभ किसी अंत तक पहुँचना ही चाहिए, और आरंभ और अंत को एक साथ समय-क्रम में चलना चाहिए।

अब समस्या यह है कि महादेवी की कथा कैसे और कहाँ से आरंभ की जाए ? महादेवी, जो समय के स्वामी महाकाल की चित पड़ी देह पर नाची थी।

यह गुत्थी किसी तरह सुलझा भी लें तो उसका वर्णन किस भाषा में करें जो वाक्‌देवी भी है वाणी की जन्मदात्री, जिसके बारे में कहा जाता है कि वह भाषा का मांस-चमड़ी छीलकर वर्णाक्षरों को एक अस्थिमाला की तरह गले में डाल लेती है ?

उसे किस संदर्भ के चौखटे में डाला जाए जो सभी मौजूदा चौखटों पर प्रश्नचिन्ह लगाती है। और जिसकी तरफ़ जब आप किसी स्पष्ट स्पष्टीकरण के लिए देखें तो वह एक विराट लाल जीभ निकालकर आगे बढ़ जाए ?

अपनी गाथाओं की तरह।

हमारा समय।

दुनिया-भर में दिख रहे दृश्य सुपरिचित हैं और दुःस्वप्न की तरह भयावह

भी। मर्द, औरतें, बच्चे—सब अपनी डार से बिछड़े। भटके हुए, वहशी और अमर्ष से भरे। लेकिन ज़िंदा, आज़ाद और अथक जुझारूपन से मढ़े, परिपूर्ण।

19 दिसंबर 1994 : भारत की राजधानी का एक ठंडा-सा दिन। अँगीठियों और शहर-भर में फैली अवैध फैक्टरियों की सैकड़ों चिमनियों से उठता धुआँ शहर पर तना है। सोमवार का दिन है और दुनिया में हड़कंप का आलम है। नई दिल्ली में कांग्रेस पार्टी दरक रही है, चेचेन गणराज्य में रूसी बमवर्षक और टैंक, ग्रोज़्नी के लोगों पर मौत और तबाही बरसा रहे हैं। कराची में युयुत्सु सुन्नी शियाओं पर टूटे पड़ रहे हैं, और यूरोप में सर्ब और बॉस्नियाई मुसलमान एक-दूसरे का नामो-निशान तक मिटा देने को आतुर हैं।

भारत-नेपाल सीमा पर फूलकुमारी नामक आदिवासी किशोरी को गुंडे उठा ले जाते हैं। इन बलात्कारी अपहरणकर्ताओं से छूट नहीं पाती तो वह हठात् पलटकर उनके नेता के पौरुष पर दाँत गढ़ा देती है। हत्पौरुष नेता बिहार विधानसभा का सदस्य निकलता है, हुँहुँआते राजनीतिक विपक्षी उसे दल से निष्कासित करवाकर जेल भिजवाकर ही दम लेते हैं।

कॉकेशियन पर्वतों में चेचेन बूढ़ियाँ बी.बी.सी. कैमरे की ताल पर तालियाँ बजाती नाच रही हैं। सोनकेशी मेम सूचित करती है कि वे 'राष्ट्र का मनोबल' बनाए रखने के लिए नाच रही हैं।

आसमान से रूसी बम बरस रहे हैं।

'हमें बोटर आइडेंटिटी कारड कायकू चइये ?' शेखावाडी की बूढ़ी शम्सुन्निसा हिकारत से पत्रकार कल्पना शर्मा से पूछती है—'मेरे कू पता है, मैं कौन हूँ। मेरे कू पता है मैं इदर रैती। मेरे कू क्या साबित करना ? हैं ! फोरेन जाना होए तो मैं पासपोट बनवाएगी। पर अपना मुलुक में आइडेंटिटी कारड क्यूँ ? मैं नई देती बोट-फोट !' आसपास खड़े लोग बताते हैं—'मैडम ! इसका तो माथा फिरेला है।'

जनवरी 1995 को आंध्र की आला अफसर के.पी. वल्सला कुमारी, केरल के सबरीमला अय्यप्पन मंदिर में जाने की अनुमति पाने वाली, दस से पचास के आयुवर्ग की पहली स्त्री बनीं। उन्हें यह अनुमति केरल उच्च न्यायालय ने 7 दिसंबर 1994 को इसलिए दी ताकि ज़िले की प्रशासनिक अधिकारी के तौर पर वे मंदिर में आने वाली दर्शनार्थियों की भीड़ की सुविधाओं के इंतज़ाम के लिए वहाँ मौजूद रह पाएँ।

1990 से ही संभावित रूप से रजस्वला स्त्रियों के इस चिर ब्रह्मचारी देवता के मंदिर में प्रवेश का मामला, केरल में उत्तेजक बहसों का विषय रहा है। इससे पहले निचली अदालत ने युवतियों और किशोरियों के प्रवेश पर प्रतिबंध बरकरार रखा था और देवस्थान में सुरक्षाकर्मियों को तैनात किया था ताकि दस से पचास के आयुवर्ग से बाहर होने का प्रमाण प्रस्तुत न कर पाने वाली स्त्रियों को बाहर ही रोक लिया जाए।

हाल के फ़ैसले ने भी वल्सला कुमारी को परिसर में आने की अनुमति तो दे दी है लेकिन वे भी अंतिम 18 सीढ़ियाँ चढ़कर बटुक ब्रह्मचारी अय्यप्पन से रू-ब-रू नहीं हो पाएँगी !

धीरे-धीरे एक बात साफ़ होने लगी है, शक्ति की गाथा जिस बिंदु से भी शुरू हो, उसका प्रवेशद्वार हमेशा चलायमान रहेगा और उसकी पृष्ठभूमि भी ! और सभी गाथाओं में अनूठी द्वंद्वात्मक जोड़ियाँ रहेंगी : शक्ति और शक्तिहीनता, जय और पराजय, जन्म और मृत्यु, हास्य और पीड़ा।

1995 : शनि और मंगल एक-दूसरे के क़रीब आ गए हैं। साप्ताहिक रंगीन परिशिष्ट में 'टैरो कार्ड' की पश्चिमी रमल पद्धति से भविष्य बाँचने वाली माँ प्रेम ऊषा के पत्ते दिखाते हैं—चंद्रमा, मागस और क्वीन ऑफ़ स्वोर्ड्स यानी

मायावी मरीचिका और विनाश और बाद में पुनर्निर्माण, हिमालय की ओर से हिमशीतल हवाएँ दिल्ली तक आ रही हैं। मौसम का पारा नीचे लुढ़कता जा रहा है लेकिन उत्तराखंडी औरतें दिन-दिन और रात-रात-भर पुलिसिया अत्याचारों के विरुद्ध धरनों पर बैठी हैं। उन्होंने तमाम स्कूलों, दफ़्तरों और कलेक्टर की कचहरी पर ताले ठोक दिए हैं। वे राज्य की पुलिस द्वारा गोलीबारी, लाठी की मार और स्थानीय स्त्रियों पर बलात्कार को मूक या मुखर माफ़ी दिए जाने की कायल नहीं हैं। वे न्याय माँगती हैं, इससे कम कुछ नहीं !

और अजीब बात है कि राज्य के मुख्यमंत्री का नाम है मुलायम सिंह। सत्ता के सिंहासन पर बैठने तक वे सामाजिक न्याय के झंडाबरदार थे, आज उनका उद्देश्य सरकश पहाड़ियों को मैदानी सड़कों पर मैदानी मर्दानों से पिटवाना है। वे कहते हैं कि औरतें और मीडिया हमेशा राई का पहाड़ बनाते हैं और इन्हें दुरुस्त किए जाने की ज़रूरत है। उनके लोग औरतों और मीडिया को दुरुस्त करने निकल पड़े हैं। संपादक शिकायती आवाज़ें उठाते हैं और चुप करवा दिए जाते हैं। लेकिन औरतें कहती हैं कि वे मुलायम और उसकी सरकार का बोरी-बिस्तर बँधवाकर ही दम लेंगी। मर्द और मीडिया उन्हें चेताने की हारी-सी कोशिश करते हैं।

'जो डरता है वो जाके अपनी जोरू की घघरी पहन ले', पहाड़ी औरतें कहती हैं और इतना हँसती हैं, इतना हँसती हैं कि उनकी आँखों से आँसू फूट पड़ते हैं।

पहला नाम हुआ देवी का : शैलपुत्री, पहाड़ों की बेटी ! धीरे-धीरे राजनीतिक कनौतियाँ खड़ी होती हैं, हौले-हौले अख़बार पूछने लगते हैं—क्या एक जाति के बाहुबलियों को हटाकर दूसरी जाति के बाहुबलियों की ताजपोशी ही सामाजिक न्याय है ? धुआँ उगलती, चाय सुड़कती मर्दानी मुंडियाँ हिलने लगती हैं—हाँ-हाँ, हूँ-हूँ... लेकिन इस छद्‌म के विरुद्ध पहाड़ी औरतों का आक्रोश पंचधातु के घंटे की तरह बजता है—साफ़ और ऊँचे स्वर में।

शैलपुत्री अवतरित हो रही है। वह, जिसने अपने ही अन्यायी पिता दक्ष के साम्राज्य का विध्वंस कर दिया।

संपादकों की मेज़ों पर फैक्स-संदेशों का अंबार यूँ बढ़ रहा है जैसे बूचड़खाने में अंतड़ियों का ढेर। तबाही। गमन। गृहयुद्ध। शरणार्थी। गोलीबारी। रैलियाँ। प्रतिरोध। बलात्कार।

शैलपुत्री की अनुगामिनियों के कोप का काला बादल उत्तराखंड के आठ ज़िलों के आकाश पर घना होने लगता है, रिपोर्टर गले साफ़ करते हैं, संपादक चश्मों के काँच। भय—पुरुषों का भय, खुली सड़कों का भय, अँधेरे खेतों का भय, पुलिस का भय, सीबीआई का भय, पीएसी का भय—सब बेमतलब हो उठे हैं। किसी का कोई अर्थ नहीं बचा।

औरतों का गुस्सा ताज़े अख़बारी कागज़ की तरह फड़फड़ाता है।

धीरे-धीरे अँधेरा मैदानों में उतर आता है, एक-एक करके सत्ताधारी दलों से सत्ता छीनता। अँधेरा सत्ता की अट्टालिकाओं में भर जाता है, विधानसभाओं और सचिवालय के गलियारों में सुनाई देने वाली हिकारत-भरी कनबतियाँ काँपने लगती हैं। बादल दक्षिण में कर्नाटक और आंध्र के हरे-भरे पठार में विष्णु के संहारक चक्र की तरह घूमता है और उत्तर-पूर्व के पर्वतों में एक राज्य सरकार को काट गिराता है।

सत्ताधारियों के अहंकार की सीवनें उधड़ने लगती हैं। गुजरात, महाराष्ट्र, उड़ीसा, आंध्र प्रदेश, कर्नाटक। सरकारें ताश के महलों की तरह गिर रही हैं।

मीडिया महाप्रभु इसका नामकरण करते हैं 'एंटी इनकंबेंसी फैक्टर' यानी सत्तासीन दल के विरुद्ध तत्त्व। औरतें हँसती हैं, उन्हें असलियत मालूम है। अकेले, बिना किसी की मदद के, वे देश-भर को अपना आक्रोश बता पाई हैं। उनका सामूहिक आक्रोश एक फट पड़ने को आतुर बादल की तरह देश पर तना है। नफ़रत और तिरस्कार से भरी करोड़ों आँखें सत्ता के केंद्र पर टकटकी

लगाए हैं।

मई 1995 : एक दलित स्त्री मुलायम सिंह की सरकार का तख़्ता पलट देती है। ख़बर पंख लगाकर पहाड़ पहुँचती है, औरतें स्लेट से पाटे आँगनों-छतों से किलकारी मारती हैं, शंखनाद करती हैं।

देवी हुंकार भरकर उतर आई है मायके के आँगन में। इस सरकार ने भी आसुरी रूप धरा तो वह इसका भी संहार करेगी !

पहाड़ी औरतें पहाड़ के परे मैदानी इलाक़े पर नज़र दौड़ा रही हैं। अब लड़ाई यहाँ ले जानी होगी। गढ़ों और मठों को ढहाकर पुनर्निर्माण करना ही होगा।

लड़ाई मैदानों में ले जाने का समय आ गया है।

मैं ही विचरती हूँ रुद्रों के रूप में
मैं ही हूँ आदित्यादि देवता
मैं थामती हूँ मित्र और वरुण को,
इंद्र और अग्नि और युगल अश्विनी कुमारों को भी।
मैं ही हूँ सोम, त्वष्ट्रि, पूषन और भग की शक्ति
मैं ही प्रदान करती हूँ समृद्धि और चेतना
यज्ञकर्ताओं, होमकर्ताओं को।
मैं हूँ सर्वशक्तिमती, सब निधियाँ प्रदान करने वाली
मुझे ही चढ़ती है पहली बलि
देवता, जहाँ भी हों, मुझे पूजते हैं
मुझे ही जिसके कई रूप हैं, जो सर्वत्र विद्यमान है।
खाता है, देखता है, साँस लेता या कहे हुए शब्द को सुनता है
मेरे ही माध्यम से जीव
मैं, जो अनेक रूपों वाली हूँ

जो यह नहीं जानते, वे नाश को प्राप्त होंगे।
सुनो सुनो हे भद्रो, मैं जो कहती हूँ
वह समझा जा सकता है मात्र आस्था और श्रद्धा से।
यह सत्य तो मैं तुम्हें बता रही हूँ, देव और नर इसका आदर करते हैं।
जिसे मैं चाहूँ, महानता देती हूँ
जिसे मैं चाहूँ, सर्जक, द्रष्टा, प्रज्ञावान बनाती हूँ
बुद्धिमंतों के शत्रु का हनन करने के लिए मैं रुद्रों का धनुष तानती हूँ
पुण्यात्माओं की रक्षा के लिए युद्ध छेड़ती हूँ मैं !
मैं आकाश और पृथ्वी को ढकती हूँ और मैं ही हूँ
जो इस अखिल ब्रह्मांड को जन्म देती हूँ।
मैं अतल सागरतल से जन्मी और सकल लोकों में व्यापती हूँ
मेरी देह ऊँचे आकाश को छूती है।
ब्रह्मांड सिरजने वाली वायु बनकर मैं हुंकारती हूँ।
बहते हुए
मैं ऊपर आकाश और नीचे पृथ्वी से आगे तक जाती हूँ।
यह, जान लो, कि मैं, मैं हूँ।

(125वाँ सूक्त, 10वाँ मंडल)

अम्भृण ऋषि की पुत्री वाक् सरस्वती नदी के तट पर ध्यानमग्न थी कि उसे देवी के दर्शन हुए। उस दर्शन से ही प्रस्फुटित हुआ यह सुंदर सूक्त।

देवी का आसन्न अवतरण सदा स्त्री की चेतना ही भाँपेगी।

वाक् के कालजयी सूक्त से देवी पहले परमशक्ति के रूप में उभरती है, चेतना का अथाह, उत्ताल महोदधि। फिर वह असंख्य शक्तियों को सक्रिय करती है जो ऊर्जा का कुंडलित पिंड सिरजती हैं। समय आने पर शक्ति इसमें से अपने असंख्य देवी-स्वरूप गढ़ती है। युद्ध ख़त्म होने पर स्वरूप एक-एक पिंड में बिला जाते हैं और कुंडलित पड़े रहते हैं, प्रतीक्षा करते।

इसी तरह देवी की गाथाएँ भी हैं। शक्ति एक विराट कुंड है जिसमें वे तरंगों की तरह प्रकटती-बिलाती रहती हैं।

'स्त्रियाः समस्ताः सकला जगत्सु, तव देविभेदा !'

(पूरे संसार की स्त्रियाँ हे देवि, तुम्हारे ही स्वरूप हैं) मार्कण्डेय पुराण के 81 से 93 तक के तेरह अध्याय आज शाक्तों के सबसे मान्य पाठ माने जाते हैं। इसके साथ ही जुड़ा है चंडी-पाठ से संलग्न देवी कवच जिसमें नौ शक्तियाँ और उनकी नौ जन्मदात्रियाँ बताई गई हैं। इन्हीं में आ मिलती हैं चामुंडा और कात्यायिनी जो शायद कौशिकों की कौशिकी की तरह पुराने राजघरानों की कुलदेवियाँ रही हों। बौद्ध धर्म के उत्तर स्वरूपों से जुड़ी तारा और छिन्नमस्ता (वज्रयोगिनी), जो बाद की कथाओं में अपना उग्र रूप दिखाने लगती हैं, भी इस समूह में आ जाती हैं।

शक्ति के अद्भुत ताल में उत्ताल तरंगे उठाते हैं युद्ध, और विनाश की शक्तियों को चुनौती देने के लिए एक के बाद एक देवियाँ प्रकटती हैं।

और देवी की गाथाएँ भी।

हिंदू घरों में तीज-त्योहारों के मौक़ों पर देवी की गाथाएँ उठते-बैठते दोहराई जाती हैं। और हम लोग जो उत्तराखंड के पर्वतों में जन्मे-पले, हमारे लिए तो हर मांगलिक अवसर महालक्ष्मी, महासरस्वती और महाकाली यानी ज्यूंतियों की पूजा से ही आरंभ होता था। एक-सी ही दिखने वाली इन तीन देवी-छवियों को घर की ब्याही-अनब्याही बेटियाँ काग़ज़ पर आँकतीं और फिर उनमें बहुत सावधानी से रंग भरतीं।

ये ज्यूंतियाँ या जीवमातृकाएँ ब्रह्मा, विष्णु, महेश की पुरुष-त्रिमूर्ति के समांतर परिकल्पनाएँ हैं। हमारे लिए ये ज्यूंतियाँ शक्ति का वह दिव्य अग्नि-कुंड थीं जहाँ से देवी की सभी गाथाएँ चिंगारी के रूप में छिटकती थीं।

हमें बताया गया था कि आदिकाल में तो मात्र एक ही देवी, महादेवी थी जो हज़ार हाथोंवाले छली दैत्य अंधक के नाश की योजना बना रही त्रिमूर्ति का ध्यान संकेंद्रित होने से जन्मी थी।

लेकिन जैसाकि सर्जकों के मामले में होता है, आदिशक्ति के प्रकट होने पर तीनों उस पर स्वामित्व चाहने लगे। तब, चौतरफ़ा सांसारिक दबावों और तनावों से घिरी तमाम औरतों की तरह, देवी मुसकराई और उसने अपने दिव्य

अस्तित्व के तीन खंड कर दिए। उससे उपजे देवी के तीन अवतार : महासरस्वती, महालक्ष्मी, महाशक्ति या महाकाली। पुरुष त्रिमूर्ति की तरह देवी के ये स्वरूप भी एक-एक आधारभूत तत्त्व का प्रतिनिधित्व करते थे : श्वेतवसना सरस्वती सत्व की प्रतीक, रक्तवसना लक्ष्मी राजस की और कृष्णवसना काली तमस की।

देवी पारे की बूँद-सी चंचल, अधिकारप्रिया और अदम्य है। शक्तियों की शक्ति और नेताओं की नेत्री इसके अलावा और हो भी कैसी सकती है ? पुरुष देवता ज़्यादा सत्ता और निर्णायक शक्तियों से लैस थे, फिर भी महाशक्ति का निर्बाध भाव से स्थापित देवकुलों के अंदर-बाहर विचरना भय और चिंता का स्रोत बना ही रहता। उसे नियंत्रित करने के लिए ऐसी कहानियाँ गढ़ी गईं जहाँ ज़ोर उसके मातृत्व और पत्नीत्व पर था, लेकिन गौरी-पार्वती, लक्ष्मी और दुर्गा के आख्यानों के सूत्र जब अपनी ही आंतरिक शक्ति से तनने लगे तो सूत्रों को कातने वाले भयभीत होकर पीछे हट गए।

ये चाशनी-पगी टीकाएँ देवी को इतना ही सीमित कर पाईं जितना बाढ़ से उफनती नदी के कूल-किनारे उसे कर पाते हैं। गति और स्वतंत्रता देवी के सभी स्वरूपों का मर्म हैं।

'मैं ही हूँ जो रुद्रों के रूप में विचरती हूँ...'

काल को पा सकने की क्षमता और दिक् में निर्बाध गति उसकी शक्ति के दो मुख्य उत्स और कारक हैं। असमर्थ लोग असमर्थ इसीलिए होते हैं क्योंकि उनके पास न समय होता है, न गति कि वे योजनाबद्ध रूप से रणनीति रचें, खोई सत्ता को फिर-फिर पाने के लिए संघर्ष करें और पाकर अपनी कामना के अनुरूप उसका पुनर्सृजन करें।

'मैं शत्रु के वध के लिए रुद्रों का धनुष तानती हूँ...'

न, देवी कोई जड़ द्युति नहीं है। कभी नहीं। वह तो एक उल्का पिंड की तरह रण में प्रवेश करती है, तमाम गुरुत्वाकर्षणों-विकर्षणों से परे, सभी तय प्रदक्षिणा पथों से मुक्त, परम स्वतंत्र। और इसलिए उसका एक नाम है उल्का देवी। अल्मोड़ा में उल्का देवी के दो मंदिर हैं। बचपन में हमारे फलों के बाग़ों

में हमें अकसर छोटे-छोटे स्पंज से पत्थर मिलते थे, हमें बताया गया था कि ये उल्का पिंड के टुकड़े हैं। हम उन्हें तारा-गू कहते थे। हाथ जोड़कर उल्का देवी का स्मरण गिरते हुए उल्का खंडों, तारा-गू से रक्षा करता है, ऐसा सुना जाता है।

उल्का पिंड हो या गिरते तारे, इनसे रक्षा करने वाली देवी प्रकृति से ही घुमक्कड़ है। चुनौती पसंद करने वालों और स्थापित सत्ता को चुनौती देने वालों और अपनी ही तरह विडंबना का आनंद लेने वालों की वह नायिका है। और इसीलिए सदियों से डाकू और गणिकाएँ, ज्योतिषी और तांत्रिक, डायनें और अघोरी—सभी उसके परम भक्त-साधक रहे हैं। वे उसकी ओर ऐसे ही अनायास खिंचते हैं जैसे बछड़ा अपनी माँ के पुष्ट थनों की ओर।

समाज के हाशियों पर टिके उन समूहों के लिए जो जाति और वर्ग की घातक जकड़ से बाहर आना चाहते थे, छिपी कामनाओं और गुह्याचारों वाले सब जनों और संप्रदायों के लिए नियति ने देवी का अनुगमन निश्चित कर दिया था। प्रकृति का नियम ही है कि बछड़ा माँ के पीछे ही घर आएगा।

देवी के विभिन्न रूपों का ध्यान करने का अर्थ है, नैतिक और बौद्धिक बनजारेपन के एक असिधार चक्र में प्रवेश करना, एक ऐसा संसार जिसमें किसी का कोई पक्का पता-ठिकाना नहीं है। तारों और तारा-गू, बदलावों और प्रवासों से भरा; दर्शन, मरीचिका, भय, हँसी, और हाँ, गाथाओं का देश है यह।

योद्धा देवी की गाथाएँ, ख़ुद नायिका की ही तरह जीवन की सामान्य अराजक अव्यवस्था को व्यवस्थित करने का प्रयास कभी नहीं करतीं। बल्कि वे अराजकता, अव्यवस्था की और इस तरह ख़ुद हमारे बारे में हमारी अपनी समझ को व्यवस्थित करने में मदद करती हैं। देवी गाथाओं का तर्क संदर्भों से जुड़ा तर्क नहीं, वरन् उनसे मुक्त है।

'बहते हुए मैं ऊपर आकाश और नीचे पृथ्वी से आगे तक जाती हूँ...'

औचक गतिविधियों और गतिशील छायाओं से भरा देवी गाथाओं का महासागर हमारे आसपास तरंगायित होता रहता है। बिलकुल देवी की ही तरह। यह एकदम संभव है कि आप किसी स्थायी अर्थ को पकड़ने के लिए लपकें और चटखी हुई घटनाओं को टूटे शीशे के टुकड़ों या तारा-गू की तरह बिखेरती गाथाएँ आगे बढ़ जाएँ।

अंधक दैत्य का अनाचार बढ़ता ही जा रहा है।

तीनों देवश्रेष्ठ विमर्श करते बैठे हैं। उनकी सुदीर्घ देहें तनी हैं, माथों पर बल पड़े हैं। फुसफुसाहटों में असफल गठबंधन, विश्वासघात, दुरभिसंधि जैसे शब्द सुनाई पड़ते हैं। अफवाहें बरसाती मच्छरों की तरह भनभनाती फिर रही हैं—हार-हत्याकांड, आगजनी-मारकाट। देवता चिंता में डूबे हैं, गहरी चिंता में। दैत्य विकट छली है, अभी-अभी अलोप होता है, अभी भाँत-भाँत के रूप धरता है। सर्वोच्च महाशक्ति ही पार पा सकती है उससे। उसका नाश कर सकती है सिर्फ़ ऐसी परम शक्ति जो दैत्य के अहंकार को चुनौती दे, पर जिसके अपने छल-बल, चतुराई और अदम्य साहस की भनक भी उसे न लग पाए।

ऐसी शक्ति हो सकती है नारी ही।

और तब देवताओं ने अपने अंदर की शक्तियों को ध्याया। वैसे देवताओं के पास करने के लिए ज़्यादा बातें नहीं होतीं पर संकट के समय वे सब मिल बैठते हैं। युग-युग से एक साथ युद्धों में घाव खाते, विनाश देखते, उनके बीच कुछ चित्त-मैत्री-सी हो ही गई है। आज वे अपनी आग, अपना वीर्य/पौरुष/तेज/अपने शस्त्रास्त्र भेंट कर रहे हैं उसे, जो न निर्माणी, समर्पिता होगी, न आज्ञाकारिणी, जो देगी नहीं बल्कि लेगी, उनकी आग, उनका वीर्य/पौरुष/तेज, उनकी शक्ति।

देवता ध्यानमग्न हैं। उस महास्त्रीशक्ति की अर्चना-आराधना में उचारे उनके शब्द स्फुल्लिंगों की तरह उड़ते हैं। धीरे-धीरे यह स्फुल्लिंग अधसोए विचित्र घुमंतू आख्यानों को जगाने लगते हैं। ऐसा साहित्य बनता है जो दिक् और काल के सभी स्थापित साहित्यिक मानदंडों के विपरीत चलेगा। वे देवी को नाम देते हैं : वामा, वाम पक्ष में, सियारों और मृत्यु के साथ चलने वाली।

लेकिन व्याकरण के पंडित वोपदेव बताते हैं कि वमति सौंदर्यम्, वामा का अर्थ सौंदर्य भी है, वामा यानी सुंदरी।

विचित्र है यह नाम—वामा। गणित में भी गणना की जो वामा पद्धति है उसमें अंक सीधे-सरल ढंग से जुड़ने-गुणित होने की बजाय तिर्यक् गति से ऊपर-नीचे, दाएँ-बाएँ आते-जाते हैं और बहुत तेज़ी से गुणित होते हैं।

देवी के बाक़ी नाम भी कुछ कम चकित नहीं करते : उल्का देवी—सौंदर्य की भयंकर संपूर्णता जो अपने धधकते, अनियंत्रित प्रवासों के पथ ख़ुद ही नियत करती है। भ्रामरी देवी—मधु और उन्मत्त कर देने वाली पुष्पगंध से मदमस्त रानी मधुमक्खी मकरंद पान करके सृष्टि का परागण करती मँडराती है।

देवताओं की दृष्टियाँ मिलीं, प्रकाश के अवर्णनीय स्फोट के साथ देवी अवतरित होती है, उसकी हुंकार से तीनों लोक काँप जाते हैं। देवता उसके चरणों पर लोट जाते हैं—'माता तू सब पर विजय पाए !' सब तरफ सन्नाटा छाया है।

देवी के नेत्र क्रोध से लाल हैं, वह दैत्य सेना को देखती है—चिक्षुर, चामर, उदग्र, महाहनु, बश्कल, परिवरित, बिडाल और बनैले भैंसे की तरह धरती खूँदता उनका नेता महिषासुर।

आकाश पर गिद्ध मँडराने लगे हैं।

बर्फ़ से ढके पहाड़ों पर चीड़ और देवदार सनसना रहे हैं। बानक बने हैं घात लगाकर एक ऐसी लंबी लड़ाई लड़ने के लिए जिसकी चपेट में मैदान आए बिना नहीं रह पाएँगे। देवी युद्ध का नेतृत्व करेगी तो युद्धक्षेत्र भी आगे बढ़ेगा ही।

देवताओं के भेंट किए शस्त्रास्त्रों से लैस हो गई देवी। उसने खेटक, तोमर, परशु, पाश, त्रिशूल और चक्र धार लिये। कुछ आयुध उसने गले में लटका लिये, बाक़ी अपने अनेक हाथों में थाम लिये, कुछ उसके पृथुल नितंबों पर लटके हैं।

मायावी दैत्य वही पुरानी चाल चलता है, 'तुझ जैसी सुंदरी का रणक्षेत्र में क्या काम ?' हँसकर वह अलोप हो जाता है। देवी की आँखें दहकने लगती हैं, पुरुषों की माया वह ख़ूब पहचानती है। दैत्यों की सेना उसकी ओर झपटती आती है, देवी अपना धनुष टंकारती है। उसका सिंह गर्जता है।

देवता भय से काँप रहे हैं।

देवी और उसका वाहन दैत्यसेना का नाश करने निकल पड़ते हैं। इसके बाद शुरू होता है विकट संहार। शक्ति शक्ति से टकराती है, हुंकारों-गर्जनाओं से आकाश गूँज रहा है, ख़ून से रणक्षेत्र की धरती रपटीली हो गई है।

देवी की देह से शक्तियों की एक सेना निकलती है। अंबिका जो बड़वाग्नि की तरह दैत्य सेना पर छा गई। मार-काट मचाते, उन्मत्त नाचते विकृत रूपों वाले अनेक गण, तीन नेत्रों वाली त्रिशूलधारिणी ईश्वरी।

और फिर महादेवी ने क्रोध से विकट हुंकार भरी, 'कहाँ है तू ?'

उसके स्वर की प्रतिध्वनियाँ गूँजती हैं—है तू ? है तू ? है तू ?...

दैत्य भैंसे के रूप में सामने आता है।

उसका रम्भाना—जैसे किसी गुफा से बाढ़ के पानी का ठाँठें मारते निकलना।

भैंसे के साथ भैंसे जैसा ही व्यवहार होना चाहिए।

देवी ने उस पर पाश फेंका। फंदा कसने लगा तो भैंसे ने राक्षस का रूप धरा, फिर हाथी का और फिर खुरों से धरती खूँदते भैंसे का—वह सिंह वाहिनी को ललकारता है।

देवी को जल्दी नहीं है, वह एक सहयोगी की तरफ़ देखती है जो मदिरा से भरा सोने का चषक उसकी ओर बढ़ाती है।

कैसा युद्ध है यह भी !

देवी एक साँस में प्याला ख़ाली करके अट्टहास करती है। गुलाबी हथेली से वह मुँह पोंछती है, उसकी आँखें मद से लाल हैं। दैत्य को पैरों से दबाकर खड्ग के एक वार से उसका सिर धड़ से अलग कर देती है। उसकी श्यामल भुजा उठती-गिरती रहती है—रणक्षेत्र में भैंसे के मांसपिंड फैल रहे हैं। मृत्यु-छाया दैत्य की फटी आँखों में उतर आई है।

देवी के अट्टहास से रणक्षेत्र गूँज उठता है।

युद्ध ख़त्म हो गया। उसके साथ ही उस सेनानायक का प्रशस्ति गान भी ख़त्म हुआ जिसने देवों को देव होना सिखाया, कायरों को डरना, जिसने करुणामयों

को आँसू बहाना सिखाया।

अब देवताओं को देवी की ज़रूरत नहीं रही पर उसे जाने को कहें तो कैसे ? वे एक-दूसरे को ताक रहे हैं।

मौन छाया है।

'वरदान माँगो' सर्वज्ञ देवी ऊँचे स्वर में उनसे कहती है। वह स्थिति का आनंद ले रही है।

'हे देवी जब भी हम पर भीड़ पड़े तुम फिर से चली आना' : देवता हकलाते से कहते हैं।

'तथास्तु !'

देवी विद्रूप-भरी हँसी हँसती है। वह जीवमात्र के मन को जानने वाली जो हुई।

देवता चैन की साँस लेते हैं।

देवी विदा हुई।

बहुत देर तक दूर्वादलों की तरह कँपकँपाता रहा मौन।

2

शैलपुत्री

नैना देवी के नाम पर बसे नैनीताल की झील के किनारे ही नैना देवी का प्राचीन मंदिर है। दंतकथा यह है कि मंदिर उस स्थल पर बना है जहाँ विष्णु के चक्र से कट-कटकर गिरती शिव-पत्नी सती की दग्ध देह से उसके नयन गिरे थे। सदियों से हज़ारों-हज़ार लोग काले पत्थर पर उकेरे सती के नयनों की पूजा नैना देवी के रूप में करते रहे हैं।

अभिमानी राजा दक्ष की बेटी सती ने अपने पिता-परिवार की इच्छा के विरुद्ध जोगी-बैरागी शिव का वरण किया। एक बार दक्ष ने एक बहुत बड़े यज्ञ का आयोजन किया। उसने सुर-नर-किन्नर सभी बुलाए पर बेटी-दामाद को नहीं बुलाया कि शिव का विचित्र वेश और उससे भी बढ़कर चित्र-विचित्र उनके गणों को देखकर नामी-गिरामी लोग क्या कहेंगे ? पिता के आयोजन की ख़बर सुनकर सती ने मायके जाने की हठ ठान ली। शिव किसी तरह न माने तो सती को भयंकर क्रोध आया—उसने फिर से युद्ध को उद्यत शक्तियों की सेना अपनी देह से प्रकटा दी। सती के साथ-साथ उसकी चेरी शक्तियाँ भी चिल्लाने और पैर पटकने लगीं। आख़िर शिव ने अनुमति दे दी, उदास आँखों से उन्होंने पत्नी को मायके जाते देखा।

पिता के घर पहुँचते ही सती को समझ में आ गया कि पति की बात न मानकर उसने ग़लती कर दी, पर अब क्या हो सकता था ? दक्ष ने बेटी का सत्कार करना तो दूर, भरी सभा में बेटी की चेरियों और उसके पति के बारे में अपमानजनक बातें कहीं। पूरा परिवार चुपचाप घर आई बेटी का अपमान

देखता रहा। सती ने पिता के व्यवहार की बहुत कड़ी भर्त्सना की और आख़िर शाप देती हुई यज्ञ-कुंड में कूद पड़ी।

पत्नी की मृत्यु की ख़बर शिव तक पहुँची तो दुख और क्रोध से पगलाए वे अपने गणों समेत यज्ञ-स्थली पर चले आए। सती की दग्ध देह कंधे पर डालकर उन्होंने जो हुंकार भरी तो धरती-आकाश के कलेजे दरक गए। उनके गणों ने यज्ञ-भूमि का विध्वंस कर दिया। शिव का कोप किसी तरह शांत न हो—उनके क्रोध के ताप से त्रिलोकी में त्राहि-त्राहि मच गई। देवगण दौड़े-दौड़े विष्णु की शरण में गए कि 'महाराज ब्रह्मांड को जोगी-बैरागी के कोप से बचा लो।' विष्णु ने तब अपने सुदर्शन चक्र से सती की देह के इक्यावन टुकड़े कर डाले। देह नहीं रही तो शिव का क्रोध कुछ थमा, और यूँ अखिल ब्रह्मांड नष्ट होने से बच सका।

उसके बाद सती देश-भर में बिखर गई।

जहाँ-जहाँ उसकी देह के टुकड़े गिरे वहाँ-वहाँ बन गए शक्तिपीठ।

सभी बढ़िया कहानियों की तरह सती के जीवन और मरण की कहानी भी चलते-चलते, आगे बढ़ते-बढ़ते अर्थ प्राप्त करती है। इक्यावन पीठ इक्यावन वाङ्मय कोष बन जाते हैं, उनके लिए जो सांत्वना ढूँढ़ रहे हैं, और उनके लिए भी जिन्हें सांत्वना की तलाश नहीं है।

बचपन में देवी के नयनों के चुंबकीय आकर्षण से खिंचती मैं घर की औरतों के साथ या अकेली ही, अकसर नैना देवी के मंदिर जाया करती। नयन ठिठकाते थे, उसकी दृष्टि डराती थी, उसमें एक क़िस्म का अहंकार था। नहीं अहंकार नहीं एक ऐसी स्त्री की वज्र-कठोर ईमानदारी जो मूर्खों को नहीं झेल पाती, चाहे वे उसके पिता ही हों। वह देखती थी, सुनती थी और ऐसा लगता था कि उस देखे-सुने को परख कर वह उसमें से एक ऐसा अर्थ निकालती थी जो साधारण लोगों की समझ से परे होता। मुझे पूरा यक़ीन था कि देवी ही जानती हैं कि लड़की होना कैसा होता है। अपने संगी-साथियों के कारण अपमानित होना, अपनी बहनों से अलग होने की हिम्मत दिखाने पर जिन लोगों पर हम भरोसा रखते हैं, जिन्हें प्यार करते हैं, वही जब हमें अपने दायरे से बाहर निकाल खड़ा करते हैं, तो कैसा लगता है। एक लड़की को कोई जाने-न जाने, देवी ज़रूर यह जानती होगी।

यहाँ भी चतुराई-भरी जालसाजियाँ मौजूद हैं।

लोग उन औरतों को भी 'सती माता' कहने लगे जिनके बारे में हमें मालूम है कि अकसर तो उन्हें नशे में बेहोश करके, खींचकर पति की चिता पर चढ़ा दिया जाता था ताकि परिवार को एक जवान विधवा की निगरानी न करनी पड़े। उन दिनों की याद करके जब आप किसी स्त्री से कहें कि 'जल मर' और वह मर जाती थी, सती-पूजकों का लहू आज भी गर्मा जाता है। 'तुम पश्चिमी शिक्षा पाई शहराती औरतें हमारी प्राचीन परंपरा के बारे में कुछ भी नहीं जानतीं,' केशरिया पागवाले मंत्री हम पर चिल्लाते हैं।

कुछ ठोंक-पीट करके 'सती' शब्द को आज उन सब स्त्रियों का परिचायक बना दिया गया है जो गहन प्रेम के कारण पति के साथ ही चिता पर चढ़ गईं। आज भी बड़े-बड़े औद्योगिक घरानों के पुरुष-श्रेष्ठ अपनी बहुओं को, अपने परिवार के बनवाए सतियों के मंदिरों की यात्रा करने भेजते हैं।

यूँ तारे तारा-गू बन जाते हैं।
हे उल्का देवी, ऐसे तारा-गू से हमारी रक्षा करो !

सती की गाथा, सती शब्द के मौजूदा अर्थ को ही नहीं नकारती, वह उन कई अवधारणाओं पर भी सवालिया निशान लगाती है जिन पर विश्वास करती हुई भारतीय बेटी स्त्री बनती है या यूँ कहें कि बनाई जाती है। सती के मरण में पति के प्रति निष्ठा की भूमिका आंशिक ही है। उसके मरण की कथा दुनियादारी के चलते मनुष्यों के बीच जाने-पहचाने रिश्तों के बदल जाने की वह कथा है, जहाँ बाप-बेटी, बहन-बहन और पति-पत्नी तक बदल जाते हैं। इसीलिए सती के मूल स्वरूप को पचा पाना टेढ़ी खीर है और ज़्यादातर घरों में सती की पूजा कालांतर में उसके पार्वती के रूप में पुनः अवतार लेने के बाद ही हो पाती है। पार्वती में सती का जीवन एक सुखद परिणति पाता है—'जैसे उसके दिन फिरे वैसे सबके दिन फिरें। स्कंद और गणेश की पालकमाता बनने पर पार्वती एक सदय, सुपरिचित मातृछवि में बदल जाती है

जो हर साल गहने-कपड़ों से लकदक बनी अपने पिता के घर आती है। सम्मानित मेहमान की तरह उसकी अगवानी और विदाई होती है। ख़ास ध्यान रखा जाता है कि वह पिता के घर से अग्नि पिंड की तरह न जाए। उसे तो शंख, नगाड़े बजाते हुए, पालकी में बैठाकर पानी में सिराना होता है। उसे सिराते हुए, ठंडा करते हुए कहा जाता है, 'फिर आना माँ !'

गाँववालों के विपरीत देवी के हम शहराती भक्त शायद सती की अकाल मृत्यु के भयावह इंगितों से मुँह चुराते हैं। लेकिन ग़लतफ़हमी मत पालिए, पार्वती में भी दुर्गा की विकट संहारक क्षमता निहित है। लिंग पुराण में कथा है न, कि कैसे हमारी पार्वती मैया ने शिवजी के कहने पर दारुक दैत्य का संहार किया। शिव के शरीर में प्रवेश करके मैया ने उनके नीले कंठ में धरा हलाहल पिया, हलाहल पीते ही उनका गौर रूप काला हो गया, देखते-देखते सौम्य, शांत गौरी किलकारी मारती, हुंकार भरती, जीभ लपलपाती काली में बदल गईं।

विजया की कथा

आख़िरी बार जब मैंने उसे देखा तब ट्रॉली पर सफ़ेद चादर में लिपटी विजया की निर्जीव देह उसके अपार्टमेंट से निकालकर लाशघर में ले जाई जा रही थी जहाँ, उसके बेटे के शब्दों में, 'डॉक्टर उसे बैंगन की तरह चीरने वाला था।' ट्रॉली कोने से मुड़ी तो एक हाथ चादर से बाहर निकल आया था जैसे अलविदा कह रहा हो।

विजया सिर्फ़ तीस बरस की थी। दस साल पहले दुल्हन बनकर वह केरल के किसी गाँव से अमेरिका आई थी, और फिर घर नहीं लौट पाई थी। उसका साँवला, .ख़ुशमिज़ाज कुछ-कुछ मोटा पति भला-सा, सीधा-सादा जीव लगता था जो हर किसी को देखकर मुसकराता था।

विजया और मैं एक ही मंज़िल पर रहती थीं, हम दोनों के बच्चे एक ही उम्र के थे, अमेरिका में दोनों के ही मन ठाँव नहीं पा रहे थे, हम अकसर साथ-साथ अपने बच्चों को नहलातीं, खिलातीं, उन्हें और अपने भविष्यों को लेकर परेशान होतीं। तमाम प्रवासिनी भारतीय पत्नियों की तरह पतियों को दफ़्तर के लिए विदा करके हम अपने बच्चों की निगरानी करतीं, दुनिया-जहान

की बातें करतीं, अपने बिछुड़े घर-परिवारों की बातें, इस बैरी से परदेस की बातें जहाँ हम ला पटकी गई थीं। मैंने एक बार विजया को बताया था कि अपार्टमेंट बिल्डिंग की जासूस ये मुझे बता रही थी कि पूरी इमारत में मैं और विजया दो ऐसी औरतें थीं जो कभी दाँत किटकिटाकर अपने बच्चों से, 'मैं तुझे मार डालूँगी' कहती नहीं सुनाई देती थीं।

विजया खुलकर हँसी थी, 'अय्यो ! हम अपने बच्चों को ऐसा क्यों कहें ? ये चुड़ैलें तो हरदम मारने-काटने की ही बातें करती हैं।'

विजया ठेठ नक्की सुर में अंग्रेज़ी बोलती थी, खाँटी अमेरिकन अंदाज़ में। उसने वाशिंगटन आकर ही अंग्रेज़ी बोलना सीखा था।

वह बताती थी, शुरू में उसे बहुत पापड़ बेलने पड़े। उसका पति पढ़ रहा था और पैसे की तंगी हमेशा बनी रहती थी। फिर पति ने उसे अंग्रेज़ी सिखाई और विजया छोटे-मोटे काम करने लगी। अकसर वह अठारह-अठारह घंटे काम करती। पर उसके मालिक उससे यूँ पेश आते जैसे वह कुछ कम-दिमाग़ हो या वहाँ मौजूद ही न हो, विजया को यह बहुत अपमानजनक लगता। रोज़ रात को पति की बाँहों में सिमटी वह रोती, पति उसे ज़रा और धीरज रखने को कहता। अब पति के पास ग्रीन कार्ड था, बढ़िया नौकरी थी और विजया के पास बेटा था। अपने पति का कंधा थामे विजया काफ़ी आगे बढ़ आई, किसी भी स्थिति से निपट पाने की अपने पति की क्षमता पर उसका अडिग विश्वास था। लेकिन अपमान के बीते दिनों में जमा क्षोभ उसके मन से कभी निकल नहीं पाया। वह मेरे अपार्टमेंट में घुसी चली आती, लिविंग रूम में अपनी मनपसंद कुर्सी के किनारे पर टिकती और मेरे सहज संकोची स्वभाव की परवाह किए बिना बतियाने लगती। वह उन्मुक्त और सहज थी और आसपास के लोगों के बारे में उसकी राय हक्का-बक्का कर देने की हद तक खरी रहती।

खेल के मैदान में स्वभाव से ही आक्रामक अमेरिकी बच्चों से हमारे बच्चों को बचाने में उसकी बाघिन-सी तत्परता से कभी-कभी मैं झेंप भी जाती, पर उसने मुझे बताया कि उसका पति कहता है, विदेशियों से निपटने का यही एक तरीक़ा है। वह कहती, 'वरना तो ये हमारे बच्चों से सबकुछ छीन लें, हमें लड़ना चाहिए।' अमेरिकी सेल्सगर्लों को वह हमेशा उनकी औकात में रखती।

हम लोग साथ-साथ ख़रीदारी करने जातीं। कभी कोई सेल्सगर्ल हम जो माँग रही होतीं, वह ढूँढ़कर हमें देने में आनाकानी करती तो विजया ऐसा

चीख़ती-चिल्लाती कि लड़की पनाह माँगने लगती और मैं ज़मीन में गड़ी जाती। ऐसे मौक़ों पर उसके चेहरे का रंग बदल जाता, आँखें लाल हो जातीं और वह गुस्से से थरथरा जाती। लेकिन जब हम घर लौट रही होतीं तो अचानक वह शांत हो जाती, उसका चेहरा पुनः सौम्य हो आता और लिफ्ट में आते-आते तो वह हमेशा की तरह सहज और हँसमुख हो जाती।

वही विजया अब नहीं रही थी।

आत्महत्या करने से कुछ घंटे पहले ही तो वह मुझसे इस्तरी माँगने आई थी, उसकी इस्तरी काम नहीं कर रही थी, 'मुझे लगता है कि मुझे कोई भी नहीं चाहता, किसी को मेरी ज़रूरत नहीं।' जाते-जाते उसने हलकी मुसकराहट के साथ कहा था। अब लगता है वह मुसकराहट नहीं थी, शायद बहुत गहरा कोई दुख घुटकने की कोशिश थी। मुझे हलका-सा आभास था कि उसका पति बहुत पीने लगा था। एक बार मैंने उसके चेहरे पर नील भी देखा था लेकिन मैंने उससे कुछ कहा नहीं। मेरा शहराती हिंदू संस्कार दूसरे के जीवन में ऐसी ताक-झाँक की इजाज़त नहीं देता था।

पोस्टमार्टम रिपोर्ट साफ़ थी। 'आत्महत्या हो थी।' अपने परेशान घबराए बेटे को हमारे यहाँ से ले जाते हुए विजया के पति ने बताया था। उसने मेरा शुक्रिया अदा किया था और मैंने उसका कि उसने दिन-भर अपने बेटे को मेरी बेटी के साथ समय बिताने दिया, जैसे कि यह सब महज़ लंतरानी-भर थी और जैसे कि असल में तो दूज के चाँद जैसी मुसकराहट लिये विजया अपने अपार्टमेंट में बेटे और पति का इंतज़ार कर रही थी।

विजया नहीं रही थी। गाय के दूध, घर के बने मक्खन और फलों के टोकरों पर पली उसकी मज़बूत खेतिहर काठी उसके गहरे आत्मनाशी क्षोभ की प्रलयंकारी लहर के सामने टिक नहीं सकी थी।

अपने घातक क्षोभ की झलक वह शब्दों और भंगिमाओं में दिखाती रहती थी, हम ही समझ नहीं पाते थे। उसके विध्वंसक कोप का सही मीज़ान हम सुखी-संतुष्ट-समझदार लोग कभी नहीं लगा पाएँगे। हालाँकि हमारी हांडी-कढ़ाहियाँ भी अकसर खौल-खौलकर ख़ाली होती हैं और फिर काली होकर ऐसी चिरायंध

फैलाती हैं कि घर बसाने लगता है।

बड़ा अड़ियल रंग है काला।

देह के चले जाने के बाद भी यह बिखरा रहता है। चारों ओर।

माँ का दशहरा

दशहरे के दिन हम नंदा देवी के मंदिर में जाते थे। हम नौकरों के कंधों पर खड़े होकर जतिये (भैंसे) को बलि होते देखते थे। माँ बताती, विजयादशमी के दिन देवी ने महिषासुर का संहार किया था, मेरी माँ भी उसी दिन जन्मी थी और इसीलिए देवी के नाम पर उसका नाम रखा गया—गौरा। लेकिन लेखन के लिए उसने नाम अपनाया शिवानी यानी शिवप्रिया। 'पूजा के बाद पुरोहित हमारे माथे पर रक्त का तिलक लगाकर हमें आशीर्वाद देते'—माँ बताती थी। माँ ने ही बताया था कि बेटा जन्मने पर गोलू देवता को बकरे की बलि चढ़ाई जाती, मंदिर में ही बड़े-बड़े चूल्हों पर मांस पकता और फिर प्रसाद के रूप में कुटुंब के सभी लोगों में बँटता। 'बहुत स्वादिष्ट होता था वह मांस,' अब भी याद करते माँ के मुँह में पानी भर आता।

बाद में माँ की शादी वैष्णव परिवार में हुई और उसे शाकाहारी हो जाना पड़ा। अब वह अपने मायके के आमिष प्रसाद नहीं खा सकती थी क्योंकि विवाह हो जाने से उसके कुलदेवता बदल गए थे, उसकी देवियाँ अलबत्ता बनी रहीं। 'देवियाँ किसी ख़ास पक्ष की नहीं होतीं, उन्हें तो जब भी पुकारो चली आती हैं,' कलम उठाते हुए माँ बताती।

'तुम्हारी माँ जब लिखने बैठती है तो एकदम ही बदल जाती है,' पिता निरानंद हँसी हँसते कहते। यह बात उनसे बेहतर कौन जानता था !

नंदा और सुनंदा की कथा

उत्तराखंड की स्त्रियों के अडिग गौरव-भाव का स्त्रोत यह जानकारी है कि

आत्मगौरव से भरी स्त्रियों की शिरोमणि सती का पुनर्जन्म पार्वती के रूप में हुआ था जो बाद में इस क्षेत्र के चंद राजाओं के यहाँ नंदा देवी बनकर जन्मी। नंदा के बाद उसकी छोटी बहन सुनंदा जन्मी, दोनों बहनें उत्तराखंड की अधिष्ठात्रियाँ हैं।

जिस प्रांत में औरतें रोज़ इतना बोझ सिर पर ढोती हैं जितना मैदानी इलाक़े का बैल न ढो पाए, वहाँ की ये राजकुमारियाँ भी घर-जंगल के सारे काम करती थीं। एक दिन दोनों बहनें—नंदा-सुनंदा घास-लकड़ी काटने ऊँचे पहाड़ की धार पर जंगल में गई हुई थीं कि अचानक भैंसे का रूप धरे एक राक्षस उन पर टूट पड़ा। दोनों बहनें बचने के लिए भागीं, राक्षस उनके पीछे-पीछे। बाँज, बुराँस, देवदार, चीड़, खड़ीक—राक्षस के डर से किसी भी पेड़ ने नंदा-सुनंदा को शरण नहीं दी—आखिर उन्हें शरण दी तो निर्बल-निरीह कदली वृक्ष ने। बाद में, जैसाकि होता आया है, राक्षस मार गिराया गया—दोनों बहनें क्षेत्र की अधिष्ठात्री देवियाँ बन गईं—हिमालय की दो चोटियों को उनका नाम देकर उनका आवास घोषित कर दिया गया।

हर साल शारदीय नवरात्रि में उत्तराखंड के नर-नारी केले के तने से बनी नंदा-सुनंदा की प्रतिमाओं के आगे नाच-गाकर अपनी श्रद्धा अर्पित करते हैं। और फिर चंद राजवंश के वंशजों की निगरानी में दोनों बहनें पालकी में बैठकर अपने घर को लौट जाती हैं।

पार्वती के बाक़ी अवतारों—भ्रामरी देवी, श्यामा देवी, शीतला देवी, त्रिपुर सुंदरी देवी के मंदिरों की कई कहानियाँ थीं। उनकी भक्त योगिनियाँ थीं जिनकी समाधियों के सफ़ेद पत्थर क़स्बे के फलों के बाग़ों में बिखरे पड़े थे। (योगिनियों और सिद्धों की मृत देहें दफ़नाई जाती थीं, उनका अग्नि-संस्कार नहीं होता।)

माँ बताती थी कि उनके एक शैतान चचेरे भाई ने और बच्चों के चुनौती देने पर एक समाधि पर पेशाब कर दिया था। अगले ही दिन वह बहुत बीमार पड़ गया। लंबा इलाज करवाने और ख़ूब मन्नत-मनौती माँगने के बाद किसी तरह उसकी जान बच सकी।

'जिन्होंने उसे उकसाया था, उनकी बाद में शिशूण की टहनियों से ख़ूब मरम्मत हुई, पर हमें क्या पता था, हम तो बच्चे ही थे,' माँ मुसकराती।

एक और मौसी लाटी जोगिन (गूँगी योगिनी) का क़िस्सा छेड़ देतीं जिसने काली को अपनी जीभ चढ़ा दी थी। 'उनके तन पर एक भी कपड़ा नहीं था,

अलफ़ नंगी, याद है न ? और याद है, वह कैसे दम खींचकर गाँजे की चिलम में तीन हाथ ऊँची लपट उठा देती थी, एकदम मर्दों की तरह ? पता है, सोमेश्वर के श्मशान में चिता के अंगारों की आँच में सोती थी लाटी जोगिन। भूत-प्रेतों का डर तो उसे छू भी नहीं गया था। लोग तो यह भी कहते कि उन्होंने लाटी को अपने अदृश्य संगातियों से बतियाते सुना था। बस, आदमी ही पास जाकर उसे देखने की हिम्मत कर पाते थे,' मौसी कहतीं और औरतें आँखें मटकातीं।

हमारे समय में धर्म अचानक इतना हास्यहीन और तनावग्रस्त क्यों हो गया है ? कब देवी के भक्तों ने उसकी महिमा इस तरह बखाननी शुरू कर दी कि उसमें से हँसी और मज़ाक़ निचुड़ गए ? अब तो विशुद्ध शंका तक लुप्त हुई जा रही है।

नंदी मौसी की कथा

हमारी माँ की मौसी नंदी का नाम भी देवी के नाम पर ही रखा गया था। अठारहवाँ बरस लगते-लगते उनके बाल इतने लंबे हो गए थे कि सिर धोने के लिए उन्हें सीढ़ी पर खड़ा होना पड़ता। हमें बताया गया था कि अच्छे धूप-भरे दिनों में भी उनके बाल सूखने में पूरा दिन लग जाता था। इन नंदी मौसी को हमने कभी नहीं देखा, वे कम उम्र में ही मर गई थीं। नानी बताती थीं कि नंदी मौसी के पति एक दिन जोगियों की जमात के साथ कहीं दूर चले गए। नई-नवेली नंदी मौसी पति के विरह में सूखने लगीं। दूसरे विश्व युद्ध से कुछ पहले उनके पति घर लौट आए लेकिन तब तक वे खाट पकड़ चुकी थीं। उनके पति कमरे में आए तो नंदी मौसी ने दीवार की तरफ़ मुँह फेर लिया, उन्होंने पति से न बात की, न उनकी तरफ़ देखा। नानी कहती थीं, 'वह बिना कुछ कहे और शायद बिना किसी को माफ़ किए, मर गई।' बात यह है कि सिर्फ़ देवियों के मामले में ही ऐसा हो सकता है कि वे सुंदर हों, उनके घने-लंबे केश हों, और फिर भी दुर्भाग्य उन्हें न छू पाए। हम साधारण औरतों के लिए तो सच यही है—'रूप की रोवैं, भाग की खावैं।' अपनी बात ख़त्म करके नानी हमेशा उसाँस भरतीं और फिर छत की तरफ़ देखतीं।

अपनी शादी के बाद मैं ब्यूटी सैलून की पहली यात्रा में नए-नए कटवाए बालों के साथ नानी के हुज़ूर में पेश हुई तो नानी को मेरा अपने लंबे बाल

कटवा डालना बहुत नागवार गुज़रा, 'तेरी सास तुम लोगों को बहुत मनमानी करने देती है। अरी, कहीं दुल्हन के बालों पर कैंची चलाई जावे है ? मुझे तो ज़रा पसंद नहीं ऐसे मरे फ़ैशन।'

मैंने बड़ी नर्मी से सफ़ाई दी कि अब मेरा सिर बहुत हलका हो गया है और मैं उन लंबी लटों को धोने, कंघी करने और गूँथने से छुटकारा पा गई हूँ। और पता है, इन्हें भी कटे बाल बहुत पसंद हैं। मैंने आख़िरी दाँव मारा।

'पर तेरे ससुर और बाप को यह बिलकुल पसंद नहीं आएगा,' नानी नाराज़गी से बोलीं। फिर इधर-उधर देखकर जब उन्होंने पक्के तौर पर जाँच लिया कि आसपास कोई मर्द नहीं है, वे बोलीं, 'मैं मर्दों को ख़ूब जानती हूँ।' यह कहकर नानी ने आँखें मटकाईं, जैसे उनकी बेटियाँ मटकाती हैं।

मेरी पहचान की सभी स्त्रियाँ अपने मन की बातें, अपनी और देवी की बातें तभी करती थीं जब मर्द आसपास नहीं रहते थे। पूजा-अनुष्ठान के लिए अंतःपुर में आने वाले ये ब्राह्मण पुरोहित ही शादी-ब्याह के लायक लड़के-लड़कियों की कुंडलियाँ साथ लिये चलते थे। और क़स्बे के बाक़ी घरानों के बारे में चटपटी ख़बरें भी उन्हीं से मिल पाती थीं, जैसे कि फलाँ-फलाँ की बेटी की कुंडली में मंगल का दोष है और वे उसके लिए ऐसा वर ढूँढ़ रहे हैं जिसका मंगल सातवें/आठवें घर में हो या फलाँने आर्य समाज मंदिर में अहिंदू की शुद्धि के बारे में बड़ी गहरी पूछताछ कर रहे थे। औरतों में से कोई दूसरी को कोहनी से टहोका मारती, 'ओऽऽ ! उनका तो बेटा विलायत पढ़ने गया है न ? लगता है, मेम बहू आएगी !'

'हाय मैया !' दूसरी कहती, 'उनके घर में तो चूल्हे में लकड़ी भी धोकर धरी जाती है। अहा देवी ही रच्छा करे।'

और घूँघटों से खिलखिलाहटें निकलने लगतीं।

ज़ोर से कोई नहीं हँसती थी। पिताजी और ससुरों को यह बात पसंद नहीं आती। यह तो भाग्य को उकसाना ही हुआ।

पारू मौसी की दास्तान उर्फ़ सास का मानमर्दन

मेरी पारू मौसी नई-नई दुल्हन बनी थीं, उनके किसी भाई ने उन्हें इंग्लैंड से एक नर्म, खूबसूरत कार्डिगन ला दिया था। शायद धूप में बैठकर चावल फटकते, कपड़े धोते, स्वेटर बुनते पारू मौसी ने घर की औरतों के बीच क़ार्डिगन की काफ़ी शान बघारी हो। तो हुआ यह कि एक दिन कैंची-सी ज़ुबान वाली उनकी सास ने यूँ ही, ख़ास किसी को न सुनाते हुए कह दिया कि घर की एक बहू तो पूरी अंग्रेज़ हुई जा रही है और लगता है कि किसी दिन अपने बेटे के लिए विलायत की महारानी की बेटी ही माँग लाएगी।

'तब तो मैं कुछ नहीं बोली,' पारू मौसी ने बताया था, 'क्योंकि ससुराल में बहू के मुँह में ज़ुबान नहीं रहनी चाहिए। लेकिन उसके बाद पूरे जाड़े-भर, पहाड़ की उस कड़कड़ाती सर्दी में मैंने स्वेटर नहीं पहना। लोग कहते-कहते हार गए कि मर जाएगी, ठंड छाती पकड़ लेगी लेकिन मैं बस अपनी सास की तरफ़ देखती और ना कह देती। निमोनिया से मरती-मरती बची मैं। आख़िर मेरी सास टूट गई, उसने रो-रोकर माफ़ी माँगी और बोली—जो मेरे मन में ज़रा भी मैल रहा हो तो बाघ मेरी जीभ ले जाए।'

यह कहानी सुनाने के पीछे हमारी सद्‌गृहिणी मौसी का उद्‌देश्य शायद मायके के प्रति अपनी निष्ठा जाहिर करना और अपने आत्मसम्मान का प्रदर्शन करना रहा होगा। शादी लायक उम्र की हम लड़कियों को इससे यह सबक लेना था कि कैसे तेज़-तर्रार सासों के घुटने सत्याग्रह करके, आत्मपीड़न से टिकवाए जा सकते हैं, कि दूसरे को दंडित करने से पहले कैसे ख़ुद को दंडित करना होता है।

वैसे यह अपने मायके के प्रति अपने समर्पण पर एक बेटी की टिप्पणी भी हो सकती है लेकिन पारू मौसी को देखते-जानते यह बहुत संभव नहीं लगता।

दंतकथाएँ ऐसी ही होती हैं। निष्कर्षहीन। जैसे पारू मौसी के विलायती कार्डिगन का क़िस्सा जो हमने सुनाया, आपने सुना। हुआ कि नहीं ?

3

देवी की कुछ और गाथाएँ

1995 : उत्तराखंड क्षेत्र में नंदा देवी की एक कहानी इन दिनों ख़ूब दोहराई जा रही है। 1818 का ज़माना, अल्मोड़ा शहर की बात। अंग्रेज़ कमिश्नर ट्रेल साहब का हुक्म हुआ कि राजा के महल के पास से नंदा देवी का मंदिर हटा दिया जाए, वहाँ उसके अमले का दफ़्तर बनेगा।

लोगों ने साहब को ख़ूब समझाया-बुझाया लेकिन उस पर कोई असर न होना था, न हुआ। परेशान, बेचैन लोग दैवी कोप के इंतज़ार में हाथ मलने लगे। मंदिर हटाने का हुक्म देकर ट्रेल साहब ऊपर पहाड़ों में घूमने गया। कुछ ही दिन बाद लोगों की आशंका सच निकली, ख़बर आई कि नंदा देवी की चोटी पर चढ़ते हुए बर्फ़ानी तूफ़ान में फँसकर ट्रेल साहब अंधा हो गया। डॉक्टरों का कहना था कि साहब बर्फ़ की चकाचौंध से अंधा हुआ है लेकिन लोगों का मानना था कि वह देवी के प्रकोप का शिकार हुआ है। आख़िर ट्रेल साहब ने मंदिर हटाने का आदेश वापस लिया औद देवी की पूजा करवाई। पूजा होते ही साहब की नज़र जैसे गई थी वैसे ही अचानक लौट भी आई।

देवी के भक्तों की, देवी के भक्तों के लिए, देवी के भक्तों द्वारा कही एक छोटी-सी कहानी। जो देवी के भक्त नहीं हैं, वे इसका जो चाहे अर्थ लगा लें।

रू-ब-रू होने पर अछूती बर्फ़ की ही तरह नंगा सच भी अंधा कर देता है।

ख़ासकर जब आपको उसकी आदत न हो।

इस क्षेत्र की बड़ी-बूढ़ियाँ अकसर कहती हैं, 'मर्दों को न दिखाए भनार', उन्हें कभी भंडारघर नहीं दिखाना चाहिए। वे खाना-वाना तो बनाते नहीं हैं, रसद देखकर उलटे बौखला जाते हैं। उन्हें लगता है कि घर में जितना कहा गया है, उससे कहीं ज़्यादा अन्न-पानी है। मर्द स्वभाव से ही उड़ाऊ-बिछाऊ होते हैं, भोजन को देखते ही वे उसे निगल जाना चाहते हैं। तभी उनका चित्त रमता है युद्धों में। वे नहीं जानते कि पीठ पीछे स्त्रियाँ उनके बीज सँजोकर न रखें तो उनका नामोनिशान न बचे।

यह सच है कि वैसे स्त्रियाँ युद्ध पसंद नहीं करतीं लेकिन जब कभी वे हथियार उठा लें तो असली योद्धा बन जाती हैं।

काली की तरह। वह जानती है युद्ध क्या है।

वह पीछे हटती भी है तो फिर-फिर लौटने के लिए, चतुर महारथी की तरह।

रौद्र मोहिनी

मार्कण्डेय पुराण में एक और कथा। तीनों लोकों को अपने अत्याचारों से कँपा रखा है दैत्य भाइयों शुम्भ और निशुम्भ ने। अब अचानक उनके मन में कामना जगी है। हुआ यों कि उनके दरबारियों ने नदी में नहाती पार्वती को देख लिया। हाँफते-काँपते दरबारी लौटे और स्वामियों को बताया, 'महाराज बेकार है आपका राजकोष, व्यर्थ है आपकी धन-संपत्ति, असली रत्न तो वहाँ है—उस पहाड़ी नदी के किनारे...।' जैसा कि रिवाज़ सत्तावानों में है, शुम्भ-निशुम्भ ने आदेश दिया कि मतवाले जोगी की सुंदर पत्नी को उनके सामने हाज़िर किया जाए।

दूत-कारिंदे दौड़े-दौड़े देवी के पास आए। शुम्भ-निशुम्भ का संदेश सुनकर मैया क्या करती है कि मुसकराती है, उन्हें दो-दो हाथ करने को न्योतती है। दूतों के मुँह खुले, आँखें फटी रह जाती हैं।

'अरी, इतना अभिमान मत कर,' एक कहता है, 'हमारे मालिकों को तो देवता नहीं हरा सके और तू एक औरत होकर उन्हें ललकारती है ? मेरी बात सुन, अपनी औकात समझ और सीधी-सीधी हमारे साथ चली चल, नहीं तो

वे तुझे झोंटा पकड़कर घसीटते ले जाएँगे।'

'तुम ठीक ही कह रहे हो', देवी ने बाँकी मुसकान मारी, 'पर क्या करूँ मैं ठहरी मूर्खा। मैंने प्रण किया है कि मैं उसी की सेज चढ़ूँगी जो मुझे युद्ध में हरा देगा।' फिर शरमाती हुई बोली, 'देखो, मेरी बात उन तक पहुँचा देना, फिर जैसा वे चाहें।'

यह संदेश सुनकर शुम्भ-निशुम्भ और भी बौरा गए। उन्होंने महापराक्रमी धूम्रलोचन के सेनापतित्व में एक सेना भेजी कि उस घमंडिन की रक्षा के लिए आगे आने वाले किसी भी सुर या नर को मारकर उसे झोंटा पकड़कर दरबार में ले आया जाए। रण के साज सजाकर सेना चल दी घमंडिन नारी का दर्प-दलन करने।

दोनों भाई लार टपकाते इंतज़ार कर रहे हैं।

1995 : विजयवाड़ा, चिलकलुरी पेटा, निज़ामाबाद, काकिनाडा और हुस्नाबाद जैसे दूर-दूर फैले ज़िलों से लड़कियाँ घसीटकर चकलों में लाई जा रही हैं। भागने की कोशिश कर रही एक लड़की को दलाल पकड़ लेते हैं और उसके चेहरे पर तेज़ाब डाल देते हैं। चकलों पर दिन-रात मुच्छड़ मुस्टंडों का पहरा रहता है। पुलिस से बचने के लिए एक नया ढंग ढूँढ़ लिया गया है, लड़कियाँ ज़्यादा दिन एक शहर के चकले में नहीं रखी जातीं, उन्हें लगातार इधर-उधर किया जाता रहता है। प्रमुख तेलुगू दैनिक *उदयन* लिखता है कि चकलेदारों और उनके दलालों की राक्षसी सेना ने ढेरों दौलत जमा कर ली है जिसका इस्तेमाल वे नई लड़कियों को फँसाने के लिए करते हैं।

दक्खिनी पठार के इस क़स्बे यादगिरी गट्टा में किशोरी वेश्याओं की संख्या बढ़ रही है। अंदाज़ा है कि यहाँ 44 चकले चल रहे हैं। स्त्रियों के विरोध के बाद भी चकले फल-फूल रहे हैं क्योंकि उनके अलावा पुलिस, राजनीतिज्ञ, स्थानीय प्रशासन हर कोई चाहता है कि चकलों का धंधा फलता-फूलता रहे।

वेश्या जितनी ही कमउम्र और उग्र होगी उतनी ही उसकी माँग बढ़ेगी।

औरतें बिक रही हों तो भला दारू का धंधा नहीं चलेगा ? अरक की

नदियाँ बहती हैं। आदमी और जवान लड़के बहकते-लड़खड़ाते घूमते हैं, उनकी पत्नियाँ और बच्चे बिलखते रहते हैं।

क्षितिज पर गड़गड़ाते मेघों की तरह देवी के आने की आहट सुनाई देने लगी है। घर-बच्चों की बरबादी देख औरतें योद्धा बन गई हैं। सुशीलता छोड़कर वे दारू के ठेकेदारों की जीपें उलटाने लगी हैं, वे डंडे लेकर पुलिस को खदेड़ती हैं। हत्यारी अरक की एक बूँद भी वे अपने गाँव में नहीं आने देंगी, मर्द उनसे मारपीट करते हैं, उनके कपड़े फाड़ देते हैं, उन्हें कीचड़ में घसीटते हैं लेकिन अरक की दुकानों पर से औरतों का धरना नहीं उठता।

वेश्याएँ भी उनके साथ आ जाती हैं, आख़िर उनके भी बच्चे हैं और शराबियों से उन्हें भी उतनी ही नफ़रत है।

चुनाव पास आ रहे हैं। विपक्ष के नेता राजनीति के शातिर खिलाड़ी नन्दमूरि तारक रामाराव हैं जो तेलुगू रजतपट के भूतपूर्व देवपुरुष हैं। इन औरतों के क़िस्से उनके कानों तक पहुँचते हैं और वे सुनहरे अवसर को लपक लेते हैं। अपने चुनावी रथ से वे गर्जना करते हैं कि सत्ता में आने पर वे शराब के कारख़ानों और शराब के व्यापारियों के लाइसेंस निरस्त कर देंगे। अफ़वाह है कि वे रात को साड़ी और कुंडल पहनकर सोते हैं क्योंकि एक ज्योतिषी ने भविष्यवाणी की है कि दक्खिन पर एक औरतनुमा जीव राज करेगा।

रामाराव औरतों की ताक़त जानते हैं।

वे चुनाव जीत जाते हैं। स्त्रियों ने उनको वोट दिए हैं।

दहकती आँखों वाला धूम्रविलोचन अपने मालिक का संदेश देवी को सुनाता है, सुनकर वह हुंकार भरती है और देखते-देखते धूम्रविलोचन नष्ट हो जाता है।

फिर देवी और उसका सिंह दैत्य सेना का संहार करने लगते हैं। चिंघाड़ते, कोसते दैत्य जान बचाने के लिए इधर-उधर दौड़ रहे हैं, देवी हँसती है।

शुम्भ-निशुम्भ चंड-मुंड को सेनापति बनाकर फिर सेना भेजते हैं—आदेश वही है—झोंटा पकड़कर उस ज़िद्दिन को हमारे सामने हाज़िर किया जाए।

अब की बार देवी को सचमुच क्रोध आ गया और उसने भयंकर काली को प्रकट किया। काली बाघंबर धारे है, उसके गले में मुंडों की माला है, उसकी आँखें जलते अंगारे। अपनी जटाएँ हिलाती, खड्ग घुमाती काली दैत्य-सेना पर टूट पड़ी। कई दैत्यों के सिर उसने खंड-खंड कर दिए, कइयों को उनके हाथियों और हाथियों के गलों में लटके घंटों सहित निगल लिया।

कबहुं न छाड़ें खेत शूरा सोई।

1995 : दुनिया का भूमंडलीकरण हो रहा है। रामाराव को शराब पर रोक लगाए कुछ महीने हो गए हैं। शराब के ठेकेदार-उत्पादक रोक के ख़िलाफ़ राज्य के हाईकोर्ट में चले गए हैं। वे कहते हैं कि रोज़ी-रोटी कमाना हमारा लोकतांत्रिक अधिकार है। न्याय उनसे सहमत होता मुंडी हिलाता है—बिलकुल-बिलकुल।

औरतें रामाराव की तरफ़ देखती हैं जो इस क्षण दिल्ली से दक्खन तक के राजनीतिज्ञों की परंपरा का पालन करते हुए मौन व्रत धार लेते हैं। फिर वे विलायती उद्योगों और विलायत में बसे हिंदुस्तानियों की पूँजी की गंगा आंध्र में खींच लाने के लिए लंदन उड़ लेते हैं। औरतों को लगता है कि उनको भुला दिया गया है। हैदराबाद के सचिवालय में मर्द उन मर्दों से वार्ता कर रहे हैं जो शराब के कारख़ानों के मालिक हैं।

एक बार फिर गर्जना उठने लगती है। सचिवालय की दीवारें हिलने लगी हैं। स्त्रियाँ तर्जनी दिखा-दिखाकर सबको याद दिला रही हैं कि कुछ ही महीने बाद संसद के चुनाव होने वाले हैं, हमारे वोट लेकर संसद में जाना है तो अपने विलायतगामी नेता को वापस बुलवाकर अदालत के आदेश निरस्त करवाओ।

विपक्षी सेनाओं के बाणों की तरह फैक्स संदेशों की बौछार होने लगी। आख़िर सुरक्षा-व्यूह बेधकर फैक्स संदेश विलायती पूँजी खींचने के लिए गहन-गंभीर वार्ता में जुटे रामाराव तक पहुँचते हैं।

आधी रात को रामाराव का संदेश आता है : शराब के लाइसेंसों का नवीनीकरण मत करो, राज्य सरकार राज्य हाईकोर्ट के फ़ैसले के ख़िलाफ़

सुप्रीम कोर्ट में जाएगी। अफ़सरशाहों की फ़ौज मुस्तैदी से हुक्म बजाने में जुट जाती है। शराब व्यापारी चिल्ला-चिल्लाकर शाप दे रहे हैं।

औरतें जीत गईं। क़रीब-क़रीब जीत गईं।

क्रोध से भरे शराब के व्यापारी रण छोड़ देते हैं। उनकी योजना चुनावों तक फ़िलहाल आसपास के राज्यों में क़दम जमाकर चुनाव ख़त्म होते ही फिर लौटने की है।

औरतें ज़हर-बुझी मुसकान मुसकराती हैं। काले रंग के हठीलेपन को उनसे बेहतर कौन जानता है ? आख़िर दुनिया की मैली चदरिया कौन धोता रहा है सदा से ?

वासना और क्रोध से पगलाए चंड-मुंड काली की ओर बढ़ते हैं, वह भयंकर अट्टहास करती है, फिर हुंकार भरकर एक ही वार में चंड का सिर धड़ से अलग कर देती है।

यही हाल वह मुंड का करती है।

कटे हुए सिरों को गेंदों की तरह उछालकर काली उन्हें चंडिका को भेंट करती है। भयानक रूपवाली चंडिका कहती है, 'बहन अब से तुम्हारा नाम चामुंडा भी होगा—कटे मुंडों से खेलने वाली !' दोनों देवियाँ रक्त टपकाते मुंडों से खेलने लगती हैं।

अपने सेनापतियों की यह गत देखकर अहंकारी शुम्भ-निशुम्भ अपनी असंख्य सेना लेकर दौड़े आए। अब तक चंडी को भी आनंद आने लगा है और वह भी बढ़-चढ़कर युद्ध में भाग ले रही है। शुम्भ-निशुम्भ को आते देख उसने आनंदित होकर अपना धनुष टंकारा कि उसकी देह से रणमत्त शक्तियाँ प्रकट हो गईं। दैत्य सेना का सामना करने से कतराते, किनारे खड़े देवताओं के शरीरों से भी शक्तियाँ निकलीं, यूँ नौ शक्तियाँ प्रकटीं : प्रेत पर सवार चामुंडा, तैरते कमल पर विराजमान लक्ष्मी, हंसवाहिनी ब्राह्मी, साँड़ पर सवार माहेश्वरी, मयूरवाहिनी कौमारी, गरुड़वाहिनी वैष्णवी, शूकर पर सवार वाराही, वृषभ पर सवार श्वेतवसना ईश्वरी और ऐरावत हाथी पर सवार इंद्राणी—शस्त्रास्त्रों से लैस, युद्धातुर नौ शक्तियाँ रणभूमि में आ डटी हैं।

नौ शक्तियों की किलकारियों से रणक्षेत्र थरथरा उठा। उनकी ओर देखकर देवी मुसकराई और बोली, 'मुझे लगता है, दैत्यों को एक मौक़ा और दे दें, क्यों ?' तो वह अपने जटाजूटधारी पति भोले शंकर को भेजती है कि जाकर दैत्यों से कह दें कि अपनी जान बचानी है तो जिस पाताल से आए हो, वहीं लौट जाओ—नहीं तो शक्तियों की सेना तुम्हारा ही कलेवा कर लेगी।

उल्लसित शक्तियाँ किलकारी मारती हैं।

संदेश सुनकर दैत्य दंग रह जाते हैं। उन्हें लगता है कि शिवशंकर मज़ाक़ कर रहे हैं। क्रोध से पागल हुए वे अपने खांडे-फरसे चमकाते, दाँत किटकिटाते शक्तियों की सेना पर झपट पड़ते हैं।

एक बार फिर अपना धनुष टंकारकर देवी तीरों की ऐसी बौछार करती है कि दैत्य सेना के हरावल दस्ते का सफ़ाया-सफ़ाया हो जाता है। उसकी शक्तियाँ भी दैत्य सेना पर टूट पड़ती हैं, हाय-पुकार, त्राहि-त्राहि से आकाश गूँज उठता है। तब गदा घुमाता विकराल रक्तबीज आगे बढ़ा है। कैसा है रक्तबीज दैत्य कि जिसके लहू की बूँद धरती पर टपकते ही दैत्यों की सेना जन्मती है। तीर रक्तबीज की देह पर लगते हैं और उधर दैत्यों की सेना पर सेना जन्मती जाती हैं। देवता भय से पीले पड़ जाते हैं कि अब शक्तियाँ इस राक्षसी माया से कैसे निबटेंगी ?

देवताओं के उतरे चेहरे देखकर देवी खिलखिलाती है—युद्ध और चुनौती उसे बहुत प्रिय हैं। चंडी अपनी बहन चामुंडा को उपाय बताती है और तब चामुंडा क्या करती है कि काली बनकर अपनी लपलपाती जीभ से रक्तबीज का लहू धरती पर टपकने से पहले ही चाट जाती है। दैत्य का लहू पीकर काली मत्त हो जाती है। रक्तबीज की देह धरती पर लोट जाती है, बचे-खुचे दैत्य भाग जाते हैं।

देवी उन्मत्त होकर किलकारी मारती है, उसने युद्ध जीत लिया। उसकी शक्तियों के तांडव से रणक्षेत्र थरथरा जाता है। शुम्भ-निशुम्भ को समझ आ गया है कि यह कोई साधारण योद्धा नहीं है। वे ख़ुद उस औरत के सामने आने के लिए कमर कसते हैं।

देवी और शुम्भ-निशुम्भ की सेनाएँ आमने-सामने आकर ऐसी गर्जना करती हैं कि गर्भिणियों के गर्भ गिर जाएँ।

फिर क्षण-भर को सन्नाटा छा गया। तब देवी ने अपना शंख फूँका, धनुष टंकारा, घंटे बजाए, उधर उसके हाथी और शेर चिंघाड़ने और दहाड़ने लगे। फिर जो मार-काट मची तो देवी और उसकी शक्तियाँ लहू पीती, हड्डी-मांस चबाती, लपकती-झपकती दैत्य-सेना को संहारने लगीं।

निशुम्भ मारा गया।

ख़ुद को अकेला पाकर शुम्भ ने तमाम हारने वालों की तरह फब्ती कसी, 'तेरे क्रोध और शूरता से कोई रौब नहीं खाता। अरी डरपोक, तू और औरतों के पीछे छिपकर क्यों लड़ती है ? हिम्मत है तो अकेली सामने आ।'

एक बार फिर सन्नाटा छा जाता है। एक-एक करके सब शक्तियाँ देवी में समा जाती हैं। देवी अपने महिमामय रूप में अकेली खड़ी है। वह गर्जती है, 'रे मूर्ख ! यह सब तो मेरी ही स्वरूप थीं। आ, आगे बढ़ और युद्ध कर, अब मैं अकेली तुझसे निबटूँगी।'

शुम्भ और देवी का युद्ध शुरू हुआ। पहले शस्त्रास्त्रों से धरती पर युद्ध चला, धरती पर ख़ुद को हारता पाकर शुम्भ क्या करता है कि झपटकर देवी को लेकर आकाश में उड़ जाता है। फिर आकाश में उनका मल्लयुद्ध होता है।

एक विकट हुंकार भरकर देवी शुम्भ को धरती पर पटक देती है, जब वह फिर से उस पर झपटता है तो अपने तीखे शूल से उसकी छाती बेध देती है। यूँ शुम्भ का अंत होता है।

यह युद्ध तो ख़त्म हो गया लेकिन आगे युद्धों की संभावना बनी हुई है। क्षितिज पर संकट के बादल हमेशा बने रहते हैं, यह बात सिर्फ़ देवी ही जानती है।

इसलिए बर्फ़ से ढके पहाड़ों में अपने धाम को लौटते हुए देवी देवताओं को अभय करती है कि जब भी उन पर कोई संकट आएगा तो वह बार-बार लौटेगी।

'मैं नंद की पत्नी यशोदा के घर शक्ति बनकर जन्मूँगी।'

'वैप्रचित्त राक्षस का संहार करने के लिए मैं रक्तदंतिका बनूँगी।'

'सौ वर्ष के अकाल के बाद मैं सौ आँखोंवाली शताक्षी बनकर आऊँगी।'

'मैं वनस्पतियों की देवी शाकंभरी, दुर्गम दैत्यनाशिनी दुर्गा, ऋषियों को त्रस्त करने वाले राक्षसों की संहारिणी भीमा और राक्षस अरुण का संहार करने के लिए भ्रामरी के रूप में जन्म लूँगी।'

जो लड़ै दीन के हेत शूरा सोई।

'ठीक है माता, ठीक है, पर अभी तो तुम अपने लोक को जाओ,' देवता अपना रोज़ का जीवन जीना चाहते हैं अब। वे समझ नहीं पा रहे कि युद्ध तो समाप्त हो गया; विकराल, दुर्दम्य काली अब भी क्यों रुकी है ? मद्यपान से उसकी आँखें लाल हैं, उसकी चाल डगमगा रही है और बीच-बीच में वह ज़ोर से किलकारती है।

'घर जाओ माँ,' देवता उससे प्रार्थना करते हैं, 'दैत्यों का संहार करते-करते तुम थक गई होगी, अब विश्राम करो।'

देवी के सब योद्धास्वरूपों में से सबसे कठिन है उसके युद्ध के बाद के रूप को झेल पाना। युद्ध निबटा, पर उसका क्रोध अब भी झंझावात आलोड़ित समुद्र की तरह पल-पल बेकाबू हो रहा है—विनाश की आँधी रुक नहीं पा रही। देवता कातर होकर पुनः प्रार्थना करते हैं—'जाओ माँ, अपने धाम जाओ।'

एक कहानी बताती है कि शुम्भ-निशुम्भ-संहार के बाद उन्मत्त देवी को शांत कराने को शिव ने उन के साथ नृत्य किया। चक्कर-दर-चक्कर, भंगिमा-दर-भंगिमा वह शिव के साथ नाचती चली गई। फिर शिव ने एक पैर आकाश तक उठाया, देवी ने भी, पर तभी उसे अपने स्त्रीत्व का भान हुआ, वह झेंप गई और फिर धीरे-धीरे शांत हो गई।

लेकिन एक और कहानी बताती है कि शिव के पस्त होकर गिर जाने पर भी देवी का नाच नहीं रुका। उसकी लय तेज़ होती गई, मदमत्तता बढ़ती गई। जब करुण स्वर में शिव ने डरे हुए बालक की तरह देवी को पुकारा तब वह रुकी।

देवी में समाहित सौम्य और रौद्र शक्तियों की ही तरह, अलग-अलग नतीजों वाली उसकी कहानियाँ चलती रहती हैं।

बड़ी अम्मा की कथा

अपने आख़िरी दिनों में बड़ी अम्मा अपने छीजते जीवन के विरुद्ध क्षोभ से उफनती रहती थीं। अपने जल्लो-जलाल के ज़माने में, जब हमारे मौसा ज़िंदा थे, वे परम उदार और स्नेही थीं और कुछ-कुछ दबंग और बहुत मज़बूत भी। अपने पति के न रहने पर परिवार की बागडोर उन्होंने स्वेच्छा से ही छोड़ दी थी और पहाड़ों में एक छोटे से घर में रहने लगी थीं। लेकिन यह उनकी कहानी का अंत नहीं था। एक बार सत्ता देने के बाद उनका मन रह-रहकर नियंत्रण के लिए हुड़कता—यही वे दिन थे जब कज्जल काले क्षोभ ने उन्हें अपनी लपेट में ले लिया।

बेटे उन्हें अपने साथ लिवा लाए।

लेकिन आँसू-भरी बहुओं ने बताया था कि पहाड़ों से उतरी बड़ी अम्मा के साथ रहना नर्क से कम नहीं था। बेटों की गृहस्थी में उन्हें लगता कि वे मेहमान-सी हैं। बेचैन, परेशान वे बेटे-बहुओं की शिकायतें करतीं। अगर परिवार चकरघिन्नी की तरह उनके चारों तरफ़ चक्कर न काटता रहे तो बड़ी अम्मा का मुँह फूल जाता। लोग उन्हें मिलने आते तो वे कहतीं कि वे थक जाती हैं, न आते तो उन्हें शिकायत रहती कि सब उन्हें भूल गए हैं। बड़ी अम्मा किसी हाल में खुश न रहतीं।

उनकी भानजियाँ होने के नाते हम उनकी शिकायतें सुनतीं, उनके दुख से दुखी होतीं लेकिन उनके पैर पटकने-रूठने से हमें शर्मिंदगी भी होती। हम उनकी दिलजोई करने के लिए तरह-तरह के प्रस्ताव रखतीं जो बड़ी रुखाई से ठुकरा दिए जाते। धीरे-धीरे हमारी सहानुभूति ख़त्म होने लगी। हम भी मानने लगीं कि बेचारी भाभियों की जान सांसत में है।

'अपनी देवरानी-जिठानियों से मिलने चलोगी अम्मा ?' बेटे पूछते। बड़ी अम्मा खौल जातीं।

वे जाएँगी उन बकवादिन बुढ़ियों के पास जिन्हें अपने गठिया-बाय, हाड़ों की हड़कन के बारे में बतियाने से ही फ़ुरसत नहीं मिलती ? सवाल ही नहीं उठता।

झिझकते-सहमते हम लोगों ने फिर पूछा, 'तो अपने भाई-बहनों से मिलने विदेश जाओगी ? नहीं तो अमेरिका ही घूम आओ।'

न, अमेरिका वे क्यों जाने लगीं, वहाँ बूढ़ों के लिए क्या धरा है ? उन्होंने ख़ूब पढ़ रखा है कि अमेरिका में बूढ़े पार्कों में बेंचों पर बैठे रहते हैं, श्राद्ध के दिनों में कौओं की तरह। वे परदेस में ऊब से नहीं मरना चाहतीं, वे नहीं लौटना चाहतीं कलश में मुट्ठी-भर राख बनकर।

न, वे तो पहाड़ जाना चाहेंगी। जितनी भी बर्फ़ गिरे चाहे जैसे भी बुरे नौकर हों, वे किसी पर बोझ बनकर नहीं रहेंगी। उन्हें भी सब दिखता है।

चुप्पी बढ़ती गई। और, तनाव भी।

युद्ध बीत जाने के बाद उन्माद की तरंग पर झूलती रणमत्त देवी अचानक फालतू हो गई थी और अब अपने कोप और वेदना को हम पर सुदर्शन चक्र की तरह चला रही थी। सुखी दांपत्य उनकी कोपदृष्टि का शिकार होता। जवान लोगों की हँसी, उनका खिलंदड़ापन-धींगामस्ती, पति के कान में पत्नी की फुसफुसाहट या झलक-भर दिखा स्पर्श, उनकी अस्थि-मज्जा सुलगा देते।

'संस्कार तो घोलकर पी गए हो तुम लोग, समाज का बेड़ा गर्क होकर ही रहेगा।' वे फुँकारतीं।

उनके क्षोभ की आँच लोगों को उनके पास न टिकने देती। बड़ी अम्मा शिकायत करतीं कि बच्चों के दिलों में प्यार रह ही नहीं गया, वे अहसानफरामोश हो गए हैं।

उनके घर के हम बच्चे एक-दूसरे से पूछते कि अब क्या किया जाए ? पर जवाब किसी के पास नहीं थे।

महीनों तक धीरे-धीरे जीवन छीजते जाने के बाद आख़िर बसंत के दिनों में मृत्यु आई। मुश्किल से ली जाती साँसों की घरघराहट अँधेरी काली रात के सन्नाटे को तोड़ रही थी। फिर थरथराकर साँस टूट गई, बाक़ी बची मच्छरों

की अनवरत भनभनाहट।

आज जब मैं इस मौसी के जीवन की गुत्थियाँ खोलती बैठी हूँ, तो मुझे हैरत होती है।

बड़ी अम्मा उम्र के किस बिंदु तक बड़ी अम्मा थीं ? कैंसर से एक-एक करके दोनों छातियाँ खोने से पहले ? रीढ़ के चरमराकर उनकी सतर-सतेज ब्राह्मण काठी को दोहरा कर देने से पहले ? उनकी देह के सूख-सूखकर चमड़ी मढ़ी ठठरी-भर रह जाने से पहले ? उनके तड़फड़ाते हुए हवा निगलने और फिर भी एक पूरी साँस के लिए छटपटाते रह जाने से पहले ? चमकीली आँखों पर मोतिया की दूधिया परत उतरने से पहले जिसके बाद वे आँखें सिकोड़ती रैलियों के क्लोज़-अपों में अपने बड़े बेटे को नहीं ढूँढ़ पाती थीं ?

बड़ी अम्मा ने युद्ध-क्षेत्र छोड़ने का फ़ैसला कब लिया ? उन दिनों, जब हम उनसे रुकने को कहते हुए मन-ही-मन मनाते रहते थे कि वे चली ही जाएँ ? क्या काली की तरह वे जान गई थीं कि अब उनकी मेहमानदारी भारी पड़ने लगी है ? वे इसी का बदला ले रही थीं ?

देवी को बहकाया नहीं जा सकता। जब उसे जाना होगा तभी जाएगी वह। आप बहुत ही विनय-विनम्रता दिखाएँ तो वह गुस्से से खौल उठेगी।

और जब एक दिन वह सचमुच क्षिजित के परे चली जाएगी, तो आपके जीवन में एक विराट, काला विवर रह जाएगा जिसे कुछ नहीं भर सकेगा, कुछ भी नहीं।

तब ऐसा होता है कि आप चाहते हैं और नहीं चाहते। आशा करते हैं और आशा नहीं करते।

तब ऐसा होता है कि आप लिखने बैठ जाते हैं।

4

सरस्वती

कहते हैं कि एक बार महापराक्रमी विक्रमादित्य ने कवि कालिदास से पूछा, 'ऐसा क्यों है कि बहती हुई नदी के स्वर में स्त्री के रोने जैसा कुछ सुनाई देता है ?'

'क्यों नहीं सुनाई देगा ?' कवि बोले, 'अगर आप होते ऊँचे पहाड़ों में जन्मी बेटी, और आपका ब्याह होता दूर खारे सागर से जहाँ से आप कभी अपने पिता के घर न लौट पाते, तो आप नहीं रोते ?'

सरस्वती पहली देवी है जिसका नाम एक नदी के नाम पर है। या कहीं ऐसा तो नहीं कि नदी का नाम देवी के नाम पर रखा गया है ?

'बेटियों को कभी नदी का नाम नहीं देना चाहिए,' हमारी माँ की एक बूढ़ी ताई कहती थीं, 'नदी के नामवाली बेटी माँ-बाप और मायके से हमेशा बिछुड़ी रहेगी। अपनी गंगा मौसी याद है न ?'

हमारे देश में गंगा और यमुना जैसी नदियों की पूजा युग-युग से होती आई है। गंगा, यमुना और सरस्वती की त्रिवेणी भी ब्रह्मा, विष्णु, महेश की त्रिमूर्ति से जुड़ी है : गंगा शिव से, यमुना कृष्णरूपी विष्णु से और सरस्वती ब्रह्मा से। शायद

अपने विकास के पहले चरण में कुछ खारे पानी वाली (सरस का एक अर्थ नमक भी है) एक महत्त्वपूर्ण और पवित्र नदी होने के नाते सरस्वती कोई जलदेवी थी। अगले चरण में उसकी पहचान उसके तटों पर होने वाले विभिन्न अनुष्ठानों से जुड़ती है। इसी क्रम में बौद्धिक देवियाँ इडा और भारती और कुछ सूक्तों की रचना भी सरस्वती से जुड़ जाती है। और पौराणिक युग में आकर वाक् देवी के रूप में सरस्वती की संकल्पना गायत्री से भी गुँथ गई। गायत्री जो महामंत्र है और जो प्रजापति ब्रह्मा की दूसरी पत्नी के रूप में साकार है।

भौतिक समृद्धि की देवी लक्ष्मी के विपरीत बुद्धिस्वरूपा सरस्वती का मन घर-गिरस्ती में नहीं रमता। वह अपनी कल्पना में डूबी निरंतर जाने किन-किन वीरानों में विचरती है। काल उसके लिए चुनौती नहीं है क्योंकि वाक् के रूप में वह ख़ुद अपने में काल को धारे है और अपनी इच्छा के अनुरूप उसकी पुनर्रचना करने में सक्षम है। दिक् उसकी सीमा नहीं बनता। और युयुत्सु काली की तरह उसे रणक्षेत्र के जुझारू संगी भी नहीं चाहिए। शांति से सराबोर सरस्वती तो सागर पर गिरती फुहार की तरह है।

मौसी और नदी के नामवाली देवी की कथा

शुरू में हमें नहीं मालूम था कि हमारी मौसी बड़ी अम्मा का जन्म का नाम गंगा था। बाद में उन्होंने कई नाम बदले लेकिन उनकी माँ मरते दम तक उन्हें गंगा ही कहकर पुकारती रही।

यह मौसी पहले ललिता और फिर बड़ी अम्मा के रूप में जानी जाती रहीं। उसके पीछे भी एक कारण है और वह यह कि जब उन्हें नदी के नामवाली बेटियों का क़िस्सा मालूम हुआ तो उन्होंने ज़िद पकड़ ली कि उनका नाम बदलकर ललिता रख दिया जाए। यूँ उनका नाम ललिता हो गया। इसी नाम से उनका दाख़िला प्राइमरी स्कूल में हुआ। बाद में तो ख़ैर उनका नाम न गंगा रहा, न ललिता, वे बड़ी अम्मा के नाम से ही जानी जाती रहीं। कारण कि उनकी सभी चीजें बड़ी थीं : बड़ा-सा गोल चेहरा, बड़ा थाल जैसा मुँह, बड़ी-बड़ी आँखें, ऊँचे माथे पर बड़ी गोल बिंदी और सबसे बड़ी थीं उनकी छातियाँ जो उनकी सुदीर्घ काठी पर दो उन्नत कलशों की तरह उभरी रहतीं।

उनकी माँ बताती थीं कि गंगा उर्फ़ ललिता जब पैदा हुई तो एकदम

मरघिल्ली-सी थी, वह सतमासी जन्मी थी। लेकिन वह जी गई क्योंकि अव्वल तो लड़कियाँ आसानी से नहीं मरतीं, दूसरे उसकी कुंडली में ग्रह भी बड़े मज़बूत थे। माँ की गोद में लेटी बारह दिन की नवजात बच्ची के कान में तीन बार शंख से गंगा, गंगा, गंगा पुकारकर कुलपुरोहित ने उसका नामकरण किया। मकर राशि के जातक यूँ भी बड़े हठीले होते हैं, उस पर गंगा की कुंडली में उच्च का सूर्य था। तो जन्म से ही तय था कि वह गर्वीली, हठीली और महत्त्वाकांक्षी होगी। और, जन-नेता भी।

मिथकों और दंत-कथाओं में सरस्वती की कहानी कुछ यूँ कही जाती है : प्रजापति ब्रह्मा के मस्तक से परम सुंदरी सरस्वती उद्भूत हुई। लेकिन अपनी मानसपुत्री पर दृष्टि पड़ते ही सर्जक के मन में कामना जाग उठी। काम-लोलुप पिता से बचने के लिए किशोरी सरस्वती इधर-उधर भागने लगी लेकिन ब्रह्मा कौन-से कम थे—हर दिशा में अपनी पारद चंचल बेटी को ढूँढ़ पाने के लिए उन्होंने चटपट चार सिर और उगा लिए और पंचमुखी हो गए। लेकिन फिर भी सरस्वती उनके हाथ नहीं आई।

ब्रह्मा कुपित हो गए। वे तो सर्जक थे, सर्वशक्तिमान, तमाम पिताओं की तरह। अब पूरी बात तो याद नहीं लेकिन बड़ी अम्मा ने हमें जो बताया था वो क़िस्सा-कोताह यह कि ब्रह्मा ने येन-केन अपनी बेटी से उसकी अनिच्छा के बावजूद विवाह करके उसके मस्तिष्क से संयुति बनाई और यूँ चार वेद पैदा हो गए। धीरे-धीरे ब्रह्मा को समझ आने लगा कि उनकी बालिका वधू बहुत खिंची-खिंची, खोई-खोई-सी रहती है। उन्होंने एक बड़े यज्ञ का आयोजन किया जिसमें उन्हें सपत्नीक आहुति देनी थी। उन्होंने सरस्वती को कई बार समझाया कि वह यथासमय स्नान-शृंगार करके उनके बाईं ओर आ बैठे ताकि शुभ मुहूर्त में आहुति दी जा सके। लेकिन हठीली सरस्वती ने पिता की बात पर कान नहीं धरा, उसने शृंगार में इतना समय लगाया कि आहुति का मुहूर्त बीत गया। तब क्रुद्ध ब्रह्मा ने सरस्वती का त्याग करके एक ऋषि की बेटी गायत्री को अपनी पत्नी बना लिया।

लेकिन एक और कथा इस वैमनस्य की वजह यूँ बताती है कि एक बार ब्रह्मा और सरस्वती प्रेम से बतियाते बैठे थे कि दिव्य विघ्न-संतोषी नारद आ

टपके और लगे करने सरस्वती का ऐसा लंबा यशोगान कि ब्रह्मा जल-भुन गए। उन्होंने सरस्वती को तुरंत घर से निकाल बाहर किया।

लेकिन एक बात पर सब कहानियों में मतैक्य है : ब्रह्मा ने अंततोगत्वा सरस्वती को त्याग दिया। तब रुष्ट सरस्वती ने उन्हें शाप दिया कि उनकी पूजा बस साल में एक बार होगी। ब्रह्मा अब तक इस शाप से नहीं उबर पाए हैं।

इस शाप के बाद भी, या शायद इसी के कारण ब्रह्मा ने सरस्वती अपने मित्र और पोती के पति शिव को भेंट कर दी। बाद में शिव और ब्रह्मा में पक्का बैर ठन गया क्योंकि ब्रह्मा का बेटा दक्ष शिव की प्राणप्रिया सती के आत्मदाह का कारण बना था। सरस्वती को ब्रह्मा ने शिव के मत्थे पत्नी के रूप में मढ़ा हो या बेटी के, शिव से भी उसकी निभी नहीं। लोकश्रुति है कि सती के आत्मदाह के बाद क्रोध से पागल शिव ने ब्रह्मा का एक सिर और बेटी सरस्वती की नाक काट दी थी। शिव का क्रोध सरस्वती तथा ब्रह्मा पर शायद इसलिए उतरा क्योंकि दक्ष के यज्ञ में दोनों उपस्थित थे लेकिन उन्होंने सती का अपमान होते देखकर भी प्रतिवाद में कुछ नहीं कहा।

ज़रा सोचिए। कल्पना कीजिए।

दक्ष के यज्ञ में अवांछित अभ्यागत के रूप में सरस्वती बैठी है। अभ्यागत के रूप में किसी को उसकी परवाह नहीं, न उसे किसी की। पर फिर भी वह जैसे सती का अंत देख पा रही है। क्यों न देखे ?

वह ख़ुद एक ऐसी स्त्री है जिसे पति और पिता नहीं चाहते। उसकी उपस्थिति उनके गुह्याचारों और छिपी कामनाओं की याद दिलाकर उन्हें लज्जित करती है। उसका मौन शब्दों से कहीं मुखर है।

तो ऐसी होती हैं नदियों के नामोंवाली देवियाँ।

बड़ी अम्मा सत्रह बरस की हुईं

बात बड़ी अम्मा उर्फ़ गंगा उर्फ़ ललिता की चल रही थी, तो यूँ था कि वे सत्रह बरस की थीं और लेखक और विदुषी पंडिता बनना चाहती थीं। उनके पिता

दूर विलायत में थे और अस्सी बरस के दादा लगभग अंधे हो चले थे। हर सुबह नाती-पोतों में सबसे दुलारी ललिता को बुलाकर वे उसके मधुर कंठ से संस्कृत काव्यों का पाठ सुनते।

ललिता के स्वर के उतार-चढ़ाव एक आदिम वेदना से उपजे ज्ञान को साकार करते, दादा निश्चल सुनते।

दादा को सोया जानकर जैसे ही ललिता थमती, उनका गंभीर स्वर उठता—'आगे बढ़ो।'

और वह पढ़ती चली जाती।

इस क्रम में कभी व्यतिक्रम आता तो यह कि ललिता दादा की तरफ़ से उनके बेटे, अपने पिता को पत्र लिखती। वे अपने घोर सनातनी परिवार से लगभग नाता तोड़कर विलायत जा बसे थे, पत्र की अंतिम पंक्तियों के लिए ललिता को दादा को कोंचना पड़ता। लंबी चुप्पी के बाद वह बूढ़ा ब्राह्मण कहता, 'अब और कुछ नहीं है लिखने को। बस यह कहना है कि अब किसी मेम से ब्याह करके मेरा और अपमान मत करवाना। मेरी इच्छा है कि मेरी मृत्यु के समय तुम मुझ से दूर ही रहो। लेकिन किसी दिन जब तुम्हारी अपनी संतान तुम्हें ऐसा ही दुख पहुँचाएगी जैसा तुमने मुझे पहुँचाया है तब तुम्हें मेरी बात याद आएगी।'

पौत्री के माध्यम से अपने बेटे को यह उपालंभ देते हुए जब मटमैली कौड़ियों जैसी उनकी दृष्टिहीन आँखें अनबहे आँसुओं से भर जातीं तो ललिता पीड़ा से व्यग्र हो खिड़की से बाहर देखने लगती।

ऐसे ही एक अवसर पर ललिता की माँ ने अपने बच्चों को खाना खा लेने के लिए अंदर बुलवाया। ललिता के भाई गोरे पादरियों के स्कूल से छुट्टी में घर आए हुए थे। पादरियों के स्कूल में भाइयों को ठंडी पुडिंग और बेस्वाद स्ट्यू ही खाने पड़ते थे इसलिए उनके घर आने पर माँ तरह-तरह के व्यंजन पकाती। भाई सबसे पहले रसोई में पहुँचते थे, सबसे बढ़िया चीज़ें ख़ुद-ब-ख़ुद उनकी थालियों में पहुँचतीं, सबसे अच्छी जगह पर उनके आसन बिछते, बहनें कहीं भी बैठ लेतीं।

आदतन ललिता सबसे देर में रसोई में जाती और सबसे पहले बाहर निकल आती। सोनजुही की लतर की छाया में देर तक बैठी वह गुमसुम सोचती रहती। हमने जिसे देखा ही न हो तो हम यह कैसे जान सकते हैं कि किसकी कमी खल रही है ?

आँगन में चुप्पी पसरी थी, वहाँ उत्तर नहीं थे, एक नल टपक रहा था और कहीं हलकी हवा में छत की ढीली पड़ गई टिन की चादर खड़खड़ा रही थी।

इस बीच न जाने कब ललिता ने दादा से संस्कृत सीखनी चालू कर दी।

दादा को गोरे म्लेच्छों की भाषा अंग्रेज़ी से नफ़रत थी। जिनके देश की माया से खिंचा उनका इकलौता बेटा उनसे दूर चला गया था। उन्हें उन लोगों से भी नफ़रत थी जो पादरियों के स्कूलों में अंग्रेज़ी पढ़कर समझते थे कि वे साहब बन जाएँगे। एक लड़की को देवभाषा सिखाने की दुविधा से वे बड़ी मुश्किल से उबर सके थे क्योंकि उनके वंशजों में से एक वही थी जिसने अंग्रेज़ी का प्रतिरोध किया था। वही ललिता उनके जीने, बोलने का बहाना बन गई। दादा ने उसे वह परम गोपनीय गायत्री मंत्र भी सिखाया जो पीढ़ियों से पुरुष अपने बेटों के कानों में सुनाते आए थे कि कहीं औरतों और ग़ैर-जात के लोगों के कानों में न पड़ जाए।

उस बरस की गर्मियों में ललिता के जीवन का एक सुनहरा अध्याय खुला जब अमरु, कालिदास और भर्तृहरि के ऐंद्रिक प्रेमकाव्य ने रंग, गंध, स्पर्श और बिसरी कामनाओं के एक संसार से उसका परिचय करवाया। उसकी शिराओं में रक्त ने एक नया प्रवाह पाया। लेकिन युवा सूर्य का स्तोत्र सीखने के लिए लंबे धैर्य की दरकार थी।

सीखा वह भी। कमरे में सूर्य की हलकी धूप में ललिता का ध्यान लौट-लौटकर कुंती की ओर जाता जिसने सूर्य का आह्वान किया था। मंत्रोच्चार के साथ कमरा उन्मादी नम स्वप्नों से भरने लगता। रिश्ते के भाई रिश्ते की बहनों को अजीब निगाहों से देखते दिखते। मकरंदपान से मत्त भँवरे मँडराते। उसके इर्द-गिर्द विविध कामनाओं का घनेरा जंगल फैलने लगता जिसके मांसल-पुष्ट पँखुड़ियों वाले दमकते फूल निमंत्रित करते। आओ, आओ न !

तभी संक्षिप्त, ठोस और पौरुषेय मंत्र उसकी उनींदी-शिथिल संज्ञा पर प्रहार करता। और धीमे-धीमे रोज़मर्रा के जीवन के स्थूल आकार चेतना की पकड़ में आने लगते : माँ की रसोई से उठती गंधें, बच्चों की चीख़-पुकार और हँसी, चाँदी के हुक्के से उठता 'इत्र बसे तंबाकू' का धुआँ, गोबर से ताज़ा लिपे फ़र्शों पर चीड़ के बीरोज़े की बूँदें। धीरे-धीरे उन्मादी काव्य से जागा ऐंद्रिक जंगल धुँधलाने लगता।

अंत तक जाकर सिर्फ़ विशुद्ध ज्ञान बचा रहता, तेजस्वी सूर्य की ही तरह

प्रखर और कठोर। धीरज से ललिता संस्कृत व्याकरण की दुरूह गुत्थियाँ सुलझाना सीखने लगी और सीखने लगी सदा से पुरुषों का अधिकार-क्षेत्र रहे विद्या के दुर्गम दुर्ग में पैठकर भी बचे रहना।

उससे पहले परिवार की किसी स्त्री के पैर इस वर्जित क्षेत्र में नहीं पड़े थे।

प्रज्ञाचक्षु दादा अब शनैः-शनै देख पा रहे थे एक विराट मानस का अँगड़ाई लेकर अपनी जकड़न तोड़ना और नई पाई शक्ति की अनुभूति से मणिधर सर्प की तरह गर्वोन्मत्त माथा उठाना। 'आगे बढ़ो,' जैसे ही वह रुकती दादा बोल उठते, 'आगे बढ़ो'।

और वह बढ़ती चली गई।

अपने परदेसी हो चुके बेटे का प्रसंग दादा कभी नहीं छेड़ते थे। लेकिन कुछ-कुछ महीने बाद जब-जब वे ललिता से उसे पत्र लिखवाते तो आगामी शुभ-अशुभ तिथियाँ ज़रूर लिखवा देते, यज्ञोपवीत बदलने की तिथि, उसकी माँ के श्राद्ध की तिथि...वे जानते थे कि बेटा इन तिथियों की परवाह नहीं करने वाला। लेकिन उसे उनकी याद ग्लानि दिलाने के लिए ज़रूरी थी। यही दादा का प्रतिशोध था। एक जटिल खेल, जो एक बूढ़ा पिता मकर राशि की जातक उसकी विद्रोहिणी बेटी के माध्यम से अपने बेटे से खेल रहा था। दादा जानते थे कि उनकी पोती अपने पिता से नफ़रत करती है और प्यार भी। ठीक जैसे वे स्वयं करते थे अपने बेटे से प्यार और नफ़रत साथ-साथ। और ठीक उनकी ही तरह वह भी पीड़ा और स्मृति के जकड़े दरवाज़ों को भड़ाक से खोलकर जो भी सामने आ जाए उसका पलक झपकाए बिना सामना करने का साहस रखती थी।

जब भी वह हिचकिचाती, दादा कहते, 'आगे बढ़ो'।

संस्कृत, अंग्रेज़ी का प्रतिरोध और पिता की ग़ैर-मौजूदगी ललिता को दादा से गर्भनाल की तरह जोड़ते थे। पर दोनों ही इतने अभिमानी और इतने शातिर थे कि न तो अपना मौन तोड़ते और न इतर पक्ष की उपस्थिति को मान्यता देते। मौन में ही वे प्यार की नब्ज़ अनुभव करते और ख़ुद से मुसकरा देते।

इसी मौन द्वारा ललिता ने सीखा, इतर को न कभी पूरी तरह भूलना, और न ही उस पर पूरी तरह विश्वास करना।

विद्या की देवी के तीन रूप हैं : सुबह गायत्री, दोपहर सावित्री और शाम को

सरस्वती। कुछ कथाएँ बताती हैं कि सरस्वती कृष्ण के मुँह से प्रकट हुई, बाद की बौद्ध कथाओं में सरस्वती विद्या की बौद्ध देवी मंजुश्री से जुड़ी दिखती है।

महाराष्ट्र में सरस्वती अकसर गणेश की दो पत्नियों में से एक रूप में दिखाई देती है। गणेश और लक्ष्मी को जोड़ने वाले घटक हैं : एक उनके पिता, जिन्होंने पहले अपनी संतति को दंडित किया और बाद में उन्हें बुद्धि का वरदान दिया और दूसरा ज्ञान से प्रेम।

बात समझ में आती है। वाक् के रूप में प्रताड़ित होने पर सरस्वती घर-बार छोड़कर एकांत वनों में या नदी तटों पर अकेली विचारमग्न विचरती है। इस तरह वह अपनी एक अलग अडिग पहचान और इतिहास रचती है जिसे मिटाने, नष्ट करने के लिए उसकी बहनों के बारे में बाद की कथाएँ प्रयास तो करती हैं पर कर नहीं पातीं। वह स्मृति है और मनों पर नियंत्रण करने के लिए सत्ता के तमाम मौखिक छलावों के विरुद्ध डटी।

सरस्वती का चिंतन करते हुए समझ में आने लगता है कि कैसे किसी बिंदु पर उसकी सभी मानस संतति को अपने शिल्प के माध्यम से ख़ुद से कई ऐसे प्रश्न पूछने पड़ते हैं जिनके उत्तर नहीं हैं, और यह भी कि सरस्वती का अनुगमन करने वालों की भी कमोबेश वही व्यक्तिगत नियति रहेगी जो सरस्वती की है : परिवार द्वारा ठुकराया जाना और देश निकाला। लेकिन देश निकाला पाए, विरासत से वंचित, यही लोग हैं जो प्राणपण से सच्चे इतिहास की प्रामाणिकता से चिपके रहते हैं और हर क़ीमत पर उसे विस्मृति के गर्त में ढकेले जाने से रोकते रहे हैं। सत्य की अनर्थक यात्रा को असहनीय बनने से एक ही बात बचाती है : चौतरफ़ा दबावों के दिनों में उन सब में कुछ हद तक सरस्वती का धैर्य, उसकी शांति और वेदना और करुणा के साथ बना रहने वाला एक खारा परिहास रस आ जाता है।

पहली बार मैं जब उनसे मिली तो महादेवी वर्मा आयु के तीसरे चरण में थीं। खादी की सादी साड़ी और लंबी आस्तीन का ब्लाउज़, पुरुषों जैसी गहरी आवाज़, स्थिर दृष्टि जो आपको ठिठका देती थी—कुल मिलाकर एक ऐसा व्यक्तित्व जो मूर्खों को नहीं झेलता। उनसे बात करते लोग अनजाने ही गला

साफ़ करने लगते।

महादेवी मेरी सद्यःविधवा माँ को बता रही थीं कि एक बार उन्होंने भी संन्यासिनी बनना चाहा था। इस सिलसिले में जब वे एक संन्यासी अखाड़े के गुरुजी से मिलीं तो उनका मन बदल गया। 'आप सोच सकती हैं शिवानीजी, जब मैंने कमरे में प्रवेश किया तो बूढ़े गुरुजी ने ताड़ का पंखा अपने चेहरे के सामने कर लिया ? मुझे बताया गया कि गुरुजी ने कभी किसी स्त्री को न देखने का व्रत लिया है। बस, मैं वापस चली आई। ऐसा आदमी जो किसी औरत से निगाह तक नहीं मिला सकता, मैं क्या सीखती ऐसे आदमी से ?'

दोनों लेखिकाएँ ठहाका मारकर हँस पड़ीं।

ये मर्दुए !

उन दिनों के एक फ़ोटो में ललिता मौसी पहाड़ी घसियारिनों-सा घाघरा और पूरी आस्तीन का आंगड़ा पहने खड़ी हैं। उनकी एक बाँह अलस मुद्रा में उनके सिर के ऊपर टिकी है, ऊँचे माथे पर बालों की एक लट गिरी है। तब तक वे अपने दिल की बात दिल में ही रखना सीख चुकी थीं और अपनी माँ और बहनों की दुनिया से कटने लगी थीं। वे पढ़ाने, चित्रकारी करने और लिखने लगी थीं। ये कई काम वे अर्थ या यश की प्राप्ति के लिए नहीं शुद्ध रूप से मन की मौज के लिए करती थीं। घर की औरतें उनका रौब मानती थीं, मर्द उन पर अविश्वास करते। सबको इंतज़ार था ललिता के पिता के विलायत से लौटने का, ताकि वे इस सरकश हुई जा रही बेटी को सीधा करके उसे अपनी पसंद के दूल्हे से ब्याह दें।

ललिता के पिता तो नहीं आए लेकिन पहले दूसरा विश्व युद्ध आया, फिर उसके पीछे-पीछे देश का विभाजन और मौत।

युद्ध शुरू होने के कुछ ही महीने बाद दादा चले गए। उनकी तेरहवीं तक ललिता न रोई, न बोली, जिस कोने में दादा बैठते थे वहाँ बैठकर वह चुपचाप उनके प्रेत को गीतापाठ सुनाती, 'वासांसि जीर्णानि यथा विहाय...।'

फिर उसने एक अजीब-सी कहानी लिखी 'लाल ईंटों का मकान'। यह एक ऐसे घर की गाथा थी, जिसका विभाजन दृष्टिहीन हाथों ने किया था।

उसकी यह कहानी जब एक प्रतिष्ठित साहित्यिक पत्रिका में छपी तो किसी को विश्वास नहीं होता था कि यह एक जरा-सी लड़की की लिखी कहानी हो सकती है। शुभचिंतक उसकी माँ को राय देने लगे कि वे इस बेटी को झटपट ब्याह दें। पूरब में बहुत दूर के एक विश्वविद्यालय के विद्वानों के प्रतिनिधिमंडल के नेता ने इस कहानी का अनुवाद पढ़ा तो उन्होंने ललिता से अपने यहाँ पढ़ाने की पेशकश की लेकिन ललिता ने मना कर दिया।

स्वयं ललिता जीवन की चुनौतियों से मुँह चुराने की कायल नहीं थी लेकिन इधर घर से भी उसका जी उचाट हो गया था। अब वह सिर्फ़ वही चीज़ें करना चाहती थी जो उसके परिवार में किसी को समझ न आ पाए ताकि उसे कभी न किसी की सहमति की ज़रूरत पड़े और न ही उसके उल्लंघन का अपराध-बोध हो। वह बस शांत भाव से रोज़मर्रा के काम करती रही। अनमनेपन की पर्तों में क्षोभ को लपेटे वह पिता द्वारा लौटकर अपनी रिहाई का संकेत देने की प्रतीक्षा कर रही थी। दादा की भविष्यवाणी के अनुरूप ही, उनकी मृत्यु के बाद उनका बेटा लौट आया।

पिता ख़ुश थे ? या महज अपराध-बोध से दबे थे ? पर ललिता तब तक पच्चीस साल की हो चुकी थी और उसने ऐसी किसी भी बात की परवाह न करना सीख लिया था। बाघंबर की तरह उसकी विद्वत्ता उससे लिपटी रहती। गर्वोन्नत माथा उठाए, निष्ठुर भाव से मौन, अविचल रहकर वह अपने परिवार के विरुद्ध मोर्चा लिये रही। उसे उस दूर के विश्वविद्यालय में जाना ही था, गरमी और उमस से भरे पूरब के मैदानों में, जहाँ उसके जैसे ख़ानदान की किसी औरत ने आज तक क़दम नहीं रखा था। उसने पहले ही विश्वविद्यालय को पत्र लिख दिया था और वे एकदम उसे लेने को तैयार भी हो गए थे।

विश्वविद्यालय का पत्र पढ़कर पिता ने आँखें उठाईं तो 'मैं जाऊँ ?' उसकी आँखें पिता से पूछ रही थीं।

उसकी आँखों में वही आशाएँ थीं जो स्वयं पिता की आँखों में तैरती रही थीं। अब तक सीमाओं को स्वीकार कर चुके पिता ने स्वीकृति दे ही दी।

जीवन ऐसा ही है, पिता को छोड़कर चले जाने वाले विषण्ण बेटे ने सोचा।

प्रकट में पुत्री से उन्होंने सिर्फ़ 'हाँ' कहा।

और बस, ललिता मौसी ने घर छोड़ दिया।

5

सरस्वती की संतानें

काली और लक्ष्मी अयोनिजा हैं। वे तो बस प्रकट हो गईं; संपूर्ण, पूर्ण विकसित और परम स्वतंत्र। तीनों महादेवियों में से सरस्वती ही ऐसी है जिसका एक ज्ञात जनक है और जिसे अपनी अनूठी स्वतंत्रता के लिए लगातार अपने जनक-तत्त्व से लड़ना पड़ा। अपनी बेड़ियाँ तोड़ने के क्रम में उसके मन-मस्तिष्क ने अँधेरे पातालों की वे अतल गहराइयाँ नापीं जो अन्य देवियों ने छुई तक नहीं। समय से पहले छिना लड़कपन, पिता का दुर्व्यवहार, भंग विवाह, सरस्वती सबसे गुज़री है। लेकिन वह न तो कमर कसकर मुक़ाबला करती है और न ही छल-छंद से काम लेती है। वह तो अपनी इच्छाशक्ति के एक विराट झटके से कीचड़ पर खिले कमल की तरह परिस्थितियों से ऊपर उठकर एक-एक घटना, एक-एक क्षण याद करती है और उन्हें उनके पूरे विस्तारों के साथ अपनी स्मृति में दर्ज करती चली जाती है। वह असंपृक्त है क्योंकि अनुभव की पुनर्रचना करनी हो तो उसे सबसे ऊपर उठना होगा। पारिवारिक बंधनों से, निष्ठाओं से, भावनाओं से, कामनाओं से।

सत्त्व और शांति का रंग–सफ़ेद–उसे प्रिय है; उसके वस्त्र, उसका आसन कमल, उसका वाहन हंस, सभी सफ़ेद हैं। काली की नाटकीय रक्तरंजित निर्वसनता या लक्ष्मी के जगर-मगर लाल-सुनहरे वस्त्राभूषण उसे रास नहीं आते। उसका निराभरण शांत रूप उसकी गहरी प्रशांति और सहज अकृत्रिमता के अनुरूप ही है।

ऐसा भी नहीं है कि सरस्वती की निगाह से पुरुष दैत्यों से काली के

सत्ता-संघर्ष या सत्ता और समृद्धि के पुरुष-क्षेत्र में लक्ष्मी के छल-बल बच जाते हों। लेकिन वह दर्शक बनी रहती है। उसकी भूमिका एक निष्पक्ष इतिहासकार की है। तमाम युद्धों और वैभव-विलास के उपादानों की निस्सारता वह जानती है।

तो यह तो सहज ही है कि सीधे-सादे, घर-संसार चलाने वाले गृहस्थ उसके प्रति श्रद्धा तो रखते हैं लेकिन जैसे उसकी राजसी बहन लक्ष्मी की ख़ातिर करते वे बिछे जाते हैं या शक्ति का रौब खाते और उससे डरते हैं, वैसा कोई अतिरिक्त प्रयास उसके संदर्भ में नहीं करते। आख़िर सरस्वती बैरागिन ही तो ठहरी। उसका न कोई मंदिर, न कोरे ज्ञान के अलावा उससे कुछ मिलने वाला। ब्राह्मण ग्रंथों में सरस्वती को वाक्‌देवी कहा गया है : वाणी की देवी। नवजात शिशु की जीभ पर शहद से पाँचकोण तारा बनाकर घर की बड़ी-बूढ़ियाँ कहती हैं, 'बच्चे की जीभ पर सरस्वती बिठा दी'। यही पंचकोण तारा बच्चे को अक्षरारंभ कराते हुए उसकी काठ की पट्टी पर धरा जाता है।

हमारे घर के पूजा-कक्ष में सरस्वती की कोई मूर्ति तो नहीं थी लेकिन एक तस्वीर थी जिसमें श्वेतवसना देवी हंस पर बैठी वीणा बजा रही थी। जब हम स्कूल में पढ़ते थे तो हमारे लिए सरस्वती विद्यामाता बन गई।

उसके लिए कोई ख़ास पर्व-उपवास नहीं होते थे, न ही दादी की कहानियों में उसकी बात बार-बार छिड़ती जैसे कि लक्ष्मी या पार्वती की छिड़ती थी।

कोई नहीं मरेगा मेरे लिए। जैसे में किसी के लिए नहीं मरी।
('मरयम न कौंह तमर न काँसि...' : लल्यद)

कश्मीरी भक्त कवयित्री लल्यद (जन्म 1335) के पद वाख कहे जाते हैं, जो वाक् का देशज रूप हैं। कहते हैं कि लल्यद का जन्म वितस्ता के किनारे एक ब्राह्मण किसान के घर में हुआ था। बड़ी हुई तो उसका विवाह एक पंडित से हुआ, जल्दी ही सबको समझ आ गया कि लल्यद घरनी बनने के लिए नहीं

जनमी है। लल्यद के पति ने तो पत्नी को जैसी थी वैसी ही स्वीकार कर लिया लेकिन उसकी सास ने उसका दिमाग़ ठिकाने लगाने की ठान ली। बुढ़िया समझ ही नहीं पाती थी कि बहू बन-सँवरकर अड़ोस-पड़ोस में मिलने-जुलने की बजाए गुमसुम बैठी क्या सोचती रहती है ? लल्यद को सही राह पर लाने के लिए सास उसे भूखा रखती, उससे बैल की तरह काम लेती और अपने बेटे से उसकी शिकायतें करती। लेकिन लल्यद राह पर नहीं आई सो नहीं ही आई।

फिर एक दिन उसने सब छोड़ दिया—घर-बार, हितू-कुटुंबी यहाँ तक कि तन के कपड़े भी। अलफ़ नंगी, अपने सुख-दुख के गीत गाती वह चलती चली गई—

...न ज़ायस, न प्यायस, न खेयम ह्यंद न शोंठ...
...मरयम न कौंह तमर न कांसि...
(न मैं गर्भिणी हुई, न बनी प्रसूता, न खाई मैंने हल्दी-सोंठ,
...कोई नहीं मरेगा मेरे लिए, जैसे मैं किसी के लिए नहीं...)

लल्यद का कोई स्मारक कहीं नहीं है...

'कोई नहीं मरेगा मेरे लिए, जैसे मैं किसी के लिए नहीं...'

विचित्र है यह स्वीकृति। विचित्र है सरस्वती की शांति।

स्कूल के ज़माने में अगर हमारा पैर किताब से या किसी भी काग़ज़ के टुकड़े से, जिस पर किसी भी भाषा में कुछ लिखा हो, छू जाता तो हम उसे उठाकर सिर से लगाते और सरस्वती से क्षमा माँगते। वसंत पंचमी पर हम फूलों से सरस्वती की पूजा करते। प्रश्नों के उत्तर रटकर परीक्षा में पास होने में सहायक होने के नाते विद्यामाता में हमारी सहज रुचि थी। लेकिन मुझे हैरानी होती थी कि हमारी दुनियादार माँओं-नानियों की इस देवी में ख़ास रुचि नहीं थी। अलबत्ता अब मैं जानती हूँ कि शायद अपनी स्त्री-सुलभ बुद्धि से वे समझ गई थीं कि इस देदीप्यमान ब्रह्मचारिणी का अनुगमन उन्हें कहीं का नहीं छोड़ेगा। वैसे निर्लिप्त मौन चिंतन-मनन से कहीं गिरस्ती के कारख़ाने चले हैं ?

दिगंबर-नंगे होकर तो बस पागल ही फिर सकते हैं या फिर स्त्री संत।

विद्या का रास्ता तो पागलपन का रास्ता हुआ।

काली के ऊर्जावान भक्तों और सरस्वती के अनुयायियों में इतना ही साम्य है : दोनों में एक विरल संवेदनशीलता है। लेकिन सरस्वती के अनुयायियों की ठंडी, विडंबनात्मक असंपृक्तता भावात्मक आवेग से भरे काली के भक्तों से कोसों दूर रहती है। उधर लक्ष्मी के अनुयायियों का ध्यान अमूर्त अनुभव की महीन छायाओं के बजाए स्थूल उत्पादों और उत्पादन की सांसारिक विधियों पर रहता है।

लक्ष्मी और काली—दोनों के अनुयायी अपनी उत्पादित घटनाओं के तात्कालिक संसार में जीते हैं। पर सरस्वती के भक्तों का मनोलोक दूसरा ही है। सरस्वती का ज्ञान सूक्ष्म संवेदना, पीड़ा और आत्मा की एक अद्‌भुत प्रशांति का सम्मिलित पुंज है। पश्यंती के रूप में सरस्वती क्षणिक झलक दिखा रहे सूक्ष्मतम विचार की छाया पकड़ पाने की क्षमता देती है, मध्यमा के रूप में उन पर मनन करने की और वाक् के रूप में उसे अनुभव से असंपृक्त रखते हुए संप्रेषित कर पाने की।

त्यागी गई बेटी और पत्नी के रूप में सरस्वती एक चिरंतन और स्वयं वरण की तटस्थता के साथ रहती है। तभी उसकी शांत, वीतराग दृष्टि विगत को शुद्ध अनुभव के रूप में देख पाती है। अपनी संतानों—लेखकों, संगीतकारों और अन्य कलाओं के सर्जकों को सरस्वती का सबसे बड़ा वरदान है प्रतिश्रुति यानी क्रोध और द्वेष से अछूते रहकर स्मृति को बचाए रख पाना। वे सब परंपरा से लड़े हैं लेकिन यह लड़ाई भावनात्मक नहीं, बौद्धिक रही है। बिना गर्भनाल से कटे कोई नई पहल नहीं की जा सकती। यही सरस्वती का संदेश है।

बताते हैं कि घर से जाने से कुछ पहले अपने जन्मदिन पर ललिता मौसी ने विद्या की ब्रह्मचारिणी देवी का भेष धरा था। अपने पिता के जर्मन कैमरे से लिये एक फ़ोटो में वे श्वेत वस्त्रावृता दिख भी रही हैं। उनके माथे पर सफ़ेद फूलों का चक्र धरा है, गले में सफ़ेद फूलों की माला और कलाइयों में सफ़ेद फूलों के कंगन। कोई तंतुवाद्य बजाती वे विनम्र भक्त की मुद्रा में अपने छोटे भाई को देखती हँस रही हैं। बाक़ी भाई-बहन फूली-फूली सफ़ेद पोशाकों में

छोटे-छोटे हंसों की तरह उनके आसपास मँडरा रहे हैं।

कहते हैं कि ललिता मौसी घर से सिर्फ़ एक टिन की संदूकची लेकर निकली थीं जिसमें कुछ किताबें थीं और कुछ ज़रूरी सामानों की एक थैली।

ललिता मौसी का उन्हीं दिनों का एक और फ़ोटो है, शायद गर्मियों की दोपहरी में लिया गया, जिसमें सूरज की तेज़ रोशनी से बचने के लिए वे आँखों पर हथेली का छज्जा-सा बनाए हैं। रोशनी इतनी तेज़ है कि सब लोग कॉफ़ी के रंग के दिखाई दे रहे हैं। ललिता मौसी ने आँखें सिकोड़ी हुई हैं और उनका मुँह खुला है। वे ज़रूर फ़ोटो लेने वाले को आदेश दे रही हैं। एक हाथ कुछ आगे निकाला हुआ है, या तो चेताने के लिए या अपनी भारी छातियों से ढलकते साड़ी के पल्लू को सम्हालने के लिए।

यह लंबी छुट्टी का साल था। यह वह साल था जब वे विश्वविद्यालय से घर आई थीं और अकेली ही दूर-दूर तक घूमने निकल जाती थीं।

जापानी फौज़ें बढ़ी आ रही थीं, पूरब की पहाड़ियों में बमबारी हो रही थी। भगदड़ शुरू हुई तो विश्वविद्यालय बंद हो गया और ललिता को अचानक घर लौटना पड़ा। इसी साल वे अपने कलागुरु को भी घर लाईं। बम वर्षा और मृत्यु की ख़बरों के बीच ललिता और उसके गुरु हमारे पहाड़ी कस्बे में परंपरागत प्राकृतिक रंगों, हाथ से बने काग़ज़ और पारंपरिक भारतीय अल्पना में देव-चित्रण पर शोध कर रहे थे।

ललिता के माता-पिता समृद्ध और शौकीन थे और युद्ध के दिनों की तंगी का उनकी जीवन-शैली पर ख़ास असर नहीं हुआ था। यूँ भी पहाड़ी इलाक़े मैदानों में धधकती सांप्रदायिक हिंसा से अछूते ही बचे रहे थे। बेटी के साथ यूँ ही चले

आए उसके ऋषियों जैसी सफ़ेद दाढ़ीवाले गुरु को ललिता के माता-पिता ने सहज स्वीकार कर लिया था। वैसे शुरू में उसकी माँ ज़रा बड़बड़ाई तो थी लेकिन बाद में उसकी नापसंदगी ख़त्म ही हो गई थी और वह उन्हें देखकर यूँ मुसकराती जैसे घर में आए अतिथि-साधु को देखकर मुसकराया जाता है। उसने इशारों में, वह उनकी भाषा नहीं जानती थी, उन्हें बताया कि अपने चौके से वह उन्हें मांस-मछली नहीं दे पाएगी। चलेगा न ? उन्होंने भी इशारे से समझा दिया था कि ख़ूब चलेगा माँ। बस उसके बाद दोनों की सही निभने लगी।

ललिता के पिता गहरी रुचि से बूढ़े चित्रकार को बंगाली आँखों के लिए अपरिचित पहाड़ियों के रंगों को निरखकर उन्हें काग़ज़ पर सायास उतारते देखते। परंपरागत कला-रूपों में प्रयोग करते और कलकत्ता के भद्रलोक की संस्कृतनिष्ठ बांग्ला में ललिता से गहन विमर्श करते उसने पिता को बताया था कि वह एक पुनर्जागरण का सृजन कर रहा है। नवदीक्षित शिष्या अपने दादा के ताड़पत्रों पर लिखे ग्रंथों का अध्ययन करती और फिर सही स्थानीय जड़ी-बूटियाँ ढूँढ़ने में गुरु की मदद करती।

अपनी विचित्र बेटी की विद्वत्ता और उसके गुरु-पिता के प्रति उसकी अकृत्रिम श्रद्धा देखकर विलायतपलट ब्राह्मण पिता का मन भयभीत भी होता और उदास भी। यहाँ ऐसे सिरफिरेपन, ऐसे समर्पण की क़द्र कौन करेगा ? उन्होंने तो कभी नहीं सोचा था कि एक औरत भी इतना देख और समझ सकती है। लेकिन वे अपनी सिरफिरी दुहिता को जानते ही कितना थे ? अपने बूढ़े पिता की प्रतिशोध-क्षमता को वे कहाँ आँक पाए थे ? बेटी उन्हीं का मोहरा हो गई थी और अब उसके पास जाने के उनके सब प्रयास मौन की एक अभेद्य दीवार से टकराकर चूर-चूर हो जाते थे।

उदास एकाकी रातों को जब असाध्य हृदयरोग की टीस उन्हें जगाए रखती तब ललिता के मरणासन्न पिता को अकसर अपने पिता की बात याद आती, 'किसी दिन जब तुम्हारे अपने बच्चे तुम्हें ऐसी ही ठेस पहुँचाएँगे जैसी तुमने मुझे पहुँचाई है तब तुम अपने पिता को याद करोगे।'

वैदिक काल से बाद के हिंदुत्व तक आते-आते अपनी उद्गम—सरस्वती नदी

से देवी सरस्वती का संबंध कुछ धुँधला-सा पड़ने लगता है। ब्रह्म वैवर्त्त पुराण और देवी भागवत पुराण तो सरस्वती का संबंध सीधे कृष्ण से जोड़ते हैं। यह भी कहा जाता है कि वह कृष्ण के नारी अर्द्धांग से निकली पाँच शक्तियों में से एक थी। इस मिथक का कृष्ण से विष्णु तक पहुँचना आसान है। अतः कुछ प्रसंगों में सरस्वती को विष्णु की वाणी और लक्ष्मी की सौत बताया गया है। दोनों की कभी नहीं बनी। बनती कैसे ? एक भुक्ति की प्रतीक है तो दूसरी मुक्ति की।

वामन पुराण फिर से सरस्वती के तरल रूप की बात करता है लेकिन यहाँ वह महज नदी की अधिष्ठात्री नहीं है, बल्कि सृष्टिमात्र को शुद्ध और पोषित करने वाली जीवनी-धारा है।

बाद में तो सरस्वती को साकार संप्रेषण ही मान लिया गया था। वाक्‌देवी, कवि जिह्वाग्रवासिनी और महावाणी के रूप में सरस्वती का संबंध त्रिमूर्ति की वाणी से और उनके माध्यम से उस सबसे है जो संस्कृति और संप्रेषण में उत्कृष्ट है।

अब तक ललिता का कई भाषाओं पर अधिकार हो गया था।

'वो तुम क्या कहती हो ? गोधूलि की वेला में गायों का रंग कैसा दिखना चाहिए ?' ललिता का अपने कलागुरु से धाराप्रवाह बांग्ला में बात करना और इस सबको देखकर पिता की आँखों से झलकती सराहना उसके ईर्ष्यालु सगे-चचेरे भाई-बहनों को और दहका देती। अव्यक्त क्रोध से उनका घुरघुराना, उनकी जलतीं आँखें, उसके कमरे में क़दम रखते ही छा जाने वाली चुप्पी, सब ललिता को बताते कि वह कुछ अलग है और उसमें वैसा होने की हिम्मत है और इसका दाम उसे हमेशा चुकाना पड़ेगा। लेकिन ललिता तो यह पहले ही जानती थी।

ललिता अपने मौन में डूबती चली गई। प्राचीन जड़ी-बूटियों की गंध और फुसफुसाहटों से घिरी वह रात-रात-भर काम करती। जंगल की सैरें और लंबी हो गईं। ललिता की माँ रसोई में बरतन पटक-पटककर उन 'अति की पढ़ गई' बेटियों के 'भयावह भविष्य बखानती रहती जिनके बापों को उनके बसने-खाने

की चिंता ही नहीं थी।

पिता उदास आँखों से यह सब देखते और चुप रहते।

ललिता ने देखा कि माँ सरीखी औरतों को कला, हँसी और संगीत कैसे पहले चौंकाते हैं और फिर शांत कर देते हैं। अब तक ललिता ने तय कर लिया था कि अगर युद्ध चलता रहे, अगर विश्वविद्यालय पर बम गिर जाए या रुग्ण पिता का शरीर जवाब दे जाए तो उसे क्या करना होगा। उस पूरे घर में पिता ने सिर्फ़ उसे ही बताया था कि उनका अंत निकट है, और सच तो यह था कि हृदय से तो वे कब के मर चुके थे।

फिर विश्वविद्यालय खुल गया और लंबी गर्मियाँ ख़त्म हो गईं। पिता ललिता को विदा करने आए। ट्रेन चली। पिता धीमे-धीमे ओझल हुए। ज़िंदगी ऐसी ही है ललिता, चीज़ें यूँ ख़त्म होती हैं, उसके मन ने कहा। फिर वह उन्हें कभी न देख पाई।

ललिता को सांत्वना देते उसके ऋषि जैसे गुरु की आँखों में आँसू आए। घर से तार आया था—पिता नहीं रहे। कुछ पल सन्नाटा छाया रहा। फिर गुरु ने कहा था कि ललिता प्रशिक्षु अध्यापक बन जाए तो उन्हें बहुत ख़ुशी होगी। अपने विद्वान पिता की स्मृति का सम्मान करते हुए तुम्हें काम करना ही चाहिए, वे बोले थे। ललिता ने कुछ नहीं कहा था। पर महीने-भर बाद वह पढ़ाने लगी थी। पढ़ाने के दो फायदे थे : वह घर से दूर रह सकती थी और पैसा भी घर भेज सकती थी और क्योंकि दूर रहकर ही वह पैसा भेज सकती थी इसलिए कोई उससे घर लौट आने की ज़िद न करता।

धीरे-धीरे कई बच्चोंवाली उसकी विधवा माँ ने मान लिया कि यह बेटी उन्हें हमेशा के लिए छोड़ गई। उसने मकर राशि की जातक, नदी नामधारिणी इस बेटी के लिए वर की तलाश बंद कर दी। वह जानती थी कि उसकी बेटी उस पीड़ा से, जिसे वह अपने अंतर में धारे है, कभी मुक्त नहीं होगी। ललिता के लिए उसके प्रेम में एक हलकी भीति और उदासी हमेशा बनी रही।

माँ की ताई बार-बार हमें बताती रहीं—अपनी बेटी का नाम कभी नदी के नाम पर न रखना।

6

लक्ष्मी

दीपावली और शारदीय पूर्णिमा/ कोजागिरी पूर्णिमा के दो पर्वों पर परिवार में धन-धान्य, संपत्ति, गोधन और कुटुंब-परिवार की रक्षक और दात्री श्रीलक्ष्मी की पूजा विशेष रूप से होती।

लक्ष्मी की पूजा सोने की मोहर-अशर्फ़ियों, चाँदी के सिक्कों और नए गहनों के रूप में भी होती। फल, नवधान्य, केले के गुच्छे, गन्ने, कमल और पारिजात के फूल देवी को चढ़ाए जाते। पूजा के कमरे के मिट्टी के फ़र्श को गोबर से लीपकर उस पर गेरू और पिसे चावल से ऐपण बनाए जाते। लक्ष्मी के 'पौ' बनते, नन्हे-नन्हे पगथलियों के निशान, हमेशा ही अंदर को जाते हुए—भंडार घर की तरफ़, चौके की तरफ़, अन्न के कोठार की तरफ़, रात-भर दीये जलते और दरवाज़े खुले रखे जाते कि कहीं घर में आती लक्ष्मी रूठकर बाहर से ही न लौट जाए।

ज़्यादातर देवियों की तरह लक्ष्मी भी अयोनिजा है। वह अमृत-मंथन के समय एक दिव्य मौक्तिक की तरह क्षीरसागर से निकली।

इस पर ज़रा सोचने की ज़रूरत है।

लक्ष्मी समाज-व्यवस्था को, जैसी वह मूलतः थी, प्रतिबिंबित करती है। लक्ष्मी के इतिहास और उससे जुड़ी कथाओं को एक साथ रखकर देखें तो बिखरे सूत्र दिखने लगते हैं। पर ज़्यादातर सूत्र ऐसा इतिहास हैं जिसे सायास भूलना ही हम स्त्रियों को सिखाया गया है।

जब स्त्रियों को लक्ष्मी-सी होने का आशीर्वाद दिया जाता है तो उसके पीछे

निहित भावना यह रहती है कि वे प्रेमल, उदार, घरेलू लेकिन निष्क्रिय और आज्ञाकारिणी बनें। जबकि अपने आदि रूप में लक्ष्मी बिलकुल भी निर्माणी नहीं, वरन् संसाधनों की सर्जक है। और ज़रूरत पड़ने पर वह सब छल-छंद करके अपनी सचराचर संपत्ति पर नियंत्रण भी बनाए रखती है। सफल होने के लिए चतुर, छली, अहम्मन्य और सदा गतिशील होना ही पड़ता है। स्थिर और मूढ़ होने से उसका काम नहीं चलता। लक्ष्मी का भी नहीं।

यानी लक्ष्मी होना महत्त्वाकांक्षी होना भी है। लक्ष्मी होना स्वतंत्र उद्यमिता के उत्कट आनंद का बिना ग्लानि आस्वाद लेना है : जोखिम मोल लेना और उसका फल भुगतने को तैयार रहना है। लक्ष्मी होना अपने सिरजे वैभव पर गर्व करना और उसके लिए तनिक भी शर्मिंदा न होना है। पर विडंबना तो देखिए, अनगिनत सदियों से हम स्त्रियों को बताया जाता है कि धन कमाने और अर्जित पूँजी को बढ़ाने में कुछ ऐसा है जो गड़बड़, अपवित्र और शर्मिंदगी का बायस है। गाँधीवादी और मार्क्सवादी ही नहीं प्रबुद्ध स्त्रियों के लिए रोज़गार उत्पादन, स्थितियों के सरलीकरण और आर्थिक स्वतंत्रता जैसे विषयों पर विमर्श तक में धन के प्रति निरासक्ति का यह संस्कार अपनी झलक दिखाता है। लेकिन संपदा की देवी लक्ष्मी ख़ुद इस सबसे मुक्त है। वह तो क्षीर-सागर से निधियाँ लिये ही प्रकटी है—वह सदा देती है, लेती किसी से नहीं। कथाओं और मूर्तिशिल्प में वह कमाऊ पुरुष की ही तरह सौदेबाज़ी करती है। वह मोहिनी है, चंचला है। ज़रूरत पड़े तो वह अपने स्त्रीत्व का भी फायदा उठाती है और उन्हीं की अंकशायिनी बनती है जो उसकी महिमा को और बढ़ा सकने में सक्षम होते हैं। वह करिश्माई/चमत्कृत करने वाली, रूपसी और अहंकारिणी है और मूर्खों और कायरों से सख़्त परहेज़ रखती है।

शुरू में कोई सत्ता संपत्ति की वाहक लक्ष्मी की गतिशीलता पर लगाम नहीं कस पाती क्योंकि वह चंचला है। पर बाद के ग्रंथों में विष्णुजी की घरनी बनने के बाद वह एक घरेलू पत्नी के रूप में दिखाई देने लगती है। विष्णुप्रिया बनने के बाद उसकी वह गतिशीलता कहीं बिला जाती है। उसकी जगह ले लेती है, एक शांत, निष्ठावान स्त्री जो सफल पुरुषों की विवाहिताओं के जीवन और ऊर्जा को नियंत्रित करने वाली सभी सामाजिक रूढ़ियों का सादर पालन करती है।

यही लक्ष्मी का वह स्वरूप है जिससे हमें परिचित कराया गया क्योंकि उसे हमारी आदर्श बनना था। समुद्र से ऐंद्रिक फेन की तरह उभरी अपनी निधियों

से मंडित, आत्मसंपन्न और स्वतंत्र लक्ष्मी से तो हमारा परिचय बहुत बाद में हुआ।

विष्णु से लक्ष्मी के विवाह और उसके शेषशायी पति के चरण चाँपती रहने वाली पत्नी में बदलते जाने की गाथा में कहीं धन और संपत्ति से स्त्रियों की क्रमशः बेदख़ली की कूटकथा भी निहित है। इसके बाद लक्ष्मी का तेज कभी दिखता भी है तो अपने दांपत्याधिकारों के लिए बच्चों की तरह लड़ती, स्वामी की आँख खुलते ही वाक्बाणों से उसे छेदने वाली कलहप्रिया के रूप में जो ब्रह्मचारिणी सरस्वती जैसी स्वतंत्रचेता स्त्रियों के प्रति अकारण, ओछी ईर्ष्या का भाव रखती है। निरंतर चंचलचित्त पति के हृदय पर अपना एकच्छत्र राज्य बनाए रखने की चिंता में डूबी लक्ष्मी एक ऐसी नख-दंतहीन बाघिन है जिससे डरने की पुरुषों को कोई ज़रूरत नहीं है। उसे वे ताले में बंद रख सकते हैं और कभी-कभी अपनी पत्नियों से उसकी पूजा करवाते हैं। पृथुल नितंबोंवाली, गहनों से लदी, झगड़ालू पत्नी के रूप में लक्ष्मी एक निरापद आदर्श है। वह पुरुषों को सदा देती ही रहती है और जब कभी वह सांसारिकता की बागडोर अपने हाथ में लेती भी है तो इस कौशल से कि बागडोर उसके हाथ में दिखती नहीं। मर्दों की मरजाद यूँ बची रहती है।

वेश्या रेवती की कथा

रेवती कलकत्ता के एक चकले में रहती है। उसका परिवार दूर के एक गाँव में रहता है जहाँ उसकी माँ उसके असफल विवाह से जन्मी बेटी को पाल रही है। रेवती हर माह नियम से पैसा घर भेजती है। दुर्गा पूजा और काली पूजा के अवसर पर पूरे परिवार के लिए नए कपड़े बनवाने के लिए अलग से पैसा भेजती है। उसके परिवार के पुरुष मज़दूर थे जो तपेदिक से मर गए। एकमात्र जीवित भाई फौज़ में चला गया और कभी एक कौड़ी घर नहीं भेजता।

कभी जब मर्द उससे बीयर पीते बतियाना चाहते हैं तो रेवती रुखाई से उन्हें बता देती है कि उसके लिए एक-एक पल का मोल है। अगर वे 'एक्स्ट्रा' पैसा देने को राजी न हों तो वह उन्हें काम निपटते ही चलता कर देती है। ग्राहकों से पैसा वह पहले ही धरा लेती है, इस पैसे को वह अपनी मकानदारिन के पास जमा करती है। अगर रेवती को मकानदारिन ने ख़रीदा होता तो सारे

पैसे उसी के पास जाते, रेवती को छोटा-मोटा जेब-ख़र्च ही मिलता। कुछ समय तक रेवती 'अधिया' रही, उसने एक और लड़की के साथ मिलकर कमरा किराए पर लिया था, दोनों मिलकर किराया चुकाती थीं। अब रेवती ने पूरा कमरा किराए पर लिया हुआ है उसके पास एक टेबल फैन भी है, अब वह जो भी बचा सकती है। वह उसी का होता है। दलाल का नहीं।

उधर रेवती की माँ ने गाँववालों को बता रखा है कि रेवती कलकत्ता में किसी भले घर में नौकरानी है। लोग समझदारी से मुंडियाँ हिलाते हैं। गाँव की ज़्यादातर जवान लड़कियाँ नौकरानी बनने के लिए कलकत्ता 'भेजी' गई हैं। सब-की-सब बराबर पैसा घर भेजती हैं। अलबत्ता बेटे एक बार शहर आने के बाद शायद ही कभी दिखाई देते हों।

असली लक्ष्मी के स्वरूप के बारे में हमें बताया गया है कि उसे याद न रखना ही श्रेयस्कर है। वह संतानों (बेटों, दामादों) तक सत्ता के हस्तांतरण का साधन जो नहीं है। लक्ष्मी की संतानें हैं ही नहीं। सोचें तो अजीब-सा लगता है कि संपन्नता और संतति की देवी ख़ुद संतानहीन है। लेकिन मैं पहले ही बता चुकी हूँ कि हमें लक्ष्मी के मिथकों के कई पक्षों से निगाह फेर लेना सिखाया गया है। लक्ष्मी चैतन्य रूप से सदा उत्तराधिकार और समृद्धि की सत्ता का निषेध करती है। वह चंचला है, सिर्फ़ उन्हीं के पास टिकती है जिनमें उसे टिकाए रखने की सामर्थ्य है।

प्रारंभिक वैदिक साहित्य में लक्ष्मी श्री के रूप में सामने आती है। श्री जो सौंदर्य, राजसत्ता और राजसी महिमा की प्रतीक है।

सावित्रीअक्का साहूकारिन की कथा

पचास साल की सावित्रीअक्का गाँव के मुखिया की निस्संतान विधवा है, दस

साल हुए उसके पति नहीं रहे। जब सावित्रीअक्का का ब्याह हुआ था तब उनके पति के पास कोनूर में चौबीस एकड़ ज़मीन थी। पति के मरने के बाद सावित्रीअक्का ने भतीजों के मार्फ़त ज़मीन बेच दी। उसका कहना है कि भतीजे बीच में पैसा खा गए। सावित्रीअक्का का विश्वास सभी मर्दों, ख़ासकर रिश्तेदार मर्दों पर से उठ गया है। वह जानती है कि उनकी निगाह उसके पैसे पर गड़ी है। सावित्रीअक्का कहती है कि सब-के-सब क़तई निकम्मे, लफंगे हैं जिन्हें दिन-भर सुपारी चबाने और शाम को दारू पीने के अलावा कोई काम नहीं सूझता। वह अपनी भतीजियों को ज़्यादा पसंद करती है जिन्हें उसने पाला-पोसा और पंद्रह 'पावन' सोना लगाकर जिनके ब्याह किए।

सावित्रीअक्का का गुज़ारा क़र्ज़ दिये रुपयों के सूद से होता है। डिंडीगुल के एक बैंक में उसका खाता है, वहीं लॉकर में उसके गहने भी रखे हैं। उसे अपने मकान पर भी बहुत गर्व है। इस पुख़्ता, सुंदर, कवेलू की छत वाले मकान को उसके पति बनवा गए थे। अपने पति की मृत्यु से पहले तक वह अपने गाँव की सामुदायिक विकास परियोजनाओं से सक्रिय रूप से जुड़ी रहती थी लेकिन विधवा हो जाने के बाद यह संभव नहीं रह गया। अब भी वह खरी-खरी बात करती है और बेटे या पति के न होने पर भी गाँव में उसका बहुत सम्मान है।

विष्णु ने पहले ही लक्ष्मी को क़ब्ज़िया लिया था। कहते हैं कि मथे जाते क्षीरसागर की फेनिल तरंगों पर जब हाथ में लाल कमल लिये लक्ष्मी प्रकट हुई तो ब्रह्मा, विष्णु, महेश—तीनों उसी की माँग करने लगे। शिव का दावा निरस्त हो गया क्योंकि उन्हें शीश पर धरने को चंद्रमा पहले ही मिल चुका था। तब विष्णु ने लक्ष्मी को माँग लिया और उनके दसों अवतारों में वह उनकी पत्नी बनकर जन्म लेती रही।

नानी के देवथान में विष्णु की चाँदी की मूर्ति थी जिसमें सोने का एक टुकड़ा जड़ा था।

'विष्णु की मूर्ति में सोने का टुकड़ा क्यों जड़ा है ?'

'वह लक्ष्मी है, लक्ष्मी सोने में निवास करती है।'

माँ बताती थी कि लक्ष्मी और विष्णु जीवन के सभी ऐश्वर्यों के अधिष्ठाता युगल हैं।

नानी के पूजा के कमरे की दीवारों पर टँगी तसवीरों में सबसे बड़ी तसवीर गजलक्ष्मी की थी। अहा ! क्या राजसी ठाठ थे लक्ष्मीजी के। सिर पर सोने का मुकुट, अंग-अंग गहनों से लदा, जगर-मगर ज़री की लाल चमकीली साड़ी। उनके घने लंबे केश घुटनों तक पहुँच रहे थे और हथेलियों से अशर्फ़ियों की अजस्र धारा पानी में गिर रही थी। दाएँ-बाएँ खड़े दो हाथी इन महीयसी देवी का जलाभिषेक करते थे। लक्ष्मी की कोई मूर्ति तो देवथान में नहीं थी लेकिन एक नए चाँदी के सिक्के और सोने के गहने की पूजा लक्ष्मी के रूप में होती। पूजा से पहले देवथान की सफ़ाई करके उसे गोबर से पोता जाता। हमें बताया गया था कि लक्ष्मी साफ़-सुथरी जगहों पर ही रह सकती है। उसके स्वागत में अगर कोई घर अच्छी तरह लिपा-पुता न हो तो लक्ष्मी उलटे पैरों लौट जाती है और अपनी बहन अ-लक्ष्मी को वहाँ भेज देती है। ऐसे घर में रोग, दरिद्रता और कलह डेरा डाल लेते हैं।

कर्मकांडी ब्राह्मण परिवार के बच्चे होने के नाते हम जानते थे कि मिट्टी और गोबर लक्ष्मी को प्रिय हैं, उन्हें गंदा नहीं कहना चाहिए। कीचड़ गंदी तो लगती है लेकिन कमल उसी में खिलता था और मिट्टी से ही नवधान्य के कोमल अँकुए फूटते। यूँ हर नवरात्रि में लक्ष्मी हमारे लिए कीचड़ भी होती और कमल भी, गोबर और पौष्टिक फेनिल दूध भी।

श्रीसूक्त में लक्ष्मी को नम और उर्वर बताया गया है, उसे गंध से पहचाना जा सकता है। उसमें हल चलाकर सींची गई धरती की रहस्यमय उर्वरता सन्निहित है।

ऋग्वेद के पाँचवें मंडल से जुड़े श्रीसूक्त के पंद्रह श्लोकों में लक्ष्मी के सौंदर्य और निधियों का वर्णन है। ये वर्णन और ग्रंथों में भी मिलते हैं। उसे कमला, कमल जैसे मुख-मंडलवाली कमलानना, स्वर्ण और गोधन की दात्री, स्वास्थ्य, सौंदर्य, यश और स्वास्थ्य की रक्षक कहा गया है। शुक्ल यजुर्वेद में लक्ष्मी और श्री आदित्य की दो पत्नियाँ बताई गई हैं जबकि शतपथ ब्राह्मण में कहा गया

है कि वह ब्रह्मा या प्रजापति की रचना है। ऐतरेय ब्राह्मण उसे समृद्ध, उर्वर और स्थिर पृथ्वी बताता है।

लक्ष्मी मातृत्व से मुक्त रमण भी है। लेकिन इसका मतलब यह नहीं हुआ कि वह हर ऐरे-गैरे नत्थू खैरे को सुलभ हो सकती है। श्री के रूप में उसमें आभिजात्य का ज़बरदस्त ठसका है—वह कुलीन, राजसी और साहसी पुरुषों का ही वरण करती है, मलिनवेषधारी, बिखरे बालोंवाले, हपर-हपर खाने वाले लोग तो उसके पास भी नहीं फटक सकते। कदर्य-कुत्सित आचार से उसे नफ़रत है, बलि जैसे राक्षस का संग उसे स्वीकार है क्योंकि उसमें एक नेता का राजसी भाव है और वह सुसंस्कृत है। भोंडे, मूर्ख उसके आसपास मँडराते रह सकते हैं, लेकिन मौक़ा मिलते ही वह झटके से उनका साथ छोड़ देती है। स्वर्णमुद्रा की तरह वह भी साधारणजनों के प्रति ख़ासी विरक्ति दिखाती है।

'क'

'क' से जब मेरी मुलाक़ात हुई तो वह लड़की नहीं रह गई थी। बूटे से क़द की छरहरी, चमकीले केशोंवाली 'क' तीसेक साल की लक्षाधिपति थी। उसकी सुंदरता अनूठी थी—चौड़ा माथा, पतले अविश्वासी होंठोंवाला मुँह और नामालूम-सी ठोड़ी। एक जर्जर हुई जा रही हवेली में वह महँगे इत्र से गमकती बैठी होती। परिवार के पुराने चाकर और बुढ़ाते मैनेजर कुड़कुड़ाती मुर्ग़ियों की तरह उसे लगातार घेरे रहते। वे उसके परिवार के प्रकाशन व्यवसाय में जमने में उसकी मदद कर रहे थे।

पुरानी इमारत में सब तरफ़ रद्द मशीनरी, न्यूज़प्रिंट, बिल्लियों और मनुष्यों के पेशाब और पेट्रोल की गंध बिखरी थी। अपने माता-पिता की मौत के बाद अवसाद से घिरी 'क' को लगभग खींच-खाँचकर ही दादा से उत्तराधिकार में मिले व्यवसाय को सम्हालने के लिए दफ़्तर लाना पड़ा था। अनुशासन और सफ़ाई को 'क' बेहद ज़रूरी मानती और इस इमारत में दोनों का सिरे से अता-पता नहीं था। परिवार की चौधरानी उसकी ताई उसे याद दिलाती कि इसी बदबू-भरी बेतरतीबी के बीच परिवार की समृद्धि दिन दूनी, रात चौगुनी बढ़ी थी। यह ताई ही सबके हथियार डाल देने के बाद 'क' को दफ़्तर ला सकी थीं।

'क' ताई से प्यार भी करती थी और गहरी नफ़रत भी। लेकिन ताई की बात सही थी कि पैसे में ताक़त है।

लेखक, संपादक, ठग—सब 'क' के कमरे में दबे पाँव आते, ज़रा-सी छोकरी का हुक्म बजाने की मर्दाना झेंप और खीझ पर अलमस्त लापरवाही का मुखौटा चढ़ाए। ताई का आदेश था कि 'क' उन सबसे रौब से मिला करे। कभी-कभी जब वह अपनी तांबई-भूरी लटों में उँगलियाँ फिराती तो मर्द पागल हो जाते। उसके कमरे से बाहर निकलते ही वे ज़ाहिर करते कि इस सबसे उन्हें कितनी नफ़रत होती है और यह कि 'क' एक बिगड़ैल रईसज़ादी-भर है और कुछ नहीं। लेकिन उनकी आवाज़ें असलियत खोल देतीं।

तुम्हारी पत्रिका कैसी चल रही है ? एक बार मुझे विचारमग्न देखकर 'क' ने पूछा था। मैंने उसे बताया था कि यूँ तो कामकाज बढ़िया चल रहा है लेकिन सभी चीज़ें—काम, पैसा, जगह—कुछ और ज़्यादा रहतीं तो बेहतर होता। लेकिन लगता है कि जाने-अनजाने मैं सबको खिझा देती हूँ। अकसर तो मुझे समझ में ही नहीं आता कि साहित्य के वार्षिक पुरस्कार के लिए नाम तय करने के लिए होने वाली बैठकों में मैं क्यों होती हूँ ?

'क' ने मुसकराकर बात बदल दी थी। बाद में जब मैं उठने लगी थी तो उसने बहुत सहजता से कहा था, 'कल डिनर के लिए आओ न। ताई दावत दे रही हैं। आओगी ?' फिर बोली, 'सच पूछो तो उनके पुरस्कारों और साहित्यकारों से मुझे तो कोफ़्त होती है। मैं तुम जैसे लेखकों से और ज़्यादा मिलना चाहूँगी।'

तब मेरी उम्र कम और ख़ुद मैं मूर्ख और नादान थी, और शायद जभी मैं गर्व से फूल भी उठी थी। गो उस घर में क़दम रखते ही मैं जान गई थी कि मैंने आकर मूर्खता की है। इस घर में आने वालों को अपनी सत्ता और इच्छाशक्ति उसके विराट लौहद्वार पर ही छोड़कर अंदर आना होता था। और अंदर आ जाने के बाद आपको अपनी मेज़बान की निगाहे-मेहरबान का इंतज़ार करना होता। उसकी कृपादृष्टि पड़ती तो आप कमल से खिल उठते, अगर वह आपको अनदेखा कर देती तो मुरझा जाते। इस बीच आपको गुनगुना फ्रूट जूस पीना, कनखियों से संभावित प्रतिद्वंद्वियों को ताड़ते हुए इंतज़ार करना होता।

हम सब एक बहुत ख़ूबसूरत दीवानख़ाने में थे जिसकी दीवारें हाथ-कते रेशम से मढ़ी थीं, बीच-बीच में दुर्लभ पांडुलिपियों के पृष्ठ जड़े थे। इस

वैभवपूर्ण वातावरण में ताई के जुटाए लेखक और कलाकार बड़े सतही और ग़ैर-ज़रूरी से लग रहे थे।

लेखक, संपादक, कला-आलोचक, नर्तक-नर्तकियाँ, संगीतकार-गायक, चित्रकार—सब फ्रूट जूस पीते, बिल्लियों की तरह दबे-पाँव चलते बेयरों के हाथों में थमी ट्रे से खाना टूँगते खड़े थे। खीसें निपोरते, बिछे जाते, हम सभी एक-दूसरे से आँखें मिलाने से कतरा रहे थे।

चिट्टे सफ़ेद हाथ-कते रेशम से मढ़े सोफ़े से ताई क्षीरसागर पर कमल की तरह उठीं। मटियाले रंग की रेशमी साड़ी, अंग-प्रत्यंग पर खानदान के पुराने गहने, गोरी, मूर्ति-सी सुडौल और नियम से शीर्षासन-मत्स्येन्द्रासन जैसे जटिल यौगिक आसनों की साधना करने वाले लोगों की तरह कुछ ज़्यादा ही सतर रीढ़।

'तुम्हें तो मैं जानती हूँ,' अँगूठियों से लदी उँगलियाँ मेरी पीठ पर टिकाते वे बोलीं, 'पर टी.वी. पर तो तुम्हारी उम्र कहीं ज़्यादा दिखती है।' लोग अकसर ही मुझसे यह बात कहते थे, दूरदर्शन के स्टूडियो के रद्दी मेकअप और क़तई तकलीफ़देह कुर्सियों के चलते आप कंधे झुकाकर बैठे, घूरते ही रह सकते थे। मैं ऐसी प्रत्युत्पन्नमति बौद्धिक दिखना चाहती थी जिसके कठोर बाहरी आवरण में एक सहज प्रसन्नचित्तता और आनंदप्रियता छिपी है। लोगों का टी.वी. की छवि पर ही अटके रहना और मुझे वह समझना जो मैं नहीं थी, मुझे कुछ चोट पहुँचाता था।

ताई ने मुझे क़रीब से यूँ देखा जैसे मैं कोई विचित्र कंकड़ हूँ, 'तुम बहुत ही व्यस्त रहती हो न ? मैं तुम्हें अकसर टी.वी. पर देखती हूँ और तुम तो कॉलम भी लिखती हो। तुम्हें इस सबके लिए समय कैसे मिलता है ?' संन्यासिनी जैसे चेहरे पर उसके मदिर होंठ नक़ली आश्चर्य से सिकुड़ गए। अभी मैं उसका गहरा और मजेदार जवाब सोच ही रही थी कि उसने कमरे के दूसरे छोर पर किसी की तरफ़ हाथ हिलाया और आगे चल दी।

हताशा, क्षोभ और सबसे बढ़कर ईर्ष्या से मेरा क्या हाल हुआ, बता नहीं सकती। मुझे धीरज रखना चाहिए, मैंने ख़ुद को याद दिलाया, आख़िर मैं अपने मालिकों के घर में हूँ। मुझे अपनी भावनाएँ दिखाए बिना यह शाम बितानी

चाहिए। यह सब सोच ही रही थी कि अचानक ताई ने मेरी तरफ़ ऐसी खिली मुसकराहट फेंकी कि मैं तो बौरा ही गई। मैंने तुरंत उन्हें माफ़ कर दिया। क़रीब-क़रीब।

तभी सलवटें पड़ी टी-शर्ट और घिसी-बदरंग पैंट पहने 'क' मेरे पास आ खड़ी हुई। हमारे पास से निकलते हुए ताई ने 'क' की ठोड़ी छुई, 'बच्ची तुम्हें पहनने को यही कपड़े मिले ?' बड़े षड्यंत्रकारी अंदाज़ में उन्होंने मुझे अपनी मुसकान में शामिल कर लिया।

'क' ने घूरकर उन्हें देखा और अपने नाख़ून चबाने लगी।

दिन-भर की परेशानियाँ, ताई के अप्रत्याशित मूड, पृष्ठभूमि की बकर-बकर, मसालेदार समोसों-पकोड़ों की गंधें और अब इन दोनों की मुठभेड़ ! मैं कुछ-कुछ चकराने लगी थी।

'तो घर की लक्ष्मी तुम से पहले ही निपट चुकी हैं,' ताई के ओझल हो जाने पर 'क' बोली। उसकी भूरी आँखों से हँसी छलक रही थी।

'हाँ, बहुत अच्छी हैं वे।'

मैं अब भी उनकी खिली मुसकराहट के बारे में सोच रही थी।

'अच्छी-वच्छी तो ख़ैर वो बिलकुल नहीं हैं।'

'वे बहुत सुंदर हैं,' मैं अड़ी रही।

'हाँ, मैंने देख लिया, वे अपनी भुवनमोहिनी मुसकान तुम पर चला चुकी हैं।'

'पर उनकी मुसकान है तो बहुत सुंदर।'

'मैं उनके बारे में और कुछ नहीं सुनना चाहती।'

दनदनाती हुई 'क' एक कलाकार से बात करने चल दी जो इस अनपेक्षित सम्मान से बेहोश होता-होता रह गया। असभ्यता शायद इस घर में घुट्टी में पिलाई जाती हो।

बेवजह यहाँ खड़े रहना मुझे अजीब-सा लग रहा था। ताई हीरे की सुई की तरह भीड़ में आती-जाती दिख रही थीं, फिर वे ओझल हो गईं।

'तो तुम्हें अपनी ताई अच्छी नहीं लगतीं,' मैं 'क' से कह रही थी। हम बेशक़ीमती पुरानी मूर्तियों से घिरीं, बग़ीचे में बैठी थीं। ठंडी हवा चल रही थी और इस बड़े बग़ीचे में वह दुबली, परेशान और खोई-सी लग रही थी।

'वे सबकुछ पर, हर किसी पर क़ब्ज़ा चाहती हैं, उनका बस चले तो वे

लोगों के सपनों को भी टटोल लें। तुम्हें पता है, उन्होंने मुझसे कहा कि मैं लिखकर दूँ कि मुझे अपने होने वाले पति में किन गुणों की तलाश है, और जब भी मैंने कोई रिश्ता ठुकराया तो मुझे उसके लिए कम-से-कम चार ठोस कारण उन्हें लिखकर बताने होते थे।'

'इसमें क्या बुराई है ? इससे तो पता चलता है कि वे तुम्हारे लिए फ़िक्र करती हैं।'

'वो सबकुछ पर क़ब्ज़ा चाहती हैं, बस,' 'क' उठकर अपने लिए कोई पेय ले आई थी, 'तुम परेशान लगती हो, तुम्हारा दफ़्तर दूसरी इमारत में बदलवा दूँ तो कैसा रहे ?'

मैं झिझक रही थी।

मैं समझ नहीं पा रही थी कि बिना उसे चोट पहुँचाए उसका उदार प्रस्ताव कैसे फेरूँ। साफ़ था कि वह दोस्ती का हाथ बढ़ा रही थी लेकिन मैं फिर भी झिझक रही थी। मुझ पर किसी का स्वामित्व हो यह उसकी तरह मुझे भी पसंद नहीं था। और फिर उसे कभी समझ नहीं आ सकता था कि उस संस्थान में काम करते मैं कितनी परेशान थी। लकड़ी की दीवारोंवाले, इत्र से गमकते अपने एयरकंडीशंड दफ़्तर में बैठी वह विकृति और लालच के उस समुद्र को कभी नहीं जान पाएगी जो हमेशा हमें टूटे शंख-सीपियों की तरह रेतीले तट की ओर धकेलता रहता है। समुद्र की तरंगों, प्रति-तरंगों से लक्ष्मी ही बची रह सकती है। मैं एक लेखक थी, एक उजड्ड पहाड़िन, उसके सागर तट पड़ी पर एक परदेसी।

'सोचूँगी,' मैं बुदबुदाई थी।

दफ़्तर में 'क' का मेरे लिए बढ़ता स्नेहभाव मुझे मेरे सहकर्मियों और वरिष्ठों का कोपभाजन बनाता। मेरी उदासी बढ़ रही थी। रंग उखड़ी दीवारोंवाली उस मनहूस इमारत में ले-देकर एक 'क' ही मेरी दोस्त थी। मैं और कहीं जा भी नहीं सकती थी। लेकिन मैं इसे मानना भी नहीं चाहती थी। मेरे पति नौकरी बदलने-न बदलने की दुविधा में फँसे थे, मेरे बच्चों की फीस चुकाने में हमारी जमा-पूँजी ख़त्म हो रही थी। उस बिंदु पर मेरा लेखन ही मेरे जीवन का ध्रुव था और मैं निश्चित रूप से जानती थी कि 'क' या उसकी ताई ने उसका एक शब्द भी नहीं पढ़ा है।

एक विराट, अनजाना समुद्र और एक देशज भाषा हमें अलग करते थे।

समुद्र उनका सहज आवास था लेकिन मुझे तो डूबने से बचने में ही एड़ी-चोटी का ज़ोर लगाना पड़ रहा था। चार साल से एड़ी-चोटी का ज़ोर लगाती मैं थक चुकी थी।

'क' के घर से मेरा घर बहुत दूर था, रईसों के घरों को घेरे खड़े पेड़ों के बीच से जाती सड़क पर गुज़रते मैं कुछ शांत हो गई थी। उनकी रुचि और प्रशंसा से मैं हमेशा ही खिल उठती थी लेकिन कहीं एक अपराध-बोध भी जगता था।

मैं अक़सर खुद को 'सॉरी' कहते सुनती।

जब मैंने त्यागपत्र दिया तब 'क' शहर में नहीं थी। मैंने फ़ोन पर उसे ख़बर सुनाई थी। 'तुमने ठीक किया। वह तुम्हारे लायक जगह नहीं है। मेरी मजबूरी न हो तो मैं भी वहाँ न आऊँ।'

दो साल बाद 'क' मर गई।

वह चुपचाप निकल गई, बिना विदा लिये। मुझे उसने अपनी मनपसंद किताबें भेजी थीं, रद्दी कागज़ में लपेटकर जूते के तस्मे से बँधी।

क्या विदाई थी यह भी !

परंपरा लक्ष्मी को यक्षों के विरूप अधिपति कुबेर से भी जोड़ती है। यक्ष सभ्यता के हाशिए से बाहर अधिमानवों की एक जाति थी। उनके लक्ष्मी से संबंध का आधार शायद संपत्ति जमा करने, उसे सुरक्षित रखने और उसका वितरण करने का उनका अद्भुत कौशल था। यक्षों का संबंध उर्वरता से भी है। मंदिरों की दीवारों पर उकेरी गईं यक्षिणियाँ उन्नत वक्ष, पृथुल नितंब और मादक अधरोंवाली स्त्रियाँ हैं जो आमंत्रण की मुद्रा में पेड़ से टिकी खड़ी रहती हैं।

अल्मोड़ा में जाखिणी देवी (यक्षिणी देवी) का एक मंदिर है जहाँ औरतें

संतान माँगती हैं। 'बेटा या बेटी ?' एक बार मैंने अपने बूढ़े नौकर ख्याली से पूछा था। 'वो क्या पागल हैं जो बेटी माँगेंगी ?' वह गरजा था, 'बेटे के जन्म से पितर प्रसन्न होते हैं, उनकी आत्मा तृप्त होती है।'

वैष्णव भक्ति में लक्ष्मी विष्णुजी की लजीली पत्नी के रूप में प्रवेश करती है और फिर जल्दी ही सबकुछ अपने हाथ में ले लेती है। पंचरात्र पद्धति में लक्ष्मी विष्णु की शक्ति बन जाती है। उसे ब्याह कर लाते ही विष्णुजी सृष्टि की निगरानी का ज़िम्मा उसे सौंपकर ख़ुद क्षीरसागर में बिछी शेषशैय्या पर अनंत निद्रा में डूब जाते हैं। लक्ष्मी जो ठीक समझती है, करती है, बिना किसी की दख़लंदाज़ी के। इस तरह वही है जो इच्छाओं की पूर्ति और आत्माओं की रक्षा करती है।

> 'दीये को जलता रखने वाले स्नेह की तरह मैं, अपने रस
> से जीवों की इन्द्रियों को जाग्रत रखती हूँ।'

(लक्ष्मीतंत्र 50 : 110—एक लोकप्रिय पंचरात्र पाठ)

विष्णु रौबीले, महिमामय देवता हैं, उनसे बात छेड़ना आसान नहीं। श्री लक्ष्मी ही अपने निरीह भक्तों की बात विष्णुजी तक पहुँचाती हैं। उनकी उपस्थिति से उनके पति के दरबार में एक ऐसी अंतरंग गरिमा और स्नेहिलता आती है कि हम मनुष्यों के मन की सहज भीति उड़न-छू हो जाती है।

> कबहुंक अम्ब सुअवसर पाइ
> मेरिहू सुधि द्याइबी कछु करुण प्रसंग चलाइ

तुलसीदास तभी अर्ज़ कर गए।

लक्ष्मी अन्न और कृषि की देवी है। भरे कोठार, विपुल फ़सलें, गोरस से गमकती रसोई—ये सब उसके वरदान हैं, और इसका सहज फलित होगा कि खुले हाथों ख़र्च, भोग-विलास और द्यूत-क्रीड़ा भी लक्ष्मी से जुड़ेंगे। दीवाली के दिनों में लक्ष्मी के पुजारी मत्त हो उठते हैं। मज़े की बात यह है कि दीवाली में पूजा की वेदी पर लक्ष्मी के साथ विष्णु नहीं, गणेश विराजते हैं। गणेश भी यक्षों जैसे ही हैं—लंबोदर, बुद्धिमान, संपत्ति और सौभाग्य के दाता।

चंचला लक्ष्मी उद्यमी पुरुष सिंहों से ही संबंध रखती है, उनमें वह जाति और वर्ण नहीं देखती। इसीलिए बलि और प्रह्लाद जैसे राक्षसकुल-जातकों को लक्ष्मी की संगति प्राप्त होती है। जब तक वह उनके साथ रहती है, तब तक उनका राज्य फलता-फूलता है, फ़सलें समय पर पकती हैं, राजकोष स्वर्ण से भरा रहता है, वर्षा प्रचुर मात्रा में होती है। जब वह उनका संग छोड़ती है (गौरवर्ण आर्यदेवता इंद्र या विष्णु की प्रार्थना पर) तो उनका तेज और सौभाग्य चला जाता है, उनका पतन होने लगता है। लक्ष्मी के सक्रिय सहयोग से विष्णु छल से बलि से तीनों लोक ले लेते हैं। बलि अपनी समृद्धि खो बैठता है और लक्ष्मी उसे छोड़ देती है।

विष्णु से एकरूप हो जाने पर लक्ष्मी की चंचलता और साहसी प्रकृति बदलने लगती है और अंततः वह स्थिर हो जाती है। तब वह आज्ञाकारिणी, सदा साथ निभाने वाली पत्नी बन जाती है जो जन्म-जन्म तक पति के साथ बनी रहती है। यहाँ तक कि पुरी के जगन्नाथ मंदिर में वह अपने स्वामी और उनके भक्तों की रसोई भी बनाती है। अब उसके चार हाथ नहीं हैं, साधारण स्त्री की तरह वह दो हाथोंवाली रह गई है। मध्य भारत में बादामी के गुफाचित्रों में सामाजिक मर्यादा और उचित आचार का आदर्श बनी वह सिंहासन पर लेटे विष्णु के पास फ़र्श पर बैठी है।

सासजी

पुराने घर की दुछत्ती में पुरानी तसवीरों का एक बक्सा है। उनमें अपने बेटों से घिरी सासजी कुर्सी पर बैठी हैं। ससुर साहब थ्री-पीस सूट पहने, चमचमाते

बूट डाटे उनके पास खड़े हैं। सासजी का चेहरा चौड़ा और गोल है, उनके होंठ जिन्हें फ़ोटोग्राफर ने रँग दिया है, एक सीधी रेखा में खिंचे हैं। वे सोने और मोतियों से लदी हैं और उनके हाथों में एक जापानी पंखा है।

उनके पति का कैरियर कुछ जल्दी ही ख़त्म हो गया। लेकिन उससे पहले वे नया मकान बनवा चुकी थीं, उन लोगों ने कार बेच दी थी और अपने मकान में रहने लगे थे। मकान बहुत बड़ा है और उसकी लगातार देखभाल करनी पड़ती है। नौकर छोटी-मोटी चोरियाँ करते रहते हैं और उन पर हमेशा ही चिल्लाना पड़ता है।

सासजी अकसर बहुओं को बताती रहती हैं कि धन-दौलत की क़ीमत सब लोगों को उनके मर जाने के बाद ही पता चलेगी। बहुएँ जो ख़ुद बेटों की माँएँ, हैं, एक उदासी भरे धैर्य से उनकी सेवा करती रहती हैं, उनकी आँखों में घर के बँटवारे और अपनी पसंद से मकान बनवाने के सपने चमकते हैं।

'जल्दी आओ,' रात को सासजी परिवार को बुलाती हैं, वे टेलीविजन पर दिख रहे महामहिमों की तरफ़ इशारा करती हैं। कभी-कभी टेलीविजन की आवाज़ कम करके (ताकि सोते हुए पोते जग न जाएँ) महामहिमों का जुलूस देखा जाता है। अपने जल्लोजलाल के उन दिनों की बात करते, जब उनके पति भी महामहिम थे, सासजी का स्वर भर्राने लगता है। किसी को भी ठीक-ठीक मालूम नहीं है कि वे दुखी किस बात को लेकर हैं। ससुर साहब अच्छे पति, अच्छे पिता, अच्छे गृहस्थ रहे हैं। आजकल भोजन के बाद वे अपनी कभी फौलादी रही काठी की धुँधली स्मृतियों में डूबे ऊँघते रहते हैं। 'हमने नेहरू के साथ कंधे से कंधा लगाकर इस देश का निर्माण किया है,' वे अकसर अपने बेटों को बताते हैं। बेटे ऐसा दिखाते हैं कि जैसे वे बड़े सम्मान से उनकी बात सुन रहे हैं।

सासजी बेटों के कमरों की तरफ़ चोर निगाहें डालती, बहुओं के शरीर पर लदे सोने का वजन अंदाज़ती, वे गर्भिणी हैं या नहीं, सोचती घर-भर में डोलती रहती हैं।

'तुम कुछ पीले और कमज़ोर दिख रहे हो,' वे अकसर बेटों से कहती हैं।

'अच्छे-भले तो हैं,' बहुएँ कुढ़कर कहती हैं।

'तुम्हें सही खाना-पीना नहीं मिल रहा,' कहकर सासजी उसाँस भरती हैं। घर उनके पकाए भोजन की सुगंध से गमगमा रहा है। 'हम चलेंगे माँ,' बेटे

कहते हैं। वे प्रेमियों के हाथों से माँ के कंधे थपथपाते हैं। सासजी के केश अब भी उनकी कमर तक झूलते हैं।

दोपहर में अड़ोस-पड़ोस की सासें आ जाती हैं। फिर सब मिलकर देवी के मंदिर चली जाती हैं, कीर्तन करने।

'बूढ़े कहाँ हैं ?' पोता दादा से पूछता है।

'मुझे लगता है मर गए। आदमी जल्दी मरते हैं।' दादा हँसते हैं।

'या शायद आपकी तरह सोए रहते हैं ?'

'हाँ, यह भी हो सकता है।'

फिर दादा लेटकर झपकी लेने लगते हैं। पोता खेलने बाहर चला जाता है।

बड़े बेटे की शादी हाल ही में हुई थी, दीवाली के दिन सासजी ने नई बहू को घर के सब पुश्तैनी गहने पहनाए। वे ख़ुद भी मोती-पन्ने जड़ी नथ पहने जगमगा रही थीं। दोनों ने मिलकर फल-फूल, दीप-अगरु और मिठाइयों से लक्ष्मी की पूजा की। नए रेशमी कपड़े उनके चलते-फिरते, उठते-बैठते सरसरा रहे थे। पिता और बेटे पंचप्रदीप घुमाकर आरती कर रहे थे, सासजी घंटी बजा रही थीं, बहू शंख फूँक रही थी।

कमरा रोशनी, रेशम की सरसराहट, सोने-चाँदी और अगरु-गंध से भरा था।

प्रसाद और जई के फूल बाँटते सासजी का चेहरा कठोर है। 'दायीं हथेली में लो प्रसाद, बायीं में नहीं,' वे कड़े स्वर में खिलखिलाती बहू से कहती हैं जिसका पति उसे रस-भरी आँखों से देख रहा है।

बाद में कभी ऐसा होगा कि वे बहू को बताएँगी कि उसके ससुर उसके पहले बेटे के लिए ट्रस्ट बनाने की सोच रहे हैं जिसकी एक्ज़ीक्यूटर वह ख़ुद होगी। साल-दर-साल बढ़ते पैसे की बात करते उनकी बड़ी-बड़ी आँखें और भी

फैल जाती हैं। वे बहू को समझाइश देती हैं, 'धनी से ब्याह करे, बेटे जने। मर्दों में हमारी तरह जाँगर न होता हो, पर उनके पास धन रहता है, यह हमेशा याद रखना।'

अंदर जहाज-से पलंग पर झालरदार तकिये पर सिर टिकाए ससुरजी सो रहे हैं। उनकी उँगलियाँ जैसे हवा को दबोचने के लिए खुल-बंद हो रही हैं। भंडार और तिजोरी की चाभी सासजी की विराट कमर से लटके चाँदी के गुच्छे में सुरक्षित है।

पोते के नाम पर पैसा दनादन बढ़ रहा है।

बहू मुसकराती है, एक्ज़ीक्यूटर वह होगी।

पुरानी लक्ष्मी ने सत्ता नई लक्ष्मी को सौंप दी है।

मर्द सो रहे हैं, पोता खेल रहा है।

औरतें सोने की तरह उन्हें सेंतती बैठी हैं।

7

भूदेवी

भूदेवी में लक्ष्मी और सरस्वती—दोनों के लक्षण विराजमान हैं।

ब्राह्मण ग्रंथ बताते हैं कि एकदम शुरू में क्षितिज पर एक धुँधले बादल-सा कुछ था। फिर प्रजापति ने भारी तप किया और उनके शरीर से ऊर्जा का एक विराट पुंज निकला। ऊर्जा के इसी पुंज से ब्रह्मांड बना, द्यावापृथ्वि के रूप में ! आकाश और पृथ्वी पहले एक ही थे। इंद्र और अग्नि, उनकी प्रतापी संतति हुए। फिर वरुण ने द्यावा से पृथ्विर् को विखंडित कर दिया और वे दो अलग-अलग सत्ताएँ बने—पृथ्वी और द्यवस, पुरुष और प्रकृति। माता के रूप में पृथ्वी का अपना व्यक्तित्व उभरने लगा : स्थिर, उर्वरा और आर्द्र। वह निरंतर कोटि-कोटि जीवों का पोषण करती है।

ओ पृथ्वी, तुम्हारा केंद्र और नाभि, तुम्हारी देह
से उद्भूत सभी शक्तियाँ,
हमें इस सृष्टि के बीच प्रतिस्थापित करती हैं, हममें
मैं पृथ्वीपुत्र हूँ, पृथ्वी मेरी माता...
प्राणवायु का संचार करती हैं।

(अथर्ववेद)

प्रकृति के रूप में पृथ्वी सबको धारे है; पवित्र और अपवित्र, दिव्य और पार्थिव—बिल्कुल जीवन की ही तरह। ज़्यादातर भारतीय भाषाओं में मिट्टी हाड़-मांस की समानार्थी है और मिट्टी से आकार गढ़ने वाला कुम्हार प्रजापति या विश्वकर्मा है, और कुम्हार के जाने के बाद भी मिट्टी बनी रहती है। कबीर

ने कहा :

माटी कहे कुम्हार से, तू क्या रूँदे मोय।
एक दिन ऐसा आएगा, मैं रूँदूँगी तोय।।

पृथ्वी को लक्ष्मी माना गया तो पृथ्वी के उपादानों की तुलना देवी के अंगों से हुई। देवीभागवत पुराण में पृथ्वी को देवी की जंघाएँ, पर्वतों को उसके स्तनमंडल, महासागरों को उसकी आँतें और वृक्षों को उसके केश बताया गया है। मणिपुर में मातृदेवी पैंथोइबी आज भी कुम्हारों की अधिष्ठात्री है। कहा जाता है कि उसने बरतन बनाने की कला मणिपुर की स्त्रियों को दी।

पृथ्वी का एक और नाम मेदिनी, देह और चित्त के द्वैत को और रेखांकित करता है। ऐसी कथा है कि नारायण ने जब मधु और कैटभ नाम के दैत्यों का संहार किया तब उनके मेद के ढेर से मेदिनी पृथ्वी का निर्माण हुआ। अथर्ववेद के सूक्तों ने पृथ्वी या भूमि का यशगान निरंतर पुष्टि और पुनर्जीवनदायक आहार प्रदान करने वाली और अपनी कोटि-कोटि संतानों की जीवनदायिनी के रूप में किया है।

अधिकांश उदार और निष्क्रिय दाताओं की तरह मेदिनी भी लोभ और शोषण का शिकार हुई। ऐसा कहा जाता है कि पृथ्वी की सभी संतानों, यायावरों और स्थायी वासियों ने उसका दोहन करने की ठानी। सम्राट भुवन के बेटे विश्वकर्मा ने मेदिनी की निष्क्रिय उदारता को मनुष्य की उस पर विजय का लक्षण मानते हुए उसे कश्यप और उनके बाद उनके बेटे हिरण्याक्ष को देने का वचन दिया। 'कोई मनुष्य मुझे किसी को नहीं दे सकता,' सौम्य मेदिनी रो पड़ी। उसने देवताओं से विनती की कि वे उसकी ख़रीद-फ़रोख़्त रोकें, इससे उसका अपमान होता है। लेकिन तेजस्वी कश्यप कुल से सभी डरते थे, देवता तक। मेदिनी की गुहार सुनकर देवता मौन बने रहे।

तब यायावर आक्रमणकारियों से बचने के लिए मेदिनी सागर में कूद गई। बहुत बाद में विष्णु ने वाराह अवतार लेकर मेदिनी का उद्धार किया। फिर अंग प्रजापति के अत्याचारी बेटे वेण ने यज्ञ और बलियों पर रोक लगा दी और मेदिनी का क्रूर दोहन करने लगा। मेदिनी बहुत क्षुब्ध हुई। वह अचानक वन्ध्या हो गई। वर्षा नहीं हुई, फसलें सूख गईं, नदियाँ सूख गईं। आख़िर भूख और अभाव से कुपित-त्रस्त ऋषियों ने वेण का वध करके पृथु को राजा बनाया।

पृथु ने यायावरों के टिड्डी-दल को रोका, अपने धनुष से धरती को

समतल बना उसने उसे कृषियोग्य करके दिया। अपनी बनैली प्रजा को कृषि और पशुपालन सिखाकर पृथु ने मेदिनी को आदेश दिया कि अब वह कोप त्याग दे और फिर से मनुष्यों को अपनी निधियाँ प्रदान करे। लेकिन उसे मेदिनी के क्रोध का अंदाज़ा नहीं था। उसके आक्रामक स्वर ने मेदिनी का क्रोध बढ़ा दिया, लेकिन वह पृथु के धनुष की शक्ति से परिचित थी। पृथु के बाणों से बचने के लिए मेदिनी ने गौ का रूप धारण कर लिया। फिर दुधारू गौ को परेशान करने के लिए उसने पृथु को डाँटा। उसने कहा कि वह अपनी निधियाँ मनुष्यों को तभी देगी जब स्वयं मनु बछड़ा बनकर उसका स्तनपान करेंगे। जब उसकी पुष्टिकारी उदारता के स्रोत खुलेंगे, तभी यह लंबा अकाल भी समाप्त होगा।

पृथु विवेकशील था। मेदिनी की बात मान ली गई। दुष्काल, अनावृष्टि ख़त्म हो गए। मेदिनी फिर पहली-सी बहुला, विपुला बनकर संततियों का पालन करने लगी। बाद में पृथु ने मेदिनी को अपनी दत्तक पुत्री बना लिया और तबसे उसका नाम पृथ्वी हुआ।

इसी कथा का दूसरा रूप भी है। विष्णु के बेटे पृथु ने पृथ्वी से विवाह किया। लेकिन पृथु को असंस्कृत पाकर पृथ्वी ने अपनी निधियाँ पृथु को सौंपने से मना कर दिया। पृथ्वी ने अपनी बहुलता छिपा ली जिससे भयानक अकाल पड़ा। क्रोध से भरा पृथु पृथ्वी को मारने दौड़ा तो वह गौ का रूप धरकर ब्रह्मा की शरण में गई। भारतीय पिताओं की उज्ज्वल परंपरा का निर्वाह करते हुए ब्रह्मा ने बेटी को उलटे पाँव पति के घर लौट जाने का आदेश दिया। पति के पास लौटी पृथ्वी की बहुत पिटाई हुई और उसकी निधियाँ उससे छीन ली गईं।

पृथ्वी का शोषण और उसका योजनाबद्ध प्रतिशोध, अपने पति और संतति के प्रति उसका अमर्ष भाव, टुकड़े-टुकड़े करके बेचे जाने पर उसका क्षोभ और दयालुता की उसकी माँग—यह पार्थिव प्रेम के आधारभूत द्वंद्व हैं। माँओं को अपनी संतति से और पत्नियों को अपने पतियों से प्रेम करना ही चाहिए : पुरुषों की रची सब सभ्यताओं की यही माँग रही है। लेकिन निष्क्रिय मेदिनी से चतुरा गौ और फिर सौम्य पृथ्वी बनने की विपरीतगामी कहानी इस प्रथा का विरोध करती है। वह दिखाती है कि पुरुष सत्तात्मक समाजों में अंततः सर्वस्वदायिनी माताओं को कमज़ोर, निर्भर और कुछ मंदबुद्धि-सा माना जाने

लगता है और कैसे तब वे स्त्रीसुलभ कौशल से अपनी पुष्टिकारक स्नेहघात रोक लेती हैं। अपनी उर्वरता को सूखे में बदलती और दयालु, सौम्य और उदार होने की दुविधा के बीच झूलती मेदिनी जब पाती है कि उसकी लोभी संतति उसका शोषण कर रही है। तब वह प्रेम के साथ-साथ घृणा का भी अनुभव करती है। लेकिन वह पाती है कि मनुष्य जाति उसके प्रेम और घृणा—दोनों को झेल कर बनी रहेगी। मनुष्य जो झेल नहीं पाते वह घृणा नहीं बल्कि ठंडापन है। माँ के प्यार का विपरीतार्थक है, भावना का ठहर जाना। बर्फ़ बन जाना।

अपने स्वभाव की मृदुलता के कारण शोषकों से पृथ्वी उन्हीं के हथकंडे आज़माकर पार नहीं पा सकती लेकिन वह अपनी निधियों का पुष्टिवर्धक प्रवाह तो रोक ही सकती है।

और यूँ जन्म होता है सत्याग्रह का।

मेधा पाटकर बूटे से क़द की है। उसके बाल समय से पहले ही सफ़ेद हो चले हैं। लेकिन उसका नाम सुनकर भारत में बड़े बाँधों की वकालत करने वाले भयभीत हो जाते हैं। यह दुबली-पतली औरत पिछले दस साल से उन हज़ारों-हज़ार आदिवासियों की तरफ़दारी करती नर्मदा के तट पर धरना दिये बैठी है, जो बाँध बनने पर बेघरबार हो जाएँगे। गुजरात, महाराष्ट्र, मध्य प्रदेश—तीनों राज्यों के धाकड़ राजनीतिज्ञ मेधा से नफ़रत करते हैं। हम बाँध पर रोक लगाकर आमरण अनशन पर बैठी मेधा की जान बचाने की पैरवी करने मंत्रीजी के दरबार में हाज़िर हुए हैं। 'वो...वो आफ़त,' मंत्री को अपना कोप व्यक्त करने के लिए शब्द नहीं मिल पा रहे, 'आप पत्रकारों को भी और कोई ख़बर नहीं मिलती ? आप सिंचाई विभाग के काम के बारे में क्यों नहीं लिखते ? आप जानते हैं नहर के कितने बड़े-बड़े हिस्से पूरे बन गए हैं ? और यह औरत ? यह औरत हमें उनमें पानी नहीं छोड़ने दे रही। इसी की वजह से वर्ल्ड बैंक ने अपना अनुदान वापस ले लिया है, जानते हैं आप ?'

रात को मेधा और देश-भर से आए उसके समर्थक कड़कड़ाती ठंड में गुड़ी-मुड़ी हुए सो रहे हैं। गुजरात में फसलें सूख रही हैं, नक़दी फसलें—कोई बताता है।

मेधा के होंठों पर ठंडी मुसकराहट है, हँसिये की तरह तीखी।

ललिता मौसी माँ कैसे बनीं

बत्तीस साल की ब्रह्मचारिणी अध्यापिका ललिता मौसी नियम से पैसे घर भेज रही थीं। घर की औरतें इस विचित्र बेटी की उदारता और सात्विकता का बखान पास-पड़ोस में करने लगी थीं। लेकिन अभी उन्होंने कला और ज्ञान को समर्पित भिक्षुणी के रूप में ललिता की बात करनी शुरू की ही थी कि ललिता ने ब्याह करने का फ़ैसला सुना दिया। उसकी बहनों को लगा कि ललिता मौसी ने यह उनको फिर से खिझाने के लिए किया है। उनका अंदाज़ा एकदम ही ग़लत भी नहीं था। ललिता मौसी अच्छी तरह जानती थीं कि उनके मनीऑर्डरों पर पूरी तरह निर्भर परिवार को उनके फ़ैसले से काफ़ी परेशानी होगी। उन्हें यह भी मालूम था कि उनके नौकरी छोड़ देने, घर में पैसा न दे पाने, एक फेफड़ेवाला मंगेतर ख़ुद चुनकर उससे खुलेआम इश्क लड़ाने और फिर कोर्ट में ब्याह कर लेने से उनका परिवार कितना क्षुब्ध होगा।

अपने परिवार को उन्होंने ग़लत नहीं पहचाना था।

विवाह के बाद ललिता मौसी और उनके पति विष्णुपुर नाम के उनींदे से पहाड़ी कस्बे में जा बसे। घोड़े की काठी के आकार के इस कस्बे के आसपास की पहाड़ियाँ एक मोटर-सड़क का जनेऊ पहने थीं।

ललिता मौसी के अगले पचास साल इसी कस्बे में बीते जिसका नाम लक्ष्मी के अनंतशायी पति के नाम पर रखा गया था। कहते हैं कि भृगु ऋषि ने विष्णुजी की छाती पर लात मारी थी, ऋषि का पगचिह्न तब से लक्ष्मीपति की छाती पर स्थिर हो गया।

विष्णुपुर की प्रसिद्धि का एकमात्र कारण वहाँ का वेटरनरी रिसर्च इंस्टीट्यूट था जिसकी स्थापना अंग्रेज़ों ने पिछली सदी में की थी। यहाँ मुर्ग़ियों के घातक रानीखेत रोग के अंतर्राष्ट्रीय ख्याति के टीके बनते थे, और हाँ, गाय-भैंसों के खुर और मुँह पकने के रोग के टीके भी यहीं बनते थे। इन टीकों को घोड़ों के ख़ून से तैयार किया जाता था और इसलिए इंस्टीट्यूट में बहुत ही उम्दा क़िस्म के घोड़े भी पाले जाते थे। मेरी ललिता मौसी ने अपने संभावित मातृत्व की पृष्ठभूमि के लिए इसी विष्णुपुर को चुना जहाँ विज्ञान और जीवन की भोंडी

कॉमेडी, रोग और स्वास्थ्य, विद्वत्ता और आलस्य एक-दूसरे के अभिन्न सँगाती थे।

अब ललिता मौसी को नया अवतार धरना था। उन्होंने अपने लिए एक महिमामयी माँ की छवि चुनी। खादी की मोटी साड़ियों और लंबी बाँहोंवाली चोलियों की जगह रेशमी साड़ियों और चुस्त ब्लाउज़ों ने ले ली। बड़ी-बड़ी आँखें काजल के कटोरे बन गईं, माथे पर रुपए के आकार की बिंदी, आल्ता रचे पैरों में रुनक-झुनक पायलें, ललिता मौसी आगे-पीछे की सब कसर पूरी कर रही थीं। जंबूद्वीप-भरतखंड के तमाम सौभाग्य-चिह्न उनकी देह पर शोभा पाने लगे : नेपाली मूँगों के हार, तिब्बती जेड की मालाएँ, महाराष्ट्र के मंगलसूत्र, केरल की सोने की चेनें, बंगाल के कानपाशा...।

विष्णुपुर के अभिजात वर्ग में ब्रिटिश अधिकारियों और इंस्टीट्यूट के वैज्ञानिकों का एक देवमंडल था, फॉरेस्ट डिपार्टमेंट के कुछ भारतीय अफसर थे जो अकसर दौरे पर रहते थे, और गौरांग देवों और उनकी काली चमड़ीवाली प्रजा के बीच सेतु, ख़ुद ललिता मौसी के पति डॉक्टर साहब थे। एक क्लब था जो साहब लोगों का पक्का अड्डा था, जहाँ डॉक्टर साहब के अलावा किसी भी काली चमड़ीवाले का प्रवेश वर्जित था। क्लब के आसवसमृद्ध शानदार बार की दीवारों पर 'पंच' पत्रिका के फ्रेम मढ़े कार्टून टँगे थे, उसका अपना एक बेहतरीन टेनिस कोर्ट था और एक विशाल बॉलरूम था जिसका लकड़ी का फ़र्श पॉलिश से हमेशा दमकता रहता।

डॉक्टर मौसा तीखे नाक-नक्श और ख़ूबसूरत मुसकराहट वाले बहुत ही ख़ूबसूरत आदमी थे, उनके कबूतर से नाजुक हाथ-पैरों पर नज़र अटकी रह जाती थी। वे नफीस साहबी पोशाक पहनते थे और पक्के साहबों की तरह एक बैरा और खानसामा रखते थे जो उनके लिए देशी और विदेशी—सब तरह के खाने पकाते। उँगलियों से रैट पोंछने वाले, टॉयलेट पेपर से नितांत अपरिचित भुच्च पहाड़ियों के प्रदूषक संसर्ग से परहेज़ रखने के कारण ही वे अपने जन्म-स्थान नहीं लौटे थे।

डॉक्टर साहब इसी इलाक़े के थे, उनके माँ-बाप बचपन में ही नहीं रहे थे। उनकी विलक्षण प्रखरता और शारीरिक शक्ति की उनके कस्बे में धाक थी। फिर वे डॉक्टरी की पढ़ाई करने विलायत चले गए। बाद में सोने के मैडलों और सर्टिफिकेटों से लदे वे लौटे तो उनकी धज एक बाँके छैले की थी।

विलायत में ही डॉक्टर साहब को तपेदिक का भयानक मर्ज़ लगा। ऑपरेशन करके उनके एक फेफड़े को पूरी तरह बंद कर देना पड़ा। उनके साथी सर्जनों ने राय दी कि अगर उन्हें एक ही फेफड़े पर जीना है और दूसरे विश्वयुद्ध से बचे रहना है तो उन्हें चीड़ और देवदार से ढके पहाड़ों पर चले जाना चाहिए। छाती पर घाव का निशान लिये डॉक्टर साहब ने विष्णुपुर के सरकारी अस्पताल में मेडिकल सुपरिंटेंडेंट के पद के लिए आवेदन दिया जो झट से स्वीकार भी हो गया।

अस्पताल का काम सँभालने के बाद उन्हें जाने क्यों अपने कस्बे की याद आई। वैसे बाद में हमारी नानी कहती थीं कि मौसा की कुंडली की शुक्र की महादशा ही उन्हें वहाँ ढकेल रही थी क्योंकि यही वह कस्बा था जहाँ ललिता मौसी जन्मी थीं और उन दिनों छुट्टी पर घर आई हुई थीं। ख़ैर, एक दिन ललिता हाथ के बने नेपाली काग़ज़ों का बंडल और दुर्लभ जड़ी-बूटियों से बने रंगों की शीशियाँ और ब्रश थैले में लिये शिटोली के जंगल की तरफ़ जा रही थीं कि उसे नवाब की तरह डण्डी में अधलेटे जा रहे हमारे छबीले मौसा दिखे। वे थ्री-पीस सूट डाटे थे और हाथीदाँत की मूठवाली छड़ी को घुमा रहे थे। ललिता को देखकर बाँके नवाब ने अपना फैल्ट हैट उठाकर उन्हें सलाम किया, बदले में ललिता ने उन्हें घूरकर देखा और अपनी राह बढ़ गई। लेकिन उस दिन जब जंगल में पहुँचकर ललिता ने तसवीर बनानी शुरू की तो बजाए लता-वृक्षों के कुमारसंभवम् के दृश्य काग़ज़ पर उभरने लगे : शिव को पाने के लिए तप करती अपर्णा पार्वती, लास्य मुद्रा में विष्णु और लक्ष्मी, बुरांश की शाखा पर चोंचें जोड़े बैठे पंडुक-पंडुकी।

उधर डॉक्टर साहब के मन पर भी ललिता मौसी की छवि छप गई थी। छोटी काठी की निस्तेज स्त्रियों वाले इस इलाक़े में उसका विचित्र वेश, बेझिझक निगाह, उसकी लमतड़ंग देह, उसके भारी वक्ष और पृथुल नितंब डॉक्टर से भुलाए नहीं भूल रहे थे। ऐसी ही स्त्री तो चाहिए थी उन्हें। और फिर, हालाँकि ललिता मौसी का शादी-वादी का इरादा क़तई नहीं था, उसने डॉक्टर साहब को 'हाँ' कह दिया।

कुछ दिन के प्रेमालाप के बाद उन्होंने शादी कर ली।

ज्योतिष और शास्त्रों की ज्ञाता होने के नाते ललिता मौसी को अपने विवाहिता जीवन की शुरुआत धार्मिकता दिखाते हुए करनी थी। उनकी और

तमाम चीज़ों की तरह यह धार्मिकता भी उनकी अपनी मौलिक ईजाद थी। उनकी श्रद्धा कविताओं और सात्विक आहार के रूप में प्रकट होती। दोनों नवरात्रि में उनका उपवास रहता, वह सुबह से शाम तक कंद-मूलों के अनोखे व्यंजन बनातीं जैसे किसे ने देखे-सुने तक न होते। अपने घर से सटे खेतों में वे चाँद जैसे गोलमटोल आलू उगातीं। वे ख़ुद भी गोलमटोल होने लगीं। हर मौसम उनके शरीर पर चर्बी की एक और परत चढ़ा जाता। आख़िर उनकी छातियाँ टीलों-सी हो गईं, उनके कूल्हे ट्रक की चेसी की तरह बाहर को निकल आए।

'लाल सुहाग का रंग है !' ललिता हँसते हुए अपने घर पहली बार आने वाले लोगों को बताती जो हर तरफ़ जित देखूँ तित लाल का दृश्य देखकर चकरा रहे होते। हिंदू स्त्री को सुहाग के प्रतीकों से नहीं घिरा रहना चाहिए ? तो फिर इसमें हैरान होने की क्या बात हुई ?

धीरे-धीरे ललिता ने उन अनुष्ठानों को बदलना शुरू किया जो उसे पुरुष पुरोहितों पर निर्भर बनाते थे। घर के देवी-देवताओं को उसने रसोई की बग़ल के एक छोटे से कमरे में निर्वासित कर दिया जहाँ बूढ़े ब्राह्मण महाराज उन्हें नहला-धुलाकर भोग लगा देते। ललिता का तर्क यह था कि उसके अनियमित मासिक चक्र के चलते यही ठीक रहेगा कि महाराज शुद्धि से देवताओं के स्नान-ध्यान करवा दिया करें। अकसर तो ललिता देवताओंवाले कमरे में जाना भूल ही जाती। देवताओं को आँख ओझल पहाड़ ओझल करके ललिता रसोइये के साथ अगली आधी सदी का मेनू तय करने में जुट गई।

ललिता की संसृति बढ़ने लगी : कुशन-दर-कुशन, परदा-दर-परदा, कुरसी-दर-कुरसी, तिपाई-दर-तिपाई। यहाँ उसका एकच्छत्र राज्य चलता। अपने प्रति श्रद्धा-सम्मान में कोई कमी वह बरदाश्त न करती। समय तक हाथ बाँधे उसके संकेत की प्रतीक्षा करता। इतिहास को दर्ज करके उसे बर्फ़ की तहों में जमा दिया जाता, फिर जब ललिता चाहती तो उसे निकालकर पुनर्जीवित कर लेती। और इसलिए इस घर से बाहर आई कोई भी चीज़ फेंकी नहीं जाती थी। तमाम खाते, उन कोलतार पुते टिन के शेडों में सम्हाल दिए जाते जो उनके लंबे-चौड़े बग़ीचे में किसी झोंपड़पट्टी की तरह बिखरे थे। एक शेड में फ़ोटोग्राफ़ों के बक्से एक पर एक रखे जाते। सभी ट्रंकों, फाइलिंग केबिनेटों और किताबों के रैकों पर गहरा हरा रंग पुता रहता। इन कसकर सीलबंद किए गए शेडों के

अंदर रखा सामान ही बीतते समय के प्रमाण रहने थे। यहाँ तरतीबवार रखी पत्रिकाओं, फ़ोटोग्राफ़ों और चिट्ठियों को देखने-पढ़ने उसका परिवार लौट-लौटकर यहाँ आने वाला था। लेकिन इन्हें अब कभी घर के अंदर नहीं ले जाया जाना था। हर पैकेट पर ललिता मौसी की सुंदर लिखाई में तोतिया हरी स्याही से उसके अंदर रखे सामान का विवरण लिखा होना था।

इसके बाद उस घर पर जहाँ ललिता मौसी कई जीवनों को रचने, उनमें भागीदारी करने, उन्हें आकार देने वाली थीं, कोई उनकी मज़बूत नर्म उँगलियों की पकड़ ढीली नहीं कर पाया।

दस महीने बाद ही उनकी बेटी जन्मी। उसका नामकरण किया गया—पुण्या। बाद में ललिता हमेशा अपने बच्चों को बताती रही कि उसकी पहलौठी की बेटी कितनी सुंदर, कैसी गुलगुथनी थी। फिर एक विधवा बुआ पुण्या के राई के तकिये के नीचे सिंदूर पुता नींबू रख गई थी और बच्ची ने माँ की छाती मुँह में रखना बंद कर दिया था। जो भी उसे खिलाया-पिलाया जाता वह सब उलट देती। बच्ची दिनोंदिन सूखती चली गई। धीरे-धीरे उसके रोने की आवाज़ तक धीमी होती चली गई। एक दिन एक आख़िरी झटके के साथ बच्ची ने दम तोड़ दिया।

परिवार के कुछ लोग आपको बताएँगे कि बच्ची के न रहने से ललिता का दिल टूट गया और वह कुछ एकांतप्रिय और धार्मिक प्रवृत्ति की हो गई। लेकिन यह सच नहीं है।

अपने दिल-दिमाग़ के कोने-अंतरों से दुख की धूल झाड़कर ललिता मौसी ने अपने विचारों को व्यवस्थित किया और बेटे के जन्म का इंतज़ार करने लगीं। अब उन्हें बेटा ही चाहिए था क्योंकि पुण्या ने मरकर उन्हें नीचा दिखाया था। शुरुआत के तौर पर उन्होंने अपने उर्वर बगीचे में बैठना शुरू कर दिया जहाँ तरह-तरह के पौधे पल्लवित-पुष्पित होकर अपने बीज बिखेरते रहते थे, जहाँ कई रंगों के बिल्ले-बिल्लियाँ हमेशा जोड़े बाँधते बच्चे जनते, गुर्राते फिरते थे। वे कहती थीं कि इतनी उर्वरता को देखते हुए उन्हें लगता था कि उनके पैरों से मातृत्व-रस की ज़बरदस्त तरंगें ऊपर उठती चली जा रही हैं। वे युवा थीं, उनकी देह गद्दर थी, उनके प्रचुर रजप्रवाह ने उनकी कोख से विषाद के सब अवशेष धो-पोंछ दिए थे, उनके पति स्वस्थ और पुष्ट थे। फिर महीना-महीना करके उनकी प्रतीक्षा खिंचती क्यों जा रही थी ?

लगता है, अब देवताओं की सहायता माँगनी ही होगी, ललिता मौसी को लगने लगा।

तो ललिता मौसी देवताओं को अद्‌भुत पदार्थ भेंट करने लगीं। ख़ासा पैसा ख़र्च करके वे सुदूर दक्षिण से कच्चे नारियल मँगवातीं जिनकी गिरी किसी युवा कोख-सी नम-नर्म होती। पहाड़ों में दुर्लभ कदली के गुच्छे-के-गुच्छे वे देवताओं को चढ़ातीं। आख़िर उन्होंने सावन के सोमवारों को उपवास भी रखना शुरू कर दिया।

यह 1944 की बात है।

एक विशेष रूप से शुभ सोमवार को शिव के पार्थिव पूजन के लिए चुना गया। एक प्राचीन ताड़पत्र से कोई श्लोक पढ़कर ललिता ने बूढ़े पुरोहित को सुनाया। इसमें बताया गया था कि यदि आपका मनोरथ अपनी बेटी के लिए सुयोग्य वर प्राप्त करना है तो खोए के एक हज़ार एक शिवलिंग बनाकर उनका गंगाजल से समारोहपूर्वक अभिषेक करें। पुत्र की कामना हो तो शिवलिंग गोबर से बनाए जाएँ। पूजा की तैयारियाँ शुरू हो गईं।

डॉक्टर कभी पूजा के कमरे की तरफ़ झाँकते भी नहीं थे लेकिन पार्थिव पूजन के लिए उन्होंने इतनी रियायत कर दी। साथ के कमरे में डाइनिंग टेबल पर शांत बैठे वे चाँदी के टैंकर्ड में से हिमशीतल बीयर पीते, मंत्रोच्चार सुनते रहे। उनका पुराना चाकर खीमू फ़र्श पर बैठा उनके नाज़ुक ठखने दबाता, उनकी उँगलियाँ खींचता रहा।

पूजा का आवेग बढ़ने लगा।

मंत्रोच्चार के स्वर ऊँचे उठने लगे, अगरु का सुगंधित धुआँ वाय सर्पों की तरह लहराने लगा। बीयर का नमकीन फेन डॉक्टर की मूछों पर ठहरने लगा, वे अपनी पत्नी और पुरोहित को विचित्र मंत्रों का पाठ करके, घंटी के स्वर से नाथ कर उनके वीर्य को उसके वन्ध्या कोख में धकेलने का प्रयास करते देखते, धीरे-धीरे बीयर पीते रहे। अक्षत मंडित शिवलिंगों का पंचामृत से अभिषेक हो रहा है। अपनी नम जीभ निकालकर डॉक्टर बार-बार अपनी मूछों पर अटका नमकीन फेन चाट रहे हैं।

ललिता की झलक दिखाई देती है, पसीने और भूख से उसका चेहरा तमतमाया हुआ है, 'आओ' वह पति को पूर्णाभिषेक के लिए बुलाती है, 'आओ'।

डॉक्टर उठ खड़े होते हैं।

पूजा-कक्ष में ताँबे की चमचमाती थाली में सफ़ेद फूलों और अक्षत से मंडित गोबर के एक हज़ार एक शिवलिंगों के प्रतिबिंब थरथरा रहे हैं। मंत्रोच्चार, घंटानाद और शंखघोष के बीच डॉक्टर और ललिता पूर्णाभिषेक के लिए अखंड जलधारा लिंगों पर छोड़ते हैं, सब मंत्र पढ़े जा चुके, शिव को उनके उग्न गणों : तंत्र, मंत्र, बाग, रावण, चंडीश, शृंगी और रित् सहित उनके धाम के लिए विदा कर दिया गया है। डॉक्टर की हालत यह है कि उन्हें पता नहीं कि वे क्या सोच रहे हैं। कमरे की हवा अगरु, कर्पूर और घृत की गंध से बोझिल है, उन्हें नींद आ रही है, उनकी मूँछ फरफराती है।

ललिता चाँदी की आचमनी से तीन बार पंचामृत का आचमन करती है। वह घूँट भरती है, डॉक्टर मंत्रमुग्ध हुए उसके शंख से कंठ को देखते हैं। वे उसे बार-बार छूते हैं। आख़िर वह आँखें तेरकर कहती हैं, 'यहाँ नहीं'।

'सौ पुत्रों की माता बनो,' उनके माथों पर तिलक लगाते, सिरों पर बिल्वपत्र धरते बूढ़े दंतहीन पुरोहित आशीर्वाद देते हैं।

कहते हैं, महीने-भर में ललिता मौसी का पाँव भारी हो गया था। उनका बड़ा बेटा लामा समय से हफ़्ता-भर पहले जन्मा लेकिन धूमधाम भारी रही। ग्यारह महीने बाद उनका दूसरा बेटा जन्मा और उसके दो बरस बाद तीसरा।

अब ललिता मौसी बड़ी अम्मा बन गई थीं। बाक़ी जीवन वे अपने अंतर में उस महान और कालजयी उपन्यास को जीती रहीं जो कभी नहीं लिखा जाना था।

8

भूदेवी के बदलते तेवर

अब जब उसका परिवार उसकी इच्छानुसार गढ़ा जाकर पूरा हो गया और घर भी एक अजेय दुर्ग बन गया, तो बड़ी अम्मा ने जो कभी ललिता कही जाती थी और सरस्वती की बेटी भी हुआ करती थी, उसने अपनी वीणा, लेखनी आदि किनारे कर दीं और लक्ष्मी का रूप धार लिया। अगली आधी सदी तक वे अपने क्षेत्र की सबसे ज़बरदस्त शो वूमन रहीं, एक ऐसी विकट मायाविनी जो घर से बाहर क़दम रखे बिना ही शहर की राईरत्ती ख़बर रखती थी। जो तीन भाषाओं में मुसकराती और पाँच भाषाओं में गपिया सकती थी।

ज़्यादातर तो वे अपने जहाज़ से पलंग पर पसरी संस्कृत काव्य पढ़ती और अपनी संतानों को हिंदी में कवित और कहानियाँ सुनाती रहतीं। फिर अपने बूढ़े गुरु से वे बांग्ला में पत्र व्यवहार करतीं और अपने पति से अंग्रेज़ी में दुनिया जहान की बातें। खारी रेतीली ख़बरों के समुद्र में उनकी ज़बान किसी शार्क की तरह तरंगायित चलने लगती तो कमरे में सन्नाटा छा जाता। किसी दक्ष बुनकर की तरह वे संस्कृत में हिंदी और हिंदी में अंग्रेज़ी गूँथकर ऐसी विलक्षण किमख़ाबी बुनाई करतीं कि देखने-सुनने वालों के मुँह खुले, आँखें फटी रह जातीं। उनके छूते ही शब्द जी उठते जटिल नमूनोंवाली घूम-घुमावदार कहानियाँ आकार पातीं। उनकी आवाज़ उठती, गिरती, फुसफुसाती, खिलखिलाती और उनके श्रोताओं की बोटियाँ फड़कने लगतीं।

बड़ी अम्मा ने ढूँढ़ निकाला था कि अमूमन हूँ-हाँ करके बात पूरी करने वाले उनके पति में अंग्रेज़ी में बात करने पर परनिंदा की एक अद्‌भुत क्षमता

उभर आती है। सो चतुराई से काम लेते हुए उन्होंने अंग्रेज़ी के समक्ष आत्मसमर्पण कर दिया। इससे मौखिक रति के अभिनव प्रयोगों का एक ऐसा सिलसिला चल निकला जो एक रसपगे दांपत्य का प्राक्कथन साबित हुआ।

'क्योंजी, क्लब में डिप्टी फॉरेस्ट रेंजर को नयनसुख प्रदान करती, बार-बार पल्लू गिराती वह बिल्वस्तनी कौन थी ?' अपनी सुर्ख़ जीभ के प्रहार से पान और सुपारी को एक गाल से दूसरे गाल में धकेलती बड़ी अम्मा शर्माती-सी पूछतीं।

'वो ? वो तो छुट्टी में स्कूल से घर आई, वेटरनरी सर्जन की सबसे छोटी बेटी है,' मौसा बताते।

'अरे बाप रे !' बड़ी अम्मा की आँखें छत पर टिक जातीं, अँगूठियों से लदी उनकी उँगलियाँ भक्तिपूर्ण मुद्रा में जुड़ जातीं और मुंडी दाएँ-बाएँ हिलने लगती। उनकी तीखी नाक के चौड़े नथुने फड़कने लगते, 'हाय रे अभागा मूर्ख !'

फिर वे यह ख़बर हिंदी में अपने बच्चों को सुनातीं।

'यह वही डिप्टी रेंजर साहब हैं न जिनकी बीवी पंसारी के छोकरे के साथ बंबई भाग गई है ?' कोई बच्चा बोल उठता।

'हाँ, जो स्कूल के पीछे बुरी हरकत करते पकड़ा गया था,' चाँदी के सिगरेट केस पर अपनी लंबी संवेदनशील उँगली से ताल देते-से मौसा बात आगे बढ़ाते। शुद्ध साहबी अंग्रेज़ी में खड़ी बोली के तीखे मुहावरों के छौंक से सँवरे इस परनिंदा रस का पूरा परिवार चटखारे लेते आनंद लेता।

चीनी माँ और एंग्लो इंडियन पिता की सुंदरी पुत्री ने डिप्टी रेंजर से जिस प्रेम के कारण विवाह किया था, वह उनके विष्णुपुर आने पर पंख लगाकर फुर्र हो गया था। उसने नए सिरे से प्रेम की तलाश शुरू की, प्रेमियों की विष्णुपुर में कमी थी नहीं। लोग बातें बताने लगे। बड़ी होती बेटियों और गिद्ध दृष्टि वाली माँओं के कस्बे में डिप्टी रेंजरनी का ऐसा करना बहुत ग़लत बात थी। लोग सही और ग़लत की पहचान कर सकें इसलिए नैतिकता से छलकती कहानियाँ बनाना और उन्हें फैलाना बेहद ज़रूरी था। इसलिए बड़ी अम्मा और उनके पति ने अपनी संतानों को उसी तरह क़िस्से गढ़ने की कला सिखाई जैसे और लोग शतरंज या टेनिस सिखाते हैं। बच्चों में विलक्षण देवदत्त प्रतिभा थी जिसे बड़ी अम्मा के प्रशिक्षण ने और धार दे दी थी। हिंदी बोलने

और अंग्रेज़ी समझने के लायक होते-होते तीनों क़िस्से सुनाने में माहिर हो चुके थे। दूध धुले-से चेहरे और भोली दूधिया मुसकराहटों की चाशनी क़िस्सों पर लपेटकर जब वे पेश करते तो अविश्वासी से अविश्वासी कंठ उन्हें घुटकने को आतुर हो उठता।

और बड़े लोग भी तो अपने दिल की बातें कहने को मरे जाते हैं।

कोई भी ख़बर हाथ लगते ही बच्चे उसे ताज़ातरीन सूरत में मौसी और मौसा तक पहुँचाने को दौड़े आते। अगर कोई ज़बरदस्त सुराग़ होता तो वे ताली बजाकर अपने माता-पिता का ध्यान खींचते जो सदा उन्हें मिलता।

'राजू बाबू हैं न...'

राजू बाबू की पंसारी की दुकान थी, उन्हें अकसर पास के शहर से माल ख़रीदने के सिलसिले में घर से बाहर रहना पड़ता। बिनब्याहे रसिक राजू बाबू रसीले क़िस्सों का अनंत स्रोत थे।

'हाँ बेटे ?'

'वो न, वो...'

'किसी औरत के साथ ?'

'अपनी ही भाभी...'

'अरे नहीं, नहीं,' बड़ी अम्मा हैरत से पति की तरफ़ मुड़तीं, 'देख रहे हैं न जी, ये लोग कैसे-कैसे तमाशे करते हैं ? इन भाइयों की जोड़ी तो...'

'कहाँ भला ?' फिर वे क़िस्सावाहक से पूछतीं।

'और कहाँ ? उसी स्कूल के पीछे !'

अविश्वास और ख़ुशी के मारे बड़ी अम्मा की चीख़-सी निकल जाती, 'गज़ब औरत है भई ! यानी दोनों भाइयों से !'

'और भगवान ही जाने और किस-किस से,' डॉक्टर साहब ख़ास बच्चों की सुविधा के लिए फुसफुसाते।

बड़ी अम्मा आँखें बंद करके उसाँस लेतीं, दाएँ-बाएँ झूमतीं, 'तभी तो बेचारा पति घसियारियों के पीछे घूमता, हँसियों की मार से कटा-फटा फिरता है।'

फिर देर तक उनके ठहाके गूँजते रहते। बाद में बड़ी अम्मा चटपटे करारे पकौड़े और लहसुन की चटनी बनवातीं और ज़्यादातर ख़ुद ही खा जातीं। सबसे छोटा बिट्टू पक्का सुरगान्वेषी और संघों से कान लगाने का रसिया था।

उसकी खोजी निगाह से कुछ बचा नहीं रह सकता था। सात साल का होते-होते वह पेशेवर जासूस की दक्षता से भाप लगाकर चिट्ठियाँ और जूड़े की पिनों से मेहमानों के ताले खोल लेता। अगर चिट्ठियाँ डाक से बक्से में पहुँचकर उसकी पकड़ से बाहर चली जातीं तो वह उन्हें सुखाने में इस्तेमाल हुए ब्लॉटिंग पेपर को शीशे के सामने रखकर संदेश पढ़ लेता।

यूँ तीनों भाइयों ने मिर्च और लहसुन का छौंक लगा तीन भाषाओं के माध्यम से एक बहुत रोचक संसार ढूँढ़ निकाला। उनकी चमड़ी शब्दों को जज़्ब कर लेती, लहसुन-मिर्च की चटनी उनके ख़ून में मिल जाती। इस मादक मिश्रण में उनकी स्मृति क़िस्सों को परिरक्षित करती। बरसों बाद ये क़िस्से, लहसुन, यह मिर्च की चटनी—सब हमारे मौसेरे भाई ज़ूमी की कविता में जो छलकने वाले थे।

लक्ष्मी के संसार में मिट्टी, कीचड़, गोबर—सब पवित्र हैं। अंतः बड़ी अम्मा के घर में सबसे ज़बरदस्त क़िस्से पाख़ाने में सुने-सुनाए जाते। कई बरस तक, जब तक लड़के होस्टल नहीं चले गए, पूरा परिवार इकट्ठे बैठकर पेट ख़ाली करता। बड़ी अम्मा का कहना था कि सब रोग सबसे पहले पाख़ाने में दिखते हैं, अकेले पाख़ाने में बैठने से लोग तनाव और अकेलापन महसूस करते हैं और कब्ज़ के शिकार हो जाते हैं, तो क्यों न पेट ख़ाली करने को एक सुखद पारिवारिक अनुष्ठान का रूप दे दिया जाए। और फिर इस तरह डॉक्टर साहब भी परिवार के कल्याण और पाख़ाने पर एक साथ निगाह रख पाएँगे।

'एकदम ठीक बात है,' उनके पति तुरंत मान गए थे। उनकी राय में पाख़ाना ही वह जगह थी जहाँ शरीर कुछ नहीं छिपाता, जहाँ छीमियाँ और रेशेदार सब्जियाँ और जल्दी में सटके गए फलों की गुलियाँ—सभी लंबे समय से छिपाए रहस्यों की तरह शरीर से निकलती चली आती हैं। बच्चों ने सीख लिया कि देह अपनी ज़रूरत से फालतू कुछ भी नहीं बचाती, और बचाती है तो उससे पेट में गड़गड़ाहट और अफारा ही होता है।

इसलिए आने वाले सालों में बड़ी अम्मा के घर में समवेत रूप से पेट ख़ाली करना एक सामुदायिक अनुष्ठान बनता चला गया। कब्ज़, दस्त, कीड़े,

वायु के आक्रमणों के बीच वे सब एक-दूसरे की परेशानियों के चश्मदीद गवाह रहे। समय बीतने के साथ-साथ वार्तालाप के विषय गंभीर होने लगे। उन पर राजनीति यहाँ तक कि अंतर्राष्ट्रीय स्तर तक का मुलम्मा चढ़ने लगा। ब्रिटेन के हेलेन कीलर कांड का पोस्टमार्टम करते हुए बच्चे अनायास ही शासन की वैस्टमिनिस्टर व्यवस्था और ब्रिटिश न्याय पद्धति से परिचित हो गए। बंबई के नानावटी कांड की चर्चा से बच्चों को भारतीय जलसेना के ढाँचे के बारे में सीखने में मदद मिली।

बाद में बरसों बाद ननों की पढ़ाई, आँतों को नियंत्रित रखने की हामी उनकी कॉन्वेंट शिक्षिता बहुओं को पारिवारिक एकजुटता की इस प्रागैतिहासिक व्यवस्था की भनक लगी तो पति-पत्नियों के बीच घर की नई पीढ़ी को इस सामूहिक अनुष्ठान में दीक्षित करने पर तुली सास को लेकर रौद्ररसपगे कई संवाद हुए।

नई पीढ़ी के साथ उन्हें हरगिज़ ऐसा नहीं करने दिया जा सकता था।

लिहाज़ा बहुएँ अपने बच्चों को ख़ुद पाख़ाने ले जातीं और बाहर से कुंडी लगाकर कुर्सी पर बैठी चौकीदारी करती बैठी रहतीं। बच्चे के भारमुक्त होकर दरवाज़ा खड़खड़ाने पर ही उसकी रिहाई हो पाती। बड़ी अम्मा कहतीं कि यह सब बहुओं के ग़लत लालन-पालन के कारण हो रहा है। अगर उनका लालन-पालन सही ढंग से हुआ होता तो उन्हें परिवार की इस अनूठी अंतरंगता पर कोई एतराज़ नहीं हो सकता था।

डॉक्टर साहब की राय थी कि इन कॉन्वेंट की पढ़ी छोकरियों में स्वस्थ वैज्ञानिक उत्सुकता का घोर अभाव था और भी दुख की बात यह थी कि उनके बच्चों में यह संस्कार पनपने का कोई उपाय नहीं बचा था। और इसके साथ ही जैसाकि कहते हैं, नाबदान पर ढक्कन लग गया।

डॉक्टर साहब का प्रातःकालीन उत्पाद ठोस, सुडौल और चर्बी के स्पर्श से क़तई विहीन होता। वसायुक्त भोजन उनके आहार का अंग नहीं थे। पाख़ाने के पारिवारिक सत्रों की तरह भोजन का समय भी उनके लिए मौन, चिंतन-मनन का समय होता। वे नपे-तुले अंदाज़ में नपा-तुला भोजन करने और शायद यही वजह रही हो कि एक ही फेफड़े के बावजूद उनका शरीर चुस्त-दुरुस्त रहता था। बड़ी अम्मा और उनके बेटे चटपटे, तले-भुने खानों और मीठे गद्दर फलों के शौक़ीन थे। परिणामस्वरूप उनकी बैठकें ख़ासी गर्जन-तर्जन से भरी होतीं,

कब्ज़ और वायु लगातार उनसे चिपके रहते।

इसके इलाज के लिए डॉक्टर साहब के पास अरंडी का तेल और छोटी-मोटी भूरी गोलियाँ थीं। समय-समय पर कीड़े मारने के लिए बच्चों को पीली गोलियाँ भी खिलाई जातीं। ये सब दवाएँ हाथ-वाथ धोने के फ़ौरन बाद दी जाती थीं। हाथ धोने के लिए लाल कार्बोलिक साबुन का जमकर इस्तेमाल होता। हाथ धोते हुए बच्चे लोकतांत्रिक भाव से मज़ाक़ करते, उधर बड़ी अम्मा और डॉक्टर साहब मगन होकर नाबदान निहारते।

तो यूँ स्वातंत्र्योत्तर सालों में जब अभी पानी की कमी नहीं हुई थी और नलों से केंचुए नहीं टपकने लगे थे, बड़ी अम्मा रोगों से सुरक्षित अपने दुर्ग में अपने बच्चों को बड़ा कर रही थीं। बौद्धिक संपदा अधिकारों और गैट के चिकित्सा जगत पर धावा बोलने से पहले तक उनके पति के जादुई मिक्सचरों के सामने कब्ज़, दस्त या पेट के कीड़े टिक नहीं पाते थे। रात होती तो घर में उन सबके सुरीले शंखनाद गूँज उठते।

बाद में जब पानी की कमी होने लगी और दस्त की गोलियों के दाम आसमान छूने लगे और ज़ूमी एक प्रसिद्ध कवि और लेखक बन गया तो बड़ी अम्मा पाख़ाने की तरफ़ इशारा करती बतातीं कि उसकी साहित्यिक प्रतिभा के प्रस्फुटन के पीछे निस्संदेह एकाग्रचित्तता का वह अभ्यास है जो पानी और इंटेस्टोपैन की प्रचुरता के ज़माने में उनके परिवार ने ख़ूब किया है।

बाद में तो ख़ैर बहुओं-पोतों ने पाख़ाने के दरवाज़े बंद करके कलात्मक संवेदनशीलता के ही दरवाज़े बंद कर दिए, ऐसा बड़ी अम्मा कहती थीं।

बहुएँ एक-दूसरी को कनखियों से देखकर मुँह बिचकातीं, पर सास से कुछ न कहतीं।

बहुओं को जो भी लगता रहा हो, सच्ची बात यह थी कि बड़ी अम्मा के बेटे एक बहुत ही अलग और ख़ास क़िस्म की एकजुटता में जीवन-भर के लिए

बँध गए थे। पत्नियों के साथ अपनी स्वतंत्र गृहस्थियाँ बसा लेने पर भी वे इस एकजुटता को ढूँढ़ते रहते और क्योंकि कोई भी घर कभी भी बड़ी अम्मा के घर जैसा नहीं हो सकता था इसलिए तीनों भावात्मक रूप से यायावर बने रह गए—कठोर, आक्रामक, बेचैन और गतिशील।

बड़ी अम्मा के तिलस्मी क़िले, जिसके सीढ़ीदार बग़ीचे में ज़मीन पर सड़ रहे अलूचों की मदिर गंध फैली रहती, चौड़े हरे पत्तों के पीछे जारगर्भ से मुटाती औरतों की तरह कद्दू बढ़ रहे होते, कि कमी कोई चीज़ पूरी नहीं कर सक़ती थी। यहाँ दुख या समय का अस्तित्व नहीं था, यहाँ बच्चे लाल परदों और हरी दीवारों के पीछे मूर्खतापूर्ण खेल खेलते रहने के लिए परम स्वतंत्र थे। बग़ीचे में वे कामातुर बिडाल मिथुनों और मदिर गंध छोड़ते सड़े फलों से घिरे होते। लाल परदों और हरी दीवारोंवाला घर धूप में अलस पड़े सहस्रफणी शेषनाग के फन की तरह उन पर ओट किए रहता।

ज़ूमी की कविताएँ जभी तो बार-बार सहस्रफणियों के लुप्त होने का विलाप दोहराती हैं।

बच्चे एक बजे स्कूल से आते थे। ठीक सवा एक बजे उनके पिता अस्पताल से आते, तब लंच खाया जाता। लंबे-चौड़े लंच के बाद सब झपकी लेते। डॉक्टर साहब सनकी की हद तक साफ़-सफ़ाई के आग्रही थे। लंच से पहले हाथ धोने में वे पूरे दस मिनट लगाते। फिर नहाकर वे सोने के लिए अपने कमरे में चले जाते। उन्हें सोने की तैयारी करते देखना एक अनुभव था—अपनी कलात्मक उँगलियों से नज़ाकत से थामकर पहले वे अपना कोट उतारते जिसकी जेब में सोने की घड़ी और दो पार्कर पेन टँके रहते। फिर वे अपनी क़मीज़ उतारते और फिर उसके नीचे पहना ऊनी स्वेटर। फिर पैंट का नंबर आता। पैंट उतरने पर डॉक्टर साहब साइकिल के क्लिपों से कसे पाँयचोंवाले धारीदार पाजामे में नमूदार होते। फिर वे खटाखट अपने पेन, घड़ी, छुरी और साइकिल के क्लिप मेज़ पर रखते। अब वे सोने के लिए तैयार होते। सब चाहते थे कि पिता आराम कर लें। आख़िर वे पूरे घर-परिवार को थामे थे, वही थक गए तो काम कैसे चलेगा ?

साफ़-सुथरी चादरों के बीच लेटकर जैसे ही डॉक्टर साहब आँखें मूँदते, सब शांत गहरी नींद में डूब जाते। सिवाय बड़ी अम्मा के जो एक विराट छिपकली की तरह बीच-बीच में झपकी लेती रहतीं। धूपछाँही छायाओं से भरे कमरे में बड़ी अम्मा पति की बग़ल में लेटी रहतीं, उनकी एक नर्म गद्दर छाती का काफ़ी बड़ा हिस्सा खुला दिखता होता। कभी-कभी डॉक्टर का हाथ धीरे-धीरे आगे सरकता—उनकी उँगलियाँ उस गोलाई को शिव के डमरु की तरह थाम लेतीं। उनकी अंजुली एक सौम्य पूर्णता से भर जाती, तुष्टि से भरा उनका मन विचित्र रस-गंध से भरे सपनों में खो जाता। लाल परदोंवाले कमरे में पति-पत्नी नींद में डूब जाते तो दीवारों पर मदिरा के रंग के प्रकाश के धब्बे नाचते रहते।

छातियों ने लंबे समय तक परिवार का पोषण किया।

सबसे बड़े बेटे लामा ने सबसे ज़्यादा समय तक माँ की छाती पाई। बिट्टू के पैदा होने के बाद तक भी वह उन छलकते कलशों से अमृतपान करता रहा। अन्नप्राशन के दिन खीर चटाकर अन्नों, दालों, छीमियों, शाकों, फलों के अद्‌भुत संसार से उसे परिचित करवाने का प्रयास किया गया, लेकिन लामा का मुँह खुलता तो बस उस अजस्र पुष्टिकारिणी धारा के लिए जो उसकी माँ सदा उसके लिए प्रवाहित रखती।

ठोस आहार लामा को रुचते नहीं थे। वह गुड़ीमुड़ी होकर हठी जोंक की तरह माँ की छातियों से चिपक जाता। उसे न अन्न चाहिए था, न फल। उन्हें वह निगलते ही उगल देता। उसे तो बस मुँह में माँ की पुष्ट छाती चाहिए थी। लामा को ठोस आहार खिलाने के लिए कितने ही तो जतन किए गए, पर सब बेकार। लामा माँ के पल्लू में मुँह छिपाकर उसकी छाती से चिपक जाता। ज़बरदस्ती अलग करने पर वह मुँह में अँगूठा डालकर फ़र्श पर नज़र गड़ा देता।

यूँ ही जब लामा छह साल का हो गया तो उसके पिता ने मामला अपने हाथ में लिया। बड़ी अम्मा को स्टील के हुकों से लैस चुस्त अंगिया पहनाई गई। लामा के बदशक्ल हो चुके अँगूठे और उसकी माँ की छातियों पर नीम के पत्ते पीसकर लगा दिए गए। अंगिया से गाल छिलवाकर, अपने दाँतों से उसे अपनी राह से हटाकर लामा ने जैसे ही माँ की छाती मुँह में धरी, वह ज़ोर से रो उठा। कड़वाहट थूककर उसने जो अँगूठा मुँह में डाला तो और भी ज़ोर से रोया। उस रात और उसके बाद और भी कई रातों को उसने बिस्तर गीला किया लेकिन डॉक्टर साहब अपने फ़ैसले पर अड़े रहे।

आख़िर लामा ने हार मान ली लेकिन अपने अत्याचारी से प्रतिशोध लेने के लिए वह हमेशा के लिए हकलाने लगा।

बाद में, जब वह नारीवाद का समर्थक, औरत को जिन्स में बदलने वाली अंगिया-चोलियों का विरोधी और कुख्यात डंकल प्रस्ताव के तहत नीम के पेड़ को पेटेंट करने का घनघोर विरोधी बन गया तो कोई नहीं देख पाया कि दरअसल वह सुदूर अतीत में हुई अपनी हार का प्रतिशोध ले रहा था।

लामा का दूध छुड़ा दिया गया तो बड़ी अम्मा उसके लिए बिला नागा नर्म, खमीरी रोटियाँ बनाने लगीं। वे गाढ़े औटाए दूध में बादाम और केशर घोटतीं, छोटी इलायची और गुलाब की पँखुड़ियों से महकती रसपगी बंगाली मिठाइयाँ बनातीं।

वे, जो अन्नपूर्णा थीं, वे हार कैसे मान लेतीं ?

धीरे-धीरे लामा खाने लगा, वह ग्रास चबाता रहता और उसे निगलते हुए इतनी हवा साथ निगलता कि बहुत जल्द उसका पेट भर जाता, जबकि उसके भाई अभी आधा ही खाना खा पाए होते। पर बड़ी अम्मा ने हिम्मत बनाए रखी। लामा खाना खाता तो वह अपनी विराट छातियों पर बाँहें धरे किसी सदय ड्रैगन की तरह मुसकराती, आनंदित भाव से देखती खड़ी रहतीं। उनके चेहरे पर धार्मिक उन्माद का वही भाव रहता जो कुछ दशकों बाद मस्जिद के गुंबद पर चढ़े कार सेवकों के चेहरों पर दिखना था। लामा को कोई विशेष रूप से स्वादिष्ट पदार्थ खाने के लिए प्रेरित करते हुए वे तरह-तरह की आवाज़ें निकालतीं और चटखारे लेतीं। इसके बाद स्वाद के लिए लामा आजीवन उन पर निर्भर रहा। और क्योंकि उसे खाने के लिए प्रेरित करने के लिए बड़ी अम्मा मौजूद नहीं थीं इसीलिए ऐसा हो सका कि लामा इक्कीस दिन तक निराहार हड़ताल पर बैठा रह पाया, जिससे एक सरकार और त्रिशूलों से सज्जित कार सेवकों की उसकी अक्षौहिणी सेना गिर गई।

हमने टेलीविजन पर देखा था कि अनशन तोड़ने के लिए दल के नेता ने संतरे के रस का जो गिलास लामा की तरफ़ बढ़ाया था उसमें बर्फ़ के कणों की तरह दमकती माँ के दूध की-सी बूँदें थीं। लामा ने एक घूँट में गिलास ख़ाली कर दिया था और उसका चेहरा शांति से भर उठा था, सबको लगा था कि लामा का चेहरा अपने धर्मनिरपेक्ष सिद्धांतों की विजय के तेज से दमक रहा है। लेकिन असलियत तो हमें मालूम थी, या बड़ी अम्मा को।

9

ग्रामदेवियाँ

स्कूल को जाते हमें मैदान पार करना पड़ता था जो हमारे पहाड़ी कस्बे में एकमात्र समतल स्थल था। मैदान से सटी तंग सड़क के किनारे पाखाण देवी (पाषाण देवी) का मंदिर था। मझे मंदिर में जाना अच्छा लगता था। देर तक गूँजती मंदिर की घंटियों का स्वर सुनना मुझे बहुत भला लगता।

मंदिर में सदा औरतों-मर्दों की भीड़ लगी रहती। लेकिन खड्गधार-सी तीखी नाकों में विराट नथें झुलाती, कलाइयों में चूड़ियाँ, पैरों में पायलें छनकाती शाहणियाँ यहाँ नहीं आती थीं, वे बाक़ी सदय सौम्य देवियों के मंदिरों में जातीं। पाषाण देवी के इस मंदिर में गाँजे से आँखें लाल किए, लोहे के त्रिशूल खनकाती मातंगिनियाँ आती थीं। इस मंदिर में समाज के प्रवाह से छूट गए लोग भी ख़ूब आते थे : भिखारी, पागल, गँजेड़ी-भँगेड़ी और आत्महन्ता प्रेमी। यह विचित्र भक्तमंडली देवी से यूँ बतियाती जैसे वे उसके भाई-बहन हों। कभी-कभी किन्हीं पंडित मणिराम दानशील की बनवाई सीढ़ियाँ चढ़कर गठिया से लंगड़ाते कुछ बूढ़े-बुढ़ियाँ भी आ निकलते। उनके आने से मंदिर के एक कोने में सिमट-सिकुड़कर बैठने वाले कामचलाऊ पुरोहित को बड़ा कष्ट पहुँचता क्योंकि वे हमेशा उसकी पोथियाँ और पंचपात्र लुढ़का देते। सच पूछिए तो पुरोहित का इस मंदिर में कोई काम नहीं था। अपने भक्तों तक पहुँचने के लिए पाषाण देवी को बिचौलिए की ज़रूरत थी नहीं, वह जब चाहती उन्हें पुकार लेती थी और वे भी बिना संकोच उससे बात कर लेते।

देवी शांति से सबकी बात सुनती, वह शांति के अलावा कुछ देने का दावा

न करती। यहाँ, हमारी पाषाण देवी के आँगन में सबका मन ठाँव पाता था। और जब तक वह हमारे कस्बे, हमारे पहाड़ों, हमारी जलधाराओं की रक्षा करती बैठी है तब तक हम पर कोई संकट-बिपत नहीं आ सकता, ऐसा हम मानते थे।

ज़्यादातर भारतीय गाँवों के बाहरी छोर पर, वृक्षों के कुंज में, टेकरी के ऊपर, नदी के किनारे, जंगल में या खेत में सिंदूर से पुते, फूलों और अक्षत से अर्चित मिट्टी या पत्थर के ऐसे ही छोटे-छोटे मंदिर देखने को मिल जाते हैं। ये ग्रामदेवियों के थान हैं। ये ग्रामदेवियाँ यूँ तो मातृस्वरूपा हैं और गाँववालों की रक्षा ही करती हैं लेकिन कुपित हो जाने पर बड़ा उग्र रूप धर लेती हैं। इन्हें तुष्ट रखने के लिए दीप जलाए जाते हैं और नारियलों से लेकर बकरों तक की बलि चढ़ाई जाती है। कुटुंबों और समुदायों की अपनी-अपनी ख़ास भेंटें होती हैं। उदाहरण के लिए मध्य भारत के चौधरी, गामित और भील आदिवासी देवताओं को मिट्टी की बनी आकृतियाँ भेंट करते हैं—पैर ठीक करने की मन्नत के लिए मिट्टी का बना पैर, हाथ में चोट लगी हो तो हाथ, आँख में कष्ट हो तो आँख। अस्पष्ट पीड़ाओं या किसी एक ही अंग तक सीमित न रहने वाली पीड़ा के लिए प्रतीकात्मक भेंटें चढ़ाई जाती हैं : जैसे बेहोशी के दौरों के लिए चक्राकार टिकियाएँ, पेट के दर्द के लिए मिट्टी की गेंद। ओझा रोग को मनुष्यों की देह से खींचकर इन वस्तुओं को लगा देता है, ऐसा विश्वास है।

लोग कहते हैं, अगर ग्रामदेवी ही ठीक नहीं कर पाएगी तो और कौन करेगा ?

दक्षिण की एक ऐसी ही लोकप्रिय ग्रामदेवी रौद्र रूपवाली मारिअम्मन है। कहा जाता है कि उसका सिर ब्राह्मण का और देह शूद्र की है। इस देवी की तुष्टि के लिए नर पशुओं की बलि दी जाती है। सुदूर उत्तर में उसकी बहन नंदा को हर बारह बरस में भारी कर्मकांड सहित चार सींगोंवाला मेढ़ा भेंट किया जाता है।

ये दोनों देवियाँ अविवाहिता हैं या भावी वरों के साथ इनका अनुभव

अप्रिय रहा है। उनकी एकलता उन्हें कमज़ोर बनाने की बजाए उन्हें और दुर्दमनीय तथा शक्तिमत बनाती है। अकसर ऐसी उग्र ब्रह्मचारिणी देवियों की कहानियाँ सुनने में आती हैं जिन्हें किसी पुरुष देवता, अकसर शिव, ने ब्याहकर सौम्य बना दिया। इन्हीं देवियों की तरह शिव भी ख़ुद हर सभ्यता के हाशिए पर हैं और उन्माद और रौद्रता के मामले में वे ही इनके पक्के जोड़ीदार भी साबित होते हैं। लेकिन ज़्यादातर कथाएँ इन ग्रामदेवियों को एक ऐसी ठोस दीवार के रूप में प्रस्तुत करती हैं जो गाँववालों को उग्र पुरुष देवताओं के क्रोध से बचा लेती हैं। जो भी हो, ग्रामदेवियाँ एक जीवंत उपस्थिति हैं जिनमें काली का उग्र तेज, लक्ष्मी की शालीनता और विपुलता से एकाकार होता है।

ज़्यादातर ग्रामदेवियों के उद्‌भव की जड़ में पार्थिव कारण हैं। या तो वह किसी चमत्कारी व्यक्तित्व की मरणोपरांत बनी प्रेत है या कोई प्रसिद्ध रानी या कोई स्थानीय नायिका जिसने किसी उद्देश्य के लिए प्राण दे दिए। किसी दूसरे गाँव में भी वैसी ही देवी की पूजा होती भी हो तो भी दोनों अपने-अपने गाँवों की स्वतंत्र ग्रामदेवियाँ बनी रहती हैं। उनमें से ज़्यादातर खासी निरीह हैं और आँख या नाभि जैसे आकार वाले अनगढ़ पत्थरों के रूप में पूजी जाती हैं। बाक़ी उग्र देवियाँ अपनी आनुष्ठानिक पूजा के समय किसी मानवीय माध्यम पर अपना भाव दिखाती हैं और पूजा समाप्त होते ही सादर विदा कर दी जाती हैं।

बोरोमोनी की संतानें

असम के सार मल्लो संप्रदाय के ज़्यादातर लोग मछुआरे हैं। बोरोमोनी देवी उनकी अधिष्ठात्री है। कथा यह है कि बोरोमोनी के नौ जवान ख़ूबसूरत बेटे एक मायाविनी जलपरी के शिकार हो गए। यह मायाविनी ब्रह्मपुत्र नदी में मछली पकड़ते युवकों को अपने प्रेमजाल में फँसाकर बाद में उन्हें अपने विषैले चुंबन से मार डालती थी। जब बोरोमोनी के नौ-के-नौ बेटे यूँ मर गए तो वह दुखियारी यह प्रण करती हुई कि अब वह अपने गाँव के सब असावधान युवकों की हत्यारी जलपरी से रक्षा करेगी, नदी में कूद गई। ब्रह्मपुत्र के किनारे पेड़ों के नीचे बनी अनगढ़ वेदियों पर बोरोमोनी की प्रतिमाएँ स्थापित हैं। 'जॅय

बोरोमोनी देबो' पुकारते पुरुष प्रतिमा को सिंदूर का तिलक लगाते, फिर वे सुहागिनों को टीका लगाकर अपने मछली पकड़ने के जालों पर सिंदूर लगाते हैं। मछली के चारे की बाल्टियाँ भी देवी के आशीर्वाद के लिए उसके सामने रखी जाती हैं। फिर वे देवी को दंडवत प्रणाम करते हैं और मिट्टी की नन्हीं तश्तरियों में कपूर सुलगाकर अपनी नावों में रखते हैं। इसके बाद वे कई-कई महीने चलने वाले मछलीमार अभियानों पर निकल पड़ते हैं। इन अभियानों पर उन्हें बोरोमोनी देवी का ही आसरा है। वही मृत्यु, लालच और ज्ञात और अज्ञात भयों से उनकी रक्षा करेगी। मछुआरे और उनकी स्त्रियाँ कहते हैं, 'ब्रह्मपुत्र हमारा पिता है, बोरोमोनी देबी हमारी माँ है, जिस बिपदा से वे भी नहीं बचा सकते उससे हमें कोई नहीं बचा पाएगा।'

देवियाँ सदय और रौद्र—दोनों तरह की हो सकती हैं। सदय देवियों की पूजा जहाँ फसल पकने पर, शिकार या मछलीमार अभियान पर जाने से पहले की जाती है वहाँ महामारी फैलने, सूखा पड़ने, पशुओं का रोग फैलने या बुरे मौसम के कारण जाल और नावें टूटने पर रौद्र देवियों की तुष्टि के लिए विशेष अनुष्ठानों का आयोजन किया जाता है। देवी गाँव की किसी स्त्री पर उतर कर बताती है कि उसकी अनदेखी या अपमान हुआ है और अब कैसे और क्या करने से वह तुष्ट होगी।

राजस्थान में अलग-अलग ग्रामदेवियों को सिंदूर, केसर, दूध, दही, नारियल, गुड़, चावल, पान और मेंहदी चढ़ती है। कोटा की भडाना माता पर, जो टोने-टोटके के सताए लोगों को बचाती है, काली उड़द और दारू चढ़ती है। फिर विशेषज्ञ देवियाँ भी हैं—जयपुर की छींक माता, हिचकियों से मुक्ति दिलाने वाली फतेहनगर की सती माता, पशुओं की रोग से रक्षा करने वाली बीकानेर की करणी माता और बसेड़ा की भेड़ माता।

शीतला माता उदाहरण है मूलतः विनाशक देवी के प्राणदायिनी के रूप में पूजा पाने का। जब किसी को छोटी या बड़ी चेचक निकलती है तो कहा जाता है कि देवी ज्वर के दैत्य का संहार करने के लिए उसके शरीर में प्रकट हुई है। शीतला को शीतलकारी पदार्थों का भोग लगता है—शीतल भोजन,

शीतल जल और नीम की कोमल टहनियाँ। ऐसा माना जाता है कि यह देवी (दक्षिण में अम्मावारु के नाम से पुकारी जाती है) रोग के दैत्य का आक्रमण झेलती है, इसलिए इसकी सहायता की जानी चाहिए, इसे शरीर में से निकाला नहीं जाना चाहिए। उसका वाहन धैर्यधनी गधा है।

ग्रामदेवियों के उत्सव अकसर ऐसे अवसर होते हैं जब सामान्य सामाजिक क्रम उलटा हो जाता है। उदाहरण के लिए, दक्षिण में येल्लम्मा या एल्लमा का आवेश आने पर मातंगियाँ ऊँची जाति के लोगों को गालियाँ देती हैं, उन्हें लतियाती-धकियाती हैं और शराब पीकर उन पर शराब के कुल्ले करती हैं। ऐसा माना जाता है कि यह उनका आशीर्वाद है। अतः शिरोधार्य है।

मातंगी पूजा का केंद्र आंध्र के कुर्नूल ज़िले का मलिंतापाडु गाँव है। मातंगी मातम्मा के भाव से आविष्ट अछूत मडिगा स्त्री होती है। मातम्मा मूलतः येल्लम्मा ही है। अकसर मातंगियाँ फूहड़ अश्लील गीत गाती ऊँची जाति के लोगों को गालियाँ देती हैं, उनके घरों में घुसकर वह उनके बरतन-भांडों पर गोबर मलती है और फिर उनसे उपहारों की माँग करती है। उसे घर की स्त्रियों की चोलियाँ, खाने-पीने की चीज़ें और यहाँ तक कि पुरुषों के गमछे और जनेऊ तक दिए जाते हैं। फिर उन्हें गाली देती, उन पर शराब के कुल्ले करती वह चली जाती है। घर के लोग अपने इस सौभाग्य पर प्रसन्न होते हैं। देवी ने उन्हें उपकृत किया ऐसा करके, वे कहते हैं।

मातंगी की उग्रता देवी की संहारक शक्तियों का स्वरूप मानी जाती है। यह तर्क और व्यवस्था से परे एक शक्ति के समक्ष समर्पण है और इसलिए मनुष्यों के जीवन और समाज पर वज्र प्रहार की तरह आ पड़ने वाले संकट से उपजी हताशा से निवृत्ति का माध्यम है। साँपों की देवी मनसा, चेचक की देवी शीतला और शिशु-मृत्यु की देवी षष्ठी की पूजा करना, जीवन की भंगुरता को स्वीकार करने के साथ-साथ यह समझ लेना भी है कि किसी हद तक श्रद्धालुओं के लिए सुरक्षा सदा उपलब्ध है।

हमारे भाई की आँखें

'बच्चो, आँखें बंद करो और सो जाओ,' माँ ने हमसे कहा। हम बग़ल के कमरे में बैठे बड़े लोगों की आवाज़ें सुन पा रहे थे। हमारी मौसी रो रही थी।

उनके सबसे बड़े बेटे की आँख की पुतली एक विरल रोग से ग्रस्त थी। डॉक्टर कह रहे थे कि जल्दी ही कुछ न किया गया तो साल-भर में उसकी निगाह चली जाएगी।

बाहर ठिठुरा देने वाली हवा चल रही थी। हमारी आँखों में आँसू चुभ रहे थे। हमारा यह प्रतिभाशाली भाई सर्जन बनना चाहता था। बड़े लोगों के भर्राए स्वर और फिर उनकी चुप्पी सुनना बड़ा बुरा अनुभव है। हम काँप रहे थे।

बाद में हमें पता लगा कि परिवार ने पैसे जमा करके भाई की पुतली बदलवाने का इंतज़ाम किया था। स्त्रियों ने, लड़के की आँखें ठीक हो जाने पर नैना देवी को सोने की आँखें चढ़ाने की मान्यता माँगी थी।

ऑपरेशन के लिए हमारा भाई विलायत चला गया। मौसी बरामदे में कुर्सी पर बैठी डाकिए का इंतज़ार करती। बेटों की मस्त हँसी से भरे रहने वाले घर का सन्नाटा हमारे कानों में गूँज रहा था। फ़ोन की घंटी बजती तो सबके चेहरे पीले पड़ जाते। हम रोज़ मंदिर जाते और प्रार्थना करते।

हमारे भाई का ऑपरेशन सफल रहा। सबने कहा, 'देवी ने कृपा की'।

सोने-जागने के बीच झूलते हमने किसी और को कहते सुना कि मौसी परेशान थी क्योंकि उसकी सास ने देवी के लिए सोने की आँखें बनवाने के लिए सोना देने से इंकार कर दिया था। उसका कहना था कि इलाज पर इतने ख़र्च के बाद देवी को आँखें चढ़ाने की कोई ज़रूरत नहीं है, पैसे पेड़ पर तो उगते नहीं आख़िर।

'ये सासें !' किसी ने कहा, और उसाँस भरी, जैसेकि इससे सारी बात साफ़ हो जाती हो।

बाद में हमें पता लगा कि देवी को दिया वचन पूरा करने के लिए मौसी ने अपनी सोने की चूड़ियाँ बेच दी थीं। कुछ साल बाद मौसी की सास मरी और मौसी के लिए सोने के गहनों से भरा संदूक छोड़ गईं। मौसी की बहुओं की बात पर विश्वास किया जाए तो अब मौसी संदूक को सास की ही तरह सेंत रही है।

ये बहुएँ !

भूखी बहू

सुना कभी कहीं एक औरत थी जिसकी सास पक्की जल्लाद थी। बहू ख़ूब काम करती और उसे जमकर भूख लगती इसलिए सास उसे लगातार काम में जुटाकर रसोई से बाहर रखती और उसे बहुत कम खाना देती। बढ़िया खाने की शौक़ीन बहू को ढंग की कोई चीज़ खाने को न मिलने पाए, इसका सास ख़ास ख़याल रखती। नतीजा यह था कि बहू भूख से मरी जाती। एक दिन बुढ़िया ने करेले की सब्जी बनाई। बहू को करेले की सब्जी ख़ासतौर पर पसंद थी इसलिए सास ने उसे ज़रा-सा भात, चुटकी-भर नमक और एक हरी मिर्च खाने को दी। बहू खा चुकी तो सास ने हुक्म दिया कि अब नदी से पानी भर लाओ। सास की पीठ फिरते ही बहू ने तो वो किया जैसा कोई सोच नहीं सकता। उसने थोड़ा-सा भात और करेले की सब्जी चुराकर मटके में रख लिए और पानी भरने नदी की ओर चल दी।

नदी के तट पर ग्रामदेवी का मंदिर था। बहू चुपके से मंदिर में घुसी, उसने अंदर से कुंडी लगाई और देवी की प्रतिमा के सामने बैठकर भात और करेले की सब्जी गपगप खाने लगी। बहू की हिम्मत देखकर देवी ऐसी दंग हुई कि उसने ठोड़ी पर हाथ धर लिया।

बहू खाना खाने में इतनी मस्त थी कि उसे कुछ पता ही नहीं चला। खाना ख़त्म करके वह आराम से उठी, कुल्ला किया, मटका भरा और घर लौट गई। थोड़ी देर बाद पुजारी लौटा तो देवी के हाथ को सदा की अभय मुद्रा के बजाए ठोड़ी पर टिका देखकर उसके हाथ-पैर फूल गए। उसे लगा कि देवी का प्रकोप गाँव पर टूटने ही वाला है। वह चीख़ता-चिल्लाता गाँव की तरफ दौड़ा। पुजारी से सारा क़िस्सा सुनकर लोगों को भी लगा कि देवी ने मुद्रा बदली है तो कुछ-न-कुछ आफ़त आएगी ज़रूर। किसी ने कहा कि सूखा पड़ेगा। किसी ने कहा महामारी फैलेगी। कुछ और लोगों का विचार था कि गाँव पर डाकू या हत्यारे राक्षस धावा बोलने वाले हैं। देवी अपनी मुद्रा बदले

तो क्या नहीं हो सकता ? गाँव के मर्द चौपाल में हुक्के गुड़गुड़ाते देवी की तुष्टि के उपाय सोचने लगे। औरतों के दिल बैठ गए, चूल्हें ठंडे पड़े रहे।

दिन-भर की मशक्कत से थकी बहू घर लौटी तो पता चला कि गाँव की तमाम बुढ़ियाओं के साथ-साथ सासजी भी मर्दों की बहस सुनने चौपाल की तरफ़ गई हुई हैं। भूखी-प्यासी बहू दनदनाती हुई मंदिर में गई। उसने मंदिर के दरवाज़े की कुंडी चढ़ा दी और कमर पर हाथ टिकाकर देवी से लड़ने लगी, 'तू ख़ुद को समझती क्या है ? क्यों ? तू ख़ुद कभी पत्नी या बहू थी ही नहीं ? तुझे याद नहीं सासों के राज में बहुओं को क्या-क्या करना पड़ जाता है ? तू कैसी औरत है री ? तेरे सामने बैठकर मैंने भात और करेले की सब्जी खा ली, तो तू इतने चलित्तर दिखा रही है ? शरम कर शरम ! चल फ़ौरन हाथ नीचे कर वरना ये मटका ही तेरे सिर पर दे मारूँगी।'

कहते हैं, बहू की बात सुनकर देवी पहले की तरह अभय मुद्रा में मुसकराती खड़ी हो गई। फिर बहू दौड़ती हुई चौपाल में आई और ख़बर दी कि देवी तो वैसी ही खड़ी है जैसी हमेशा खड़ी रहती थी, पुजारी बूढ़े तो हैं ही, शायद अगरबत्ती का धुआँ उनके सिर चढ़ गया होगा।

ऐसी कहानियाँ किसी औरत ने भगवान जाने कितनी सदी पहले जीं और गढ़ीं। आज भी ये कहानियाँ उतनी ही जीवंत हैं। धर्म की असह्य रूढ़ियाँ, सासों की दमनकारिता की अवश्यंभाविता और दोनों से विद्रोह करने की बहू की सहज मानवीय इच्छा ज़्यादातर भारतीय औरतों के लिए कुछ भी नहीं बदला है। मेरी माँ की पीढ़ी की औरतें यह कहानी सुनकर शायद हँसतीं और बहू की चतुराई और दमन के विरुद्ध अपनी पहल और देवी को सफलतापूर्वक चुनौती देने को गाँव से छिपाए रखने में, उसकी सुशीलता की तारीफ़ करतीं। वे स्त्रीसुलभ चतुराई, हँसी-मज़ाक़ और सुशीलता को हथियार बनाकर एक अन्यायी तंत्र के बीच बचे रहने में ख़ुद को बहू से जुड़ा पातीं। पर मेरी पीढ़ी की कई, और मेरी बेटियों की पीढ़ी की ज़्यादातर स्त्रियाँ शायद उसे विद्रोहिणी नहीं, पितृसत्तात्मक तंत्र के बोझ तले कुचली एक तेजस्वी स्त्री का उदाहरण मानें। उनके लिए देवी का सास को भस्म कर देने के बजाए बहू की करनी

पर हैरत ज़ाहिर करना धर्म के स्त्रियों का दुश्मन होने का ठोस प्रमाण है। तब भी जब एक देवी ही अधिष्ठात्री हो।

इन दो प्रतिक्रियाओं में अंतर का कारण शिक्षित शहरी युवाओं में धार्मिकता में आई कमी इतनी नहीं है जितना कि देवी के जटिल स्वरूप को लेकर हमारी सोच में आया संकुचन है।

ऐसी कहानियों के श्रोताओं और सर्जकों के लिए बेटियों और बहुओं के इहलौकिक हतभागे जीवन के परे एक कालमुक्त क्षेत्र था जहाँ स्त्रीत्व जीवन और दिव्यता से आगे तक जाता है। जहाँ कन्या के रूप में जन्म लेना आपको देवी बना देता था। स्त्री होने के नाते बहू और ग्रामदेवी के बीच यह देवीत्व ऐसे ही साँझा था जैसे वह दिखावे के लिए बड़बड़ाती हुई गजरा या साड़ी या इमली के कटारे अपनी बहनों से बाँट लेती थी। देवी पर चिल्लाकर बहू इसी साँझे बंधन को जाग्रत कर रही थी जिसने देवी को उसके जड़ मौन से उबार लिया।

जिन्होंने माँओं और दादियों-नानियों की मंदिर की मूर्तियों के सामने रोते-हँसते, उनसे बतियातें नहीं देखा है, जिन्होंने बचपन में देवी के रूप में भेंट पूजा नहीं पाई है, उनके जीवनों में शायद देवी के साथ ऐसे बहनापे के लिए जगह नहीं बची है। आधुनिक भारतीय स्त्री के जीवन का यह सूनापन हमारे समय को प्रतिबिंबित करता है। हमारी स्मृति और कल्पनाशीलता तात्कालिक राजनीति को लेकर इतना व्यस्त रहती हैं कि साहित्य और दंतकथाओं को हमने भुला ही दिया है। ऐसी कथाओं और मिथकों को भुलाकर हम ख़ुद को एक अनन्य इतिहास-स्रोत से वंचित करते हैं।

एक और कहानी सुनिए। यह क़िस्सा बहुत-बहुत पहले हमारे कस्बे में हुआ था। यह गहन प्रेम और मृत्यु तक से अपना प्रेम छीन लेने की कूव्वत का क़िस्सा है।

मेरी बड़ी मौसी की एक बचपन की सहेली थी जो दिखने में बस यूँ ही-सी थी। कहते हैं, इस यूँ ही-सी लड़की का दिल एक ख़ूबसूरत नौजवान पर आ गया जिसकी शादी उस लड़की से तय थी जिसकी सुंदरता के चर्चे हमारे कस्बे

में थे। जैसेकि अमेरिकन कहते हैं, मौसी की सहेली का कोई चाँस नहीं दिखता था। मौसी ने पहले तो अपनी सहेली के सिर से प्रेम का भूत उतारने की कोशिश की। बाद में हारकर उसे बताया कि त्रिपुर सुंदरी देवी के मंदिर की मन्नत मानो, अब वही कुछ करेंगी। प्रेम दीवानी छोकरी रोज़ सुबह त्रिपुर सुंदरी देवी के मंदिर में घी का दिया जलाकर अपने प्रेमी को पाने की अपील करने लगी। प्रेमी का ब्याह हो गया, तब भी वह दिया जलाती रही। फिर एक दिन उसने देवी को अल्टिमेटम दे दिया, जल्दी कुछ करो नहीं तो नवरात्रि पर मैं मंदिर के दरवाज़े पर बने शेरों की नाक तोड़ दूँगी। कहते हैं कि इसके कुछ ही दिनों के अंदर प्रेमी की सुंदरी दुल्हन चल बसी और मौसी की यूँ ही-सी सूरतवाली सहेली का रास्ता साफ़ हो गया।

मौसी बताती थीं कि बाद में उसकी शादी प्रेमी से हो गई, उनके कई बच्चे हुए और वे सदा सुखी रहे।

10

रौद्र शक्तियाँ

देवी के उग्र स्वरूपों का उत्स दक्ष पर सती के कोप में निहित है। सती के पिता दक्ष ने उसके पति शिव को अपने यज्ञ में नहीं बुलाया था। कहते हैं कि क्रोध से भरी सती का कोप ही दश महाविद्याओं : काली, तारा, छिन्नमस्ता, भुवनेश्वरी, बगला, धूम्रावती, कमला, मातंगी, षोडशी और भैरवी के रूप में प्रकट हुआ।

शाक्त परंपरा में ये महाविद्याएँ विष्णु के दस अवतारों की वैष्णव धारणा के समांतर प्रस्तुत हैं। गुह्यातिगुह्य तंत्र में तो यहाँ तक बताया गया है कि विष्णु का हर अवतार इनमें से किसी-न-किसी महाविद्या से ही जन्मा है।

बहरहाल, एक उग्रतेजी स्त्री के कोप से उद्‌भूत ये सभी देवियाँ रौद्र, युयुत्सु देवियों के रूप में पूजी जाती हैं। कालिका पुराण के अनुसार काली दिगंबर है, उसके एक हाथ में कटा नर-मुंड और दूसरे में रक्तरंजित खड्‌ग है, भैरवी के स्तन रक्तस्नात हैं, और मदिरापान से आरक्त उसके नेत्र कपाल पर चढ़े हैं। छिन्नमस्ता श्मशान में मैथुनरत रति और काम के युगल (कुछ जनश्रुतियाँ इन्हें राधा-कृष्ण बताती हैं) की देहों पर खड़ी है। तारा भी रौद्र-मूर्ति है, बायाँ पैर शव पर धरे, गले में मुंडमाला पहने वह विकट हँसती है। आक्रामक बगला का सिर बगुले का है, एक हाथ से वह शत्रु पर गदा-प्रहार कर रही है और दूसरे से उसकी जीभ्र बाहर खींच रही है। धूम्रावती एक विषादमग्न विधवा है। लंबी, कठोर मुखवाली, मलिनवेशधारिणी, उसके सूखे स्तन लटके हुए हैं। यह कलहप्रिया देवी कौवे की सवारी करती है। सातवीं मातंगी स्थूल देहवाली,

काली, कुरूप और सदा मदिरापान से मत्त रहती है।

इनके ठीक विपरीत तीन सदय-सौम्य मातृकाएँ हैं : आरक्त कपोलोंवाली षोडशी जो ब्रह्मा और विष्णु की क्षैतिज पड़ी देहों के मंच पर शिव से मैथुन करती है। सतत उत्फुल्लित भुवनेश्वरी और सुंदरी कमला जो कमलासन पर विराजती है।

कहा जाता है, दस महाविद्याओं को सती ने शिव को डराकर उनसे अपने पिता के घर जाने की अनुमति पाने के लिए अपनी देह से प्रकट किया था। सती के रूप में देवी निमाणी आज्ञाकारिणी हिंदू पत्नी थी लेकिन अपने अंतर में वह उन विकट स्वतंत्र चेतस् शक्तियों को धारे थी जो उसके विरोध का दुस्साहस करने वालों को भस्मीभूत कर सकती थीं। बृहद्धर्मपुराण और महाभागवत पुराण में देवी स्वयं कहती है कि वह यह भयंकर स्वरूप इसलिए उपजाती है ताकि उनके माध्यम से भक्तगण मानसिक उद्वेग, तंत्रिकातंत्र-स्नायुतंत्र के रोग, मंदरता या मस्तिष्क विभ्रम उपजाने वाली विनाशक शक्तियों पर नियंत्रण पा सकें।

शुभ और अशुभ की जो युति इन देवियों में दिखती है, वह एक संयोग मात्र नहीं है। यह द्वंद्व पूरे देवी-वाङ्मय का मूलतत्त्व है। सृजन की आवश्यकता से क्योंकि पोषण की आवश्यकता सतत जुड़ी रहती है और देने की आवश्यकता पाने की आवश्यकता से, इसलिए प्रचंड सृजनात्मकता से जीवनी शक्ति हरने की ललक भी उतनी ही प्रचंडता से जुड़ी रहेगी। संहार और रक्तपान करके भी देवियाँ वस्तुतः पृथ्वी पर जीवन और मृत्यु के गतिमान चक्र को ही रूपायित करती हैं।

शाक्त देवमंडल माताओं के और भी घुमक्कड़ समूह हैं जैसेकि षोडश मातृकाएँ। तीन महादेवियों के पारंपरिक चित्रों के नीचे ये मातृकाएँ प्रायः सोलह अमूर्त चिन्हों के रूप में दर्शाई जाती हैं।

महाभारत के वनपर्व में छह संतानहीना हत्यारिणी शक्तियों के समूह का वर्णन आता है जिन्हें ईर्ष्यालु इंद्र ने दिव्य योद्धा कार्तिकेय को मारने के लिए भेजा था। शिव के तप्त वीर्य को जब पार्वती ने कोख में धरने से इंकार किया तो गंगा ने उसे अपने हिमशीतल जल से शांत किया था। अंततः गंगा से ही कार्तिकेय का जन्म हुआ। लेकिन ये हत्यारिणियाँ भी जब उस दिव्य शिशु के पास पहुँचीं तो उसका सुंदर स्वरूप देख वे इंद्र का आदेश तो भूल गईं, और

मातृत्व-भाव उनके शुष्क मनों में भी हठात् हिलोरें लेने लगा। उनकी सूखी छातियों में दूध भी उमड़ आया। फिर कार्तिकेय को इन्हीं ने पाल-पोसकर बड़ा किया।

एक और कथा इन्हीं देवियों को कार्तिकेय की छह शक्तियों के रूप में वर्णित करती है जो कार्तिकेय पर वज्र से प्रहार करने पर सोलह युयुत्सु शक्तियाँ बनकर इंद्र से उसकी रक्षा करती हैं।

एक और भी कथा है जो षड्मातृकाओं को छह ऋषियों की लांछिता और प्रतिशोध से जलती वे पत्नियाँ बताती है, जिनके शक्की पतियों ने उन पर व्यभिचारिणी होने का आरोप लगाया था। अब उन्हें इंद्र ने मन की आग बुझाने को हत्यारिणी बनने को प्रेरित किया हो या उनके पतियों की संवेदनहीनता ने उन्हें इस गति को पहुँचाया हो। बहरहाल ये शक्तिशाली मातृकाएँ दुखी, अतृप्त, निःसंतान ऐसी शक्तियाँ हैं, जिन्हें कहते हैं, अबोध शिशुओं को कष्ट देने में विशेष आनंद आता है। कार्तिकेय, और बाद में बुद्ध से जुड़कर ये उग्र षड्मातृकाएँ कुछ सौम्य तो हुईं, लेकिन उनका मूल स्वभाव फिर भी पूरी तरह नहीं बदला, बीच-बीच में क्रोध की हिंसक ज्वाला से वे उफनती ही रहीं।

सरुली और हीराबल्लभ की वह दुखभरी दास्तान

कहते हैं कि विष्णुपुर सिविल अस्पताल से लौटते हुए हीराबल्लभ कंपाउंडर को बड़ी अम्मा के घर के आसपास की झाड़ियों से सूखे कपड़े उठाती मायाविनी सरुली की प्रथम झलक दिखाई दी थी। इस लंबी भरे-भरे बदन की लड़की की रंगत गेहुआँ और आँखें हिरणी जैसी बड़ी-बड़ी थीं। 'हमारे हीराबल्लभ बाबू को कामदेव का बाण लग गया,' मुठभेड़ के पाँच मिनट के अंदर-अंदर हाँफता हुआ घुमंतू जासूस जूमी अपने परिवार को बता रहा था।

इस घटना से बीस बरस पहले सरुली रूपजीवाओं के गाँव नैक्याणा की एक सौरी में जन्मी थी। वह एक अज्ञात पिता और रामपुर से मरने के लिए नैक्याणा लौटी, एक प्रौढ़ा वेश्या पुसुली की बेटी थी। पुसुली के बुरे दिन चल रहे थे और फिर उसे मालूम था कि उसके गाँव के परे का संसार ग़रीबों के बच्चों के लिए और वह भी एक बुरे दौर से गुज़र रही वेश्या की बेटी के लिए क़तई पलक-पाँवड़े नहीं बिछाएगा। इसलिए उसने गर्भ गिराने के तमाम टोटके

आजमाए थे : भयानक स्वाद वाले काढ़े, पथरीले पहाड़ी रास्तों पर ज़बरन चढ़ना-उतरना, गर्म पानी से सिंकाई, यहाँ तक कि हँसिये का दस्ता भी। लेकिन सरुली माँ के गर्भ से ऐसे चिम्मड़पने से चिपकी रही कि यह आज़मूदा टोटके भी फेल हो गए।

बड़ी अम्मा कहती थीं कि गर्भिणी माँ में प्यार की कमी हमेशा गर्भस्थ शिशु की आत्मा को कठोर बनाती है, और इसीलिए सरुली चक्की के टँके हुए पाट जैसी आत्मा लेकर जन्मी थी। इस बात से सिर्फ़ हीरा दाई असहमत थी। यूँ तो उसने सैकड़ों और वेश्याओं के बच्चे जनवाए थे लेकिन सरुली से उसे ऐसा प्यार था जैसे वह उसी के पेट से जन्मी हो।

गला फाड़ती, छटपटाती, ख़ून में सनी, माँ के गर्भ से निकली सद्यःजाता सरुली को हीरा ने उसके पैरों से पकड़कर उलटा लटकाए हुए आँखें सिकोड़कर देखा और कहा, 'देवी मैया की किरपा हुई है, ऐसी सुंदर बेटी इस गाँव में कभी नहीं जन्मी। यह तो घर को चाँदी से धौला, सोने से पीला कर देगी।'

बेटी धीमे-धीमे बढ़ने लगी। अकसर जब पुसुली अपनी उस ज़िद्दी, असमय प्रौढ़, पत्थर दिल बेटी को धुनना शुरू करती तो सिर्फ़ हीरा दाई ही उसे बचाती। दस बरस की होते-होते सरुली पक्की छिनाल हो चुकी थी, उसे देखकर कोई भी जान जाता कि यह छोकरी कभी सीधी राह चलने वाली नहीं है। उस उम्र में ही उसकी ख्याति नैक्याणा की सीमाओं को पार कर चुकी थी।

बड़ी अम्मा ने बताया था कि सरुली उन्हें विष्णुपुर के पास के जंगल की नदी में नंगी नहाती मिली थी, जहाँ वे चित्र बनाने गई थीं।

उन्होंने सरुली से पूछा था कि वह क्या उनके साथ विष्णुपुर चलेगी, बाद में वे उसे स्कूल भी भेजेंगी पढ़ने के लिए। 'जा बच्ची चली जा,' बूढ़ी हीरा ने गद्गद होकर आँसू बहाते हुए कहा था, 'मेमसाहब तुम्हें मेम बना देंगी। तेरी माँ तो यूँ भी अब ज़्यादा नहीं जिएगी।' सबको लगा था कि डॉक्टर साहब की पत्नी के साथ रहकर सरुली की ज़िंदगी सही राह पर चल निकलेगी। पर सुनते हैं कि तब भी हीरा की बात सुनकर सरुली ने नाक सुड़ककर कहा था, 'ठीक है, मरने दो उसे, मैं तो जा रही हूँ,' हालाँकि अर्से तक किसी को पता नहीं चलने वाला था कि वह किस दिशा में और कहाँ को जा रही है। यही तो कर्मों का फेर है, बड़ी अम्मा कहतीं।

'अहा कितनी चमकदार छत है। कित्ता बड़ा मकान !' बड़ी अम्मा के घर को देखकर सरुली ने हैरानी से आँखें फाड़कर कहा था। माँ को छोड़कर आने का उसे लेशमात्र दुख नहीं था जिससे गाँववालों की राय और भी पक्की हो गई कि छोकरी के लच्छन ठीक नहीं। अब तक हीरा दाई को तपेदिक हो चुका था। और पुसुली को तो डॉक्टर साहब भी पहले ही जवाब दे चुके थे। उन्होंने अंतिम दिन काटने उसे पास के ही एक सेनेटोरियम में भिजवा दिया। जहाँ उसे कम-से-कम ओढ़ने को कंबल, बिछाने को गद्दा और दो जून का खाना तो मिल ही जाता था। सरुली की माँ से आख़िरी मुलाक़ात हुई तो माँ-बेटी—किसी ने भी आँसू नहीं बहाए। बहातीं भी क्यों ? प्रेम जैसा ठहरा ही कहाँ वहाँ पर ?

जूमी ने अपनी चिट्ठी में हमें लिखा था कि सरुली के आगमन की सूचना सागरपेशे में पहुँचते ही बड़ी अम्मा के नौकर-चाकर सनक गए थे। चौके और देवताओं के इंचार्ज गँजेड़ी दौलत महाराज हंडे-पतीलों के ढक्कन झनझनाते हुए गर्ज-मर्जकर इज्ज़तदार घरों में वेश्या के प्रवेश के भयंकर परिणामों का बखान करने लगे थे और उनका वह प्रलाप लामा और जूमी के सुझाव पर बरतन माँजने वाले भुनिया द्वारा उनके मुँह पर लोटा-भर ठंडा पानी फेंकने पर ही बंद हो पाया था।

लड़कों से रसोई में शांति स्थापना की पक्की ख़बर पाकर बड़ी अम्मा ने सरुली से कहा, 'चल तुझे रसोई दिखा दूँ।'

लड़के तुरत अपनी माँ और सरुली से पहले ही रसोई में पहुँच गए ताकि पूरा दृश्य ख़ुद देख-सुन सकें। ख़बर पाकर ब्रह्मचारी दौलत का चेहरा चुकंदर की तरह लाल हो गया, 'इस छत्तीसी छिनाल के पैर मेरी लाश पर से गुज़रकर ही रसोई में घुस पाएँगे,' हनुमानजी की तरह चौके से कूदकर बाहर आ वह दहाड़ा। शुद्धता-शुचि की दौलत की सीमारेखा इतनी कड़ी थी कि अपने 'उन' दिनों में बड़ी अम्मा तक उसके चौके में पैर धरने का दुस्साहस नहीं

कर सकती थीं।

कूल्हे मटकाती, आँखें नचाती सरुली खिलखिलाई, 'मैं आपके चौके में नहीं आऊँगी गुरुजी महाराज। मैं ठहरी बेचारी औरत, मैं तो चुपचाप वहाँ आँगन में साहब और मेमसाहब के कपड़े धोऊँगी। आप तो मुझे बस एक बाल्टी पानी, एक लोटा, एक साबुन की टिकिया और कपड़े कूटने की थापी दे दो, फिर आपको मेरी सक्कल नहीं दिखेगी।' फिर उसने अपनी ओढ़नी ठीक करने के बहाने जो अपने मृणाल भुजदंडों के दर्शन कराए तो भृत्यवर्ग की ऊपर की साँस ऊपर और नीचे की साँस नीचे रह गई। जूमी और लामा ने किसी को हिमालय की उन्नत चोटियों जैसी भी कुछ उपमा देते सुना।

यूँ पहला राउंड सरुली ने जीता और दौलत बड़बड़ाता हुआ पराजित राजा बलि की तरह अपने धूम्राच्छादित साम्राज्य में लौट गया।

इसके बाद सरुली हमेशा ख़ुश-ख़ुश काम करती घूमती दिखती। सगरपेशे में हँसी-खुशी की बहार-सी छा गई, सरुली का प्रेम-प्रसाद सबको बिना भेदभाव जो मिलता था।

यह सब तब तक का क़िस्सा है जब तक पट्टियों का डिब्बा थामे, डर के मारे चीख़ता हीराबल्लभ मंच पर प्रकट नहीं हुआ। हीराबल्लभ के चीख़ने-चिल्लाने की वजह यह थी कि परभू शराबी ने अचानक उसके सामने आकर उसे डरा दिया था।

परभू एक गोरे साहब का सिखाया हुआ बहुत बेहतरीन खानसामा था। एक ही ऐब था उसमें—दारू। बेहिसाब दारू पीकर एक बार जब उसने क्लब का क्रिसमस केक भस्म कर दिया था, तब से क्लब की उसकी नौकरी छूट गई थी। उस दिन जैसाकि बिट्टू ने हीराबल्लभ को बताया था, दो बोतल माल्टे की उदरस्थ करके परभू सुबह से ही नाशपाती के पेड़ पर टँगा अपनी स्वर्गीया माँ की याद में नक्की सुर से शोक गीत गा रहा था। हीराबल्लभ को देखकर उसे जाने क्या हुआ कि एक भयंकर गर्जना के साथ वह उसके सामने आ कूदा।

यूँ करके यदि परभू ने हीराबल्लभ को पागलों की तरह चीख़ने पर मजबूर न कर दिया होता तो शायद सरुली भी किसी अर्द्धविवसना अप्सरा की तरह दौड़ी न आती और बेचारा कंपाउंडर हमेशा की तरह पट्टियों का डिब्बा देकर, सगरपेशे में चाय का गिलास सुड़ककर, फुटबॉल खेलने चला गया होता।

यूँ ही थोड़े ही कह गए सूरदास कि 'करम गति सरै नाहिं टरै'। बड़ी अम्मा कहतीं।

बसंत ने पहाड़ी पर फैले बुरुंशों पर अग्निपराग बिखेर दिया था, नाशपाती का पेड़ फूलों से लद गया था, ऐसी एक बसंत की सुबह हीराबल्लभ बड़ी अम्मा के जेली छानने के अभियान के लिए पट्टी का डिब्बा लेकर आया। इसी क्षण को सरुली ने तिरछी काली टोपीवाले छैले के प्रति अपने प्रेमोद्गारों को गीत में प्रसारित करते, अपने धूप में दमकते मृणाल भुजदंडों को प्रदर्शित करते, सूखे कपड़े उठाने के लिए चुना था।

अंदर चौके में दौलत ('तुम ज़रा कल्पना करो इसकी', जूमी ने हमसे कहा था) छत्तीसी छिनाल की मस्ती चढ़ी जवानी को कोसता अपने लोहे के कड़छे से हंडों-पतीलों को जावा द्वीप के जलतरंग की तरह बजा रहा था।

'ज़रा कल्पना करो,' जूमी ने कहा था।

ब्रह्मचारी दुर्वासा सम दौलत के शाप चौके के धुएँ से भरे वायुमंडल को छुरों की तरह चीरने लगे थे। दौलत ने नमक गिरा दिया, हल्दी बिखेर दी और गर्म तेल में मिर्चें झोंककर भीषण धसक उठा दी। यह सब उसने मस्ती के मारे कंठ को अवरुद्ध करने के लिए किया था। पर कहाँ ? कोयल-सी सरु गाती चली गई। विचित्र गंधों और स्वरों की पृष्ठभूमि को चीरकर प्रकटे उसके विलक्षण सौंदर्य पर दृष्टिपात करते ही हीराबल्लभ चीख़-पुकार भूल गया और यह भी कि वह वहाँ आया किसलिए था। बाएँ कंधे पर दो पाजामे और हाथ में बड़ी अम्मा की चार विराट चोलियाँ धरे इस गाती सुंदरी के सामने पड़ते ही उसके मुँह से 'हाय' निकला और फिर जैसे वह गूँगा ही हो गया।

इस अद्भुत युगल के चारों तरफ़ भृत्यों और बच्चों की एक छोटी-मोटी भीड़ जमा हो गई। सरुली ने पहले तो दर्शकों को देखकर आँख मारी और फिर पत्थर बने रह गए कंपाउंडर पर हौले से बड़ी अम्मा की चोलियाँ यूँ फेंकीं कि एक हुक उस अभागे की जेब में फँस गया। इस विचित्र पाश में फँसे अपने भावी प्रेमी को पिल्ले की तरह खींचती हुई सरुली उसे सीधे बड़ी अम्मा के दरबार में लाई।

बड़ी अम्मा ने, जो बैठी रूमाल कसीदा कर रही थीं, उनकी तरफ़ देखा।

'मीम सैव, ऐसी चीज़ तो राजा इंदर की बग़िया में भी नहीं उगती होगी,' हँसी से दोहरी होती सरुली ने हीराबल्लभ को मालकिन के सामने धकेल दिया।

'ये ठी-ठी हँसना बंद कर' बड़ी अम्मा ने बड़े कौशल से चेहरे से मुसकान पोंछते हुए कड़ाई दिखाने का असफल प्रयास किया, 'छोड़ बेचारे को और जाकर कपड़े तह कर !' फिर वे हीराबल्लभ की तरफ़ मुड़ी, 'कहो हिरुआ इस बॉक्स में क्या है ?'

हीराबल्लभ सपने से जागा-सा काँपतीं उँगलियों से गत्ते के डिब्बे पर लिपटी सुतली खोलने लगा। लेकिन फिर भी वह बता नहीं पाया कि डिब्बे में है क्या। उसके पीछे चली आई दर्शकों की भीड़ एक-दूसरे को टहोके देती खिलखिलाती पूछ रही थी कि पट्‌टी है किसके लिए ? हुक से उसे मुक्त करने का बहाना करती सरुली उससे सटी जा रही थी और डोर खोलता हीराबल्लभ एक और क़िस्म के पाश में बँधा जा रहा था।

'लिहाज़ कर हिरुआ होश मत खो ! तू शादीशुदा, चार बच्चों का बाप है,' बड़ी अम्मा बोली थीं। 'याद रखना ये नैक्याणी है, इसके प्रेमजाल में फँसकर तू कहीं का नहीं रहेगा। समझा न ? तुझसे पहले भी बहुतेरे नैक्याणियों के हाथों बरबाद हुए हैं। याद रखना !'

पर हतभागे हीराबल्लभ की नज़र तो जैसे सरुली के पर्वतशिखरों के बीच की घाटी में कीलित हो गई थी। वैसे तो शायद वह भी अपनी नियति को बदलने की कोशिश करता लेकिन जैसाकि कह गए हैं बूढ़े-पुराने, नियति मनुष्य को ऐसे ही खींचती है जैसे लौ पतंगे को। यह नियति न हो तो कहो कहानियाँ कैसे हों, गीत कैसे उपजें ? कोई लौ न हो, न जले पंख।

आख़िर सरुली ने उस विराट कंचुकीपाश से हीराबल्लभ को मुक्त किया और बाक़ी कपड़े भी उठा लाने का निश्चय घोषित करते हुए बग़ीचे की ओर पुनः प्रस्थान किया। पट्‌टियों का डिब्बा रखकर उसका अभागा सन्न पतंगा भी लुढ़कते-पुढ़कते उसके पीछे लपक लिया।

इस रोचक बिंदु पर ज़ूमी और लामा ने स्वयं को अलोप कर लिया और भ्रमर समूहों की गुंजार से भरे बग़ीचे की छायाओं में जा मिले। उन्होंने बाद में हमें बताया था कि बाहर आते ही सरुली गला खोलकर पुनः प्रेमगीत गाने

लग गई थी। उसका कंठ सुरीला था और गाना उसे भला लगता था। लेकिन कस्बे की बाक़ी लड़कियों की तरह उसका गायन मंदिरमुखी भजनों तक सीमित नहीं था। वह तो खुले में गाती, झरने में नहाते, बड़ी अम्मा के बग़ीचे में धुले कपड़े सुखाते—वे गीत जो वह ख़ुद रचती और अपनी पहचान के लोगों के नाम वह उनमें यूँ गूँथ देती जैसे लोग देवताओं के लिए माला गूँथते हुए उसमें रंग-बिरंगे फूल गूँथ देते हैं।

आज उसके गीत का विषय कोई हिरुआ और सरुली थे जो एक भँवर में दो बहती शहतीरों की तरह आ टकराए थे जिन्हें आख़िर अलग होकर अपनी-अपनी राह चले जाना है, जो एक-दूसरे के लिए ऐसे ही बने थे जैसे चमचमाते पीतल के गिलास और गमकती चाय या होंठों की जोड़ी और उस पर झमकती सोने की नथ।

इसके बाद, हफ़्तों तक हिरुआ और सरुली भँवरों से उफनाती प्रेम की नदी में गोते लगाते रहे थे। नदी में बहते शहतीरों की तरह, कुछ अर्से तो वे एक-दूसरे से अलग ही नहीं हो पाते थे। यह सब हमें बाद में ज़ूमी ने बताया था।

इस दौर में सरुली अपने तमाम आभूषणों से सुसज्जित रहती। मनकों, सेफ्टी पिनों और सिक्कों की मालाएँ पहने वह धूप से गर्माई चट्टानों पर हिरुआ के साथ लेटी उसे अपने गाँव के क़िस्से सुनाती कि कैसे आसपास के पचहत्तर गाँवों के नामी-गिरामी लोग प्रेम का पाठ पढ़ने उसके गाँव में आते थे, और कैसे उसके गाँव की औरतें काली नदी पार काली कुमाऊँ से लेकर रामपुर, बरेली तक के मर्दों की नस-नस पहचानती थीं। प्रेम का पाठ तो व्यापारियों से लेकर जमींदारों तक, कवि-गायक, छात्र से लेकर अध्यापक तक—सभी पढ़ना चाहते थे तो फिर अभागा हीराबल्लभ ही कैसे 'ना' कर देता ?

फिर जल्दी ही पटविक्षेप हुआ !

जैसाकि बड़ी अम्मा ने पहले ही कहा था, सरुली के मन-दर्पण में एक दिन छैला महेश बाबू आ बसे।

हरी स्याही से लिखे अपने आठपेजी खत में लामा-जूमी ने सरुली-हिरुआ की प्रणय कथा के अंत का सविस्तार वर्णन किया था। सरुली के प्रेम प्रवाह से दूध से मक्खी की तरह निकाल फेंका गया हीराबल्लभ जब अपने चार

बच्चों की माँ के पास लौटने अथवा दारू में अपना दुख डुबो देने में से किसी में भी सफल न हो पाया तो रानीखेत बॉयज़ पर विष्णुपुर टीम की तीन गोल से विजय के तीसरे दिन अपने कमरे की छत में फंदा लगाकर लटक गया।

यह भी उसी चिट्ठी में था कि जब पुलिस ने रस्सी काटकर लाश उतारी तो उससे आह जैसे कुछ स्वर निकले थे। बड़ी अम्मा का कहना था कि वे और कुछ नहीं, अभागे कंपाउंडर के सीने में दबे अरमान थे, लेकिन डॉक्टर साहब ने कहा कि मृत देह में फँसी कुछ प्राकृतिक गैसें थीं। वे ठीक ही कह रहे होंगे, लड़कों ने लिखा था क्योंकि पोस्टमॉर्टन डॉक्टर साहब ने ही किया था और तब यह भी पता चला था कि हीराबल्लभ को यौनरोग भी था।

अब डॉक्टर साहब ने बड़ी अम्मा को राज़ी कर लिया कि सरुली का इलाज पूरा होते ही उसे सेवामुक्त कर दिया जाए। पाख़ाने की पारिवारिक महासभा में उन्होंने बताया था कि 'पोस्टमॉर्टम' विलायती शब्द है, अमेरिकन इसे 'ऑटॉप्सी' कहते हैं। उन्होंने उसके हिज्जे भी बताए थे—ए-यू-टी-ओ-पी-एस-वाई।

'उसका क्या अर्थ होता है,' रुआँसे स्वर में लामा ने पूछा था। 'उसका अर्थ है—अपनी आँखों खुद देखना। क्योंकि रोमनों के ज़माने में अस्वाभाविक कारणों से मरने वाले लोगों के शवों का सार्वजनिक प्रदर्शन किया जाता था, ताकि वे ख़ुद देख लें कि मौत का कारण क्या था।'

'बड़ी समझदारी से काम लेते थे रोमन,' हाथ धोती हुई बड़ी अम्मा बुदबुदाई थीं। लाइफबॉय साबुन से हाथ धोने की सामूहिक क्रिया के दौरान डॉक्टर साहब ने उन्हें यह भी बताया था कि हीराबल्लभ का दिल, गुर्दे और कलेजा कितनी अच्छी हालत में थे। 'अभी तो वह मज़े में कुछ नहीं तो पचासेक साल और निकाल ले जाता,' अपनी नाज़ुक लंबी उँगलियाँ रोंएदार तौलिए पर पोंछते उन्होंने कहा था।

'उसका दिल उसे ले डूबा,' बड़ी अम्मा ने मज़बूती से कहा था। 'आप जितनी चाहे चीरफाड़ कर लें, कोई कभी नहीं जान पाएगा कि मरते हुए उसके दिल में क्या था।'

फिर इस विषय पर और बात नहीं हुई।

यौनरोग के इलाज के दौरान सरुली कस्बे के छोर पर एक कमरे में अकेली रह रही थी। उसके साथ कोई नहीं था। कुछ दिन तक घर में कुछ लोगों की नींदें अलबत्ता रह-रहकर टूटती रहीं।

फिर लड़कों ने लिखा था कि ठीक हो जाने के बाद एक दिन सरुली बिना अपना अता-पता दिए पता नहीं कहाँ गायब हो गई।

लामा ने बताया था कि बरसों बाद उसने सरुली को एक गोरे साधु के साथ प्रयाग रेलवे स्टेशन पर देखा था। उसकी काया पर गेरुए कपड़े थे लेकिन उसकी आँखों में विरक्त संसारत्यागी होने जैसा कोई भाव नहीं था। लामा जब तक उसके पास जाता, वह गायब हो चुकी थी। कुछ दिन बाद अखबारों में एक ख़ास पहाड़ी सैरगाह में एक गोरे गुरु की रहस्यमय हत्या की ख़बर आई थी। बताया यह भी जा रहा था कि गुरु की संगिनी कोई सरुली देवी रत्नों और प्राचीन कला-कृतियों के उनके अमूल्य संग्रह के साथ लापता थीं।

फ़ोटो देखते ही बड़ी अम्मा ने कहा था, 'वही है ! सरु है ये तो।' यह नाम बड़े लाड़ से अभागे हीराबल्लभ ने उसे दिया था।

लेकिन बड़ी अम्मा की निगाह तब तक मोतिया से धुँधलाने लगी थी और उनकी स्मृति अल्झाइमर रोग से, इसलिए ठीक-ठीक कुछ नहीं कहा जा सकता।

पर फिर भी कभी-कभी लगता है कि...।

11

प्रातःस्मरणीयाएँ

अहिल्या, द्रौपदी, तारा, कुंती, मंदोदरी तथा
पंचकन्या स्मरेन्नित्यम् महापातकनाशनम्।

अपने छरहरे ब्राह्मण गातों से ठंडे पानी की बूँदे झटकते बड़े-बूढ़े सुबह-सुबह पाठ करते। हमें बताया गया था कि पंचकन्याओं—अहिल्या, द्रौपदी, तारा, कुंती और मंदोदरी का नित्य नामस्मरण करने से कैसे भी भीषण पाप क्यों न हों, वे धुल जाते हैं।

आज तो साधारण रूप से 'कन्या' शब्द का अर्थ कुमारी ही माना जाता है लेकिन महाभारत में सूर्य कुंती को समझाते हैं कि कन्या शब्द का मूल है कम् धातु में। कम् यानी कामना करना। तो कन्या का मूल अर्थ हुआ किसी भी समय किसी की भी कामना करने को स्वतंत्र। यह व्याख्या इन अविस्मरणीय स्त्रियों पर खरी भी उतरती है। अहिल्या, द्रौपदी, तारा, कुंती और मंदोदरी—पाँच ऐसी अद्भुत प्रतिभाशालिनी स्त्रियाँ थीं जिनके साथ उनके पुरुषों का व्यवहार बहुत निंदनीय रहा। लेकिन इन्होंने अपने कष्टकर विवाह भंग करने की बजाए सत्य और न्याय के पक्ष में खड़े होने के अपने अधिकार का दावा किया। अंततः पाँचों की न्यायपूर्ण सुनवाई इतिहास को ही करनी पड़ी और वे अपनी पुरानी महिमा को प्राप्त हुईं।

लेकिन यह भी सच है कि जीते-जी वे सभी सत्य के पक्ष में अकेली खड़ी रहीं। एकाकी और पीड़ा में डूबी।

कठोर, अतृप्त, विचारमग्ना इन स्त्रियों का वजूद कहता है कि सत्य कैसा

विकट स्वामी है।

ऐसे जीवनों के आसपास कहानियाँ ख़ुद ही अनायास जुटी चली आती हैं जैसे चुंबक के गिर्द लौह-कण ! यहाँ सब विद्यमान है : वैभव, षड्यंत्र, प्रवंचना, निजता का अतिक्रमण, शासकों, संसदों और भविष्य का सृजन, और इन सभी स्त्रियों के समकालीन स्त्री और पुरुष, निष्क्रिय दर्शक बने इनकी पीड़ा का तमाशा देखते खड़े रहते हैं। आत्म-संरक्षण की भेड़ों जैसी प्रवृत्ति और इनके प्रति एक ओछी ईर्ष्या का भाव उन्हें इन स्त्रियों को पूरी तरह समझ पाने से सतत रोकता है।

सिर्फ़ कवि ही समझ पाए हैं इन्हें। इनकी व्यथा को।

क्यों न समझते ? इन स्त्रियों की गाथाएँ लिखने वाले वाल्मीकि और व्यास ख़ुद भी तो समाज के हाशिए पर रहते थे। अपने समय और अपने लोगों से उत्पीड़ित शरणार्थियों के रूप में इन संत कवियों ने इन स्त्रियों को इतिहास के समक्ष सुनवाई का अधिकार बार-बार दिया है।

पाँच कन्याओं के लिए कवियों की सहानुभूति का आधार उनके ख़ुद के शुरुआती अभिशप्त यायावर जीवनों में है। वाल्मीकि का प्रतिहिंसा से जलता जीवन मैथुनरत क्रौंच के व्याघ के बाण से छिदते देखकर करुणा में बिछल-बिछल गया। कहते हैं, उनके मुँह से अभूतपूर्व काव्य छंद जा फूटा :

मा निषाद, प्रतिष्ठात्वमगम : शाश्वती समा

(हे क्रूर निषाद तुझे सदियों तक प्रतिष्ठा न मिले)

वाल्मीकि की ही भाँति महाभारत के काले, कुरूप सर्जक व्यास भी समाज के प्रवाह से बिछड़े हुए थे। महारानी सत्यवती के इस जारज पुत्र ने स्वेच्छया दो नदियों के बीच के एक छोटे से द्वीप पर आत्मनिर्वासन में रहना चुना था और इसलिए वे कृष्ण द्वैपायन व्यास भी कहे जाते थे। जब उनके भाई विचित्रवीर्य की अकालमृत्यु हो गई तो ब्रह्मचारी भीष्म ने उनसे शासक परिवार की वंशपरंपरा बनाए रखने के लिए विचित्रवीर्य की विधवाओं से पुत्र पैदा करने की प्रार्थना की। जटाजूटधारी, रूखी-सूखी देहवाले इस अपरिचित पुरुष के संसर्ग की कल्पना मात्र से सयविधवा रानियाँ पथरा गईं। लेकिन मजबूरी थी।

आख़िर एक ने आँखों पर पट्टी बाँध ली कि व्यास की कुरूपता उसे न दिखे, दूसरी उन्हें देखकर पीली पड़ गई। कुरूप अपरिचित ने अपना वचन निभाया तो सही, लेकिन उसके मन की पीड़ा और लज्जा की कल्पना ही की जा सकती है। रानियों के पुत्र उनके असहज मैथुन की ही तरह विरूप हुए : एक जन्माँध, दूसरा कृष देह और पांडुरोग से पीड़ित। दुख और घृणा के बीच निषेचित इन राजकुमारों और इनकी वैध और अवैध संतति ने जनश्रुति का सबसे रक्तरंजित गृह युद्ध लड़ा। जैसाकि व्यास ने अपनी माँ को बताया था, इस युद्ध से पृथ्वी अपना यौवन खो देगी और दिन अपनी निर्दोषता।

असम्प्रातसुखाः काला प्रत्युपस्थित दारुणाः।
श्वः श्वः पापीय दिवसाः पृथिवी च गतयौवना ॥

उस युगांत के, जिसका सातत्य उन्होंने अनचाहे ही बनाए रखा था, अवसादग्रस्त गवाह व्यास ने इस कुलघाती युद्ध के शुरू होते ही अपनी बुढ़ाती माँ को जंगलों में भेज दिया था और ख़ुद भी अपने एकाकी द्वीप में लौट गए थे।

युगदृष्टा कवि व्यास और वाल्मीकि ही इन अविस्मरणीय स्त्रियों के जीवन और उनके विचित्र समय को भविष्य के लिए लेखनीबद्ध कर सकते थे। ये स्त्रियाँ जिन्होंने सत्य का दामन पकड़ा और उसकी अग्निपरीक्षा में जीवन-भर सुलगती रहीं। लकड़ी जलि कोयला भई, कोयला जलि भयो राख ! कुछ जल गईं और कुछ जीती रहीं, पृथ्वी के अपना यौवन और दिन के अपनी निर्दोषता खो देने के बाद भी।

अहिल्या

अहिल्या रामायण में एक अतिसाधारण (हला शब्द का एक अर्थ है कुरूप) पत्नी के रूप में झलक दिखाती है जो हमेशा पीछे चलने को तैयार रहती है। एक साकार तपशक्ति, धीमे-धीमे, कुछ झेंपी-सी अपने पति ऋषि गौतम के पीछे चलती। छली-कामुक इंद्र ने सीधी-सादी अहिल्या को धोखा दिया। उसे सचमुच लगा था कि वह उसका पति है, उसे इंद्र की बाँहों में सिमटी पाकर क्रोध से ज्वालामुखी बने अपने पति को उसने बताया था। कपटवेशधारण करने और स्त्रियों को छलने में इंद्र के कौशल से सब परिचित थे, लेकिन

अधिसंख्य पुरुषों की तरह गौतम भी स्वभाव से उग्र और कान के कच्चे थे। उन्होंने अंजलि में जल लेकर झट-पट पत्नी को शाप दे डाला। अहिल्या शिला बन गई और फिर सदियों बाद ऐसा हुआ कि राम के स्पर्श से उसका शाप टूटा और वह फिर से कन्या बनी। न सही गौतम, पर राम स्पष्ट देख पाया था कि उनके सामने एक कैसी अद्‌भुत तेजस्विनी स्त्री खड़ी है। वाल्मीकि ने शिला से स्त्री बनती अहिल्या के प्रभामंडल का वर्णन किया है। जिसके दर्शन से राम इतने अभिभूत हुए कि उन्होंने अहिल्या के पाँव छुए और अपने छोटे भाई लक्ष्मण से भी छुआए। 'ऐसी दिव्यता को प्रणाम किया जाना चाहिए,' व्यास कहते हैं।

अहिल्या ने राम और उनके भाई को आशीर्वाद दिया। वह अकलंक ही नहीं अकुंठ भी थे।

'हला' यानी 'कुरूप'।

सुनते हैं, उत्तरी लेबनॉन के नानकानी कबीले की भाषा में कुरूप और स्वतंत्र के लिए एक ही शब्द है।

सितंबर 1992 : भँवरी बाई एक लंबी, पतली, साँवली औरत है। उसकी चाल सीधी-सतर है और वक़्त से पहले बुढ़ा गए उसके चेहरे पर जड़ी उसकी आँखों में भरपूर उदासी। गाँव के कुम्हार की इस पत्नी में ऐसा कुछ नहीं है जिसे सुंदर या ओजस्वी कहा जा सकता हो। राजस्थान सरकार की एक विकास परियोजना के तहत वह गाँव-स्तर की सामाजिक कार्यकर्त्री 'साथिन' थी। उसे सौंपे गए कामों में से एक काम उसके क्षेत्र में प्रचलित प्रतिगामी रीति-रिवाजों, जैसे बाल विवाह को रोकना भी था। उसने एक बाल विवाह रुकवाने का प्रयास किया था जिससे कुपित गाँव के मोतबर पुरुषों की एक टोली ने उसके घर पर आक्रमण किया, बेचने के लिए पकाकर रखे मिट्टी के बरतन-भाँडे तोड़ दिए और भँवरी को घसीटकर झोपड़े से बाहर निकाल लिया। फिर भँवरी पर

सामूहिक बलात्कार हुआ। पुलिस में दर्ज भँवरी की रपट के अनुसार जब उस पर बलात्कार हो रहा था तब कुछ लोग हाथ-पैर मारते उसके पति को काबू किए हुए थे, बाद में इन लोगों ने उसे पीट-पीटकर बेहोश कर दिया।

गाँव ने भँवरी और उसके बच्चों का बहिष्कार कर दिया। पुलिस क़दम उठाने में हिचकिचा रही थी इसलिए महिला संस्थाओं ने भँवरी का मामला उठाया। याचिकाएँ दायर की गईं। गाँवों में जाति बंधन प्रबल है, भँवरी के बलात्कारी वर्चस्व वाली जातियों के थे इसलिए मामला दर्ज कराने में कई महिला संस्थाओं को जुटना पड़ा। इसके बाद भी दोषी महीनों पुलिस के जाल से बचे रहे। तब भँवरी और अन्य स्त्रियों ने राज्य के हाईकोर्ट में याचिका दायर की, ख़ासी टालामटोली के बाद आख़िर गिरफ़्तारियाँ हुईं। इस बीच भँवरी की कहानी फैल रही थी। उसे वीरता के लिए एक पुरस्कार मिला। फिर एक और पुरस्कार मिला। अब तक उदासीनता में डूबा गाँव जागा, लोग फिर से भँवरी और उसके परिवार से बात करने लगे।

धीरे-धीरे भँवरी और उसके परिवार का जीवन सामान्य होने लगा।

फिर एक दिन राज्य सरकार ने फ़ैसला लिया कि भँवरी और बाक़ी तमाम साथिनों की सेवाएँ समाप्त कर दी जाएँ, वह परियोजना ही बंद कर दी जाए जिसके तहत वे काम करती थीं। शासक दल ने कहा कि परियोजना चलाने के लिए पैसा नहीं है। कुछ साल पहले, जब यह दल सत्ता में नहीं आया था तब इन्हीं राजनीतिज्ञों ने सती के नाम पर एक युवा लड़की को ज़बरदस्ती उसके पति की चिता पर चढ़ा दिए जाने का समर्थन किया था। उन्होंने चिता-स्थल पर नारियल फोड़े थे और अब तक देवी घोषित कर दी गई लड़की के सम्मान में सिर झुकाए थे, उनके नेता ने कहा था कि सती होना हर हिंदू स्त्री का सहज हक़—उसका स्व-धर्म है।

विरोध की, जिसकी उन्हें ख़ूब आदत थी, परवाह न करते हुए नौकरशाही और राजनीतिक दलों ने असंख्य अन्य परियोजनाओं को भारी सहायता राशियाँ देना जारी रखा। अंततः इन परियोजनाओं की सदारत भूतपूर्व राजनीतिज्ञों और भूतपूर्व नौकरशाहों ने करनी थी जो आनन-फानन में सुधारों के संभावित क्षेत्रों को हाज़िर करके, वित्तवर्ष ख़त्म होने से दो दिन पहले, अपनी प्रोजेक्ट रिपोर्टों की तीन-तीन प्रतियाँ पेश करने की क्षमता रखते हैं। उनकी गहन-गंभीरता और समर्थता का अनपढ़ साथिनें क्या खाकर मुक़ाबला करेंगी ?

लेकिन भँवरी आसानी से छोड़ने वाली नहीं है। उसे विश्वास है कि उसे कई स्त्रियों का समर्थन हासिल है। पुरस्कार में मिले पैसे में से पच्चीस हज़ार रुपए से वह अपने गाँव के तालाब की मरम्मत करवाना चाहती है ताकि पशुओं के लिए पीने का पानी जमा रखा जा सके। पच्चीस हज़ार का एक कोष बनाकर वह अपनी जैसी स्त्रियों के लिए पुरस्कार स्थापित करना चाहती है।

वह फिर से बाल विवाह रुकवाने के काम में जुट गई है। भविष्य की योजनाओं के बारे में पूछने पर वह कहती है, 'सोचूँगी, मैं अकेली नहीं हूँ, इतना मुझे मालूम है।' भँवरी ज़ोर देकर कहती है।

यही बात वह तब कहती है जब सेशन कोर्ट के उसके आरोपित बलात्कारियों को छोड़ देने पर देश-भर में हज़ारों औरतें विरोध करती सड़कों पर उतर आती हैं।

'मैं अकेली नहीं हूँ, इतना मुझे मालूम है।'

यह कहते हुए उसका साँवला, मौसम की मार खाया चेहरा पत्थर-सा हो आता है।

हला का अर्थ होता होगा कुरूप, इसका एक अर्थ स्वतंत्र भी तो है कहीं।

और फिर रेपे मुर्सु है, पश्चिमी बंगाल की एक आदिवासी औरत। 1996 में उसका ब्याह एक शराबी से हुआ। ब्याह के छह महीने के अंदर ही पति ने रेपे से बुरा व्यवहार करना शुरू कर दिया, आख़िर अपनी जान बचाने के लिए रेपे को घर छोड़कर जाना पड़ा। न्याय के लिए वह अपने गाँव की पंचायत में गई जिसकी सब सदस्याएँ औरतें ही थीं। पंचायत ने रेपे के पति को मजबूर किया कि वह उसे वापस घर ले जाए। तब से अब तक रेपे अपने क्षेत्र के दस अलग हो चुके जोड़ों को मिलवा चुकी है। उसका पति भोला शराब से तौबा कर चुका है। अपनी सफलता से उत्साहित और अपने पियक्कड़, काहिल, औरतख़ोर मर्दों से परेशान औरतों ने अवैध दारू की दुकानों पर धावा बोल दिया और शराब की भट्टी तोड़ डाली। आज मिदनापुर ज़िले के

केशियारी क्षेत्र के मर्दों को संदेश मिल चुका है : दारू पीना बंद करो। अपनी पत्नियों को घर वापस ले जाओ। या फिर नतीजा भुगतने के लिए तैयार रहो।

जैसाकि वाल्मीकि ने कहा, ऐसी दिव्यता के सामने सिर झुकाना ही चाहिए।

जुलाई 1995 : कलकत्ता के ऊषा मल्टी-परपज़ को-ऑपरेटिव स्टोर्स की 600 वेश्याएँ सदस्य हैं। पचास सदस्याओं से जमा किए 7000 रुपए के कोष से 22 जून, 1995 को इस समिति की स्थापना की गई। समिति का संविधान बताता है कि समिति की सदस्यता 'अठारह वर्ष से ऊपर की स्त्रियों के लिए, जिनमें वेश्याएँ, भूतपूर्व वेश्याएँ और उनके हितैषी शामिल हैं, खुली है।'

समिति की सदस्या साधना मुकर्जी, जो ख़ुद भी वेश्या हैं, बताती हैं कि शुरुआत में तो समस्याएँ आई थीं। सहकारी समितियों के गठन को नियंत्रित करने वाला एक नियम कहता है कि उसके सदस्यों का नैतिक चरित्र अच्छा होना चाहिए।

नैतिकता ? जब मनुष्यों का जीवन दाँव पर लगा हो तब नैतिकता को कौन पूछता है, सदस्याएँ उबल पड़ी थीं।

एक ऐसे धंधे में लगी औरतों में, जिसमें भुगतान प्रतिदिन, प्रति-ग्राहक के आधार पर होता है, जहाँ रात-दिन उपलब्ध रहना धंधे की पहली माँग है और जहाँ मुनाफ़ा सिर्फ़ दलालों को होता है, गुस्सा सीवर की गैसों की तरह इकट्ठा रहता है और चिनगारी दिखाते ही भड़क उठता है।

जो नहीं जानते उन्हें दिन में चकलों के दरवाज़ों पर ऊँघती, रिहाई का इंतज़ार करती ये औरतें शिलाएँ ही दिखती हैं।

नैतिकता ? वे हँसती हैं, नाली में थूकती हैं। वे हला हैं, स्वतंत्र।

हला का एक अर्थ संगिनी भी है।

द्रौपदी

उसके पिता द्रुपद ने अपने शत्रुओं के विरुद्ध प्रतिशोध की आग सुलगाई थी।

इसी आग से निकली थी कृष्णा, द्रौपदी : गर्वीली रूपसी, ताँबे-सी दमकती और सुस्थिर। अपने भाई दृष्टिद्युम्न और शिखंडी के साथ-साथ वह भी महाभारत के कारणों में से थी जिसमें उसके पिता द्रुपद के शत्रुओं के साथ और भी बहुत कुछ नष्ट हो गया।

कुंती-पुत्र अर्जुन द्वारा एक प्रतियोगिता में इस दुर्लभ स्त्री-रत्न को जीतने के बारे में बहुत कुछ लिखा जा चुका है। और इस बारे में भी कि अनजाने में दिए गए कुंती के आदेश के कारण कैसे द्रौपदी को पाँचों पांडवों की पत्नी बनना पड़ा और कैसे इसके कारण कौरवों ने उसका अपमान किया, उसे वेश्या कहा और दुर्योधन ने उसे अपनी जाँघ पर बैठाना चाहा। इसके बाद द्रौपदी ने अपने केश खोल दिए थे कि अब वह कौरवों के रक्त से स्नान किए बिना केश नहीं बाँधेगी।

तब से द्रौपदी की गाथा पर उसकी मुक्त केशराशि एक यवनिका की तरह पड़ी है। हम याद करते हैं कि चमकीले केशों की ऐसी ही यवनिका यम ने देवी को भेंट की थी। देवी की ही तरह द्रौपदी की छवि भी केश छितराए, अठारह दिन तक चलने वाले युद्ध की छवि पर छाई हुई है। जब द्रौपदी केश पकड़कर खींची जाती हुई राजसभा में लाई गई थी तब कुल-वरिष्ठ, राष्ट्र-वरिष्ठ और उसके पाँच-पाँच वीर पति, जिन्हें उसकी रक्षा करनी थी, चुप बैठे रह गए थे। प्रतिशोध द्रौपदी के वचनों में बिजली की तरह कड़कता है, उसके छितरे केशों से चिनगारी की तरह उड़ता है।

1988 : रूपन देओल बजाज से सरेआम छेड़छाड़ हुई। भारतीय प्रशासनिक सेवा की उस वरिष्ठ अधिकारी के शील का यह अतिक्रमण पंजाब की राजधानी चंडीगढ़ में एक मित्र के यहाँ पार्टी में हुआ। उन्होंने आरोप लगाया कि राज्य के पुलिस प्रमुख शराब पिए हुए पार्टी में आए थे। रूपन ने अपनी प्राथमिक सूचना रिपोर्ट में लिखवाया कि पहले उन्होंने उससे अश्लील क़िस्म की बातें कीं, फिर राज्य के वरिष्ठ पत्रकारों और अफ़सरशाहों की मौजूदगी में उनके नितंब पर हाथ मारा। कमरे में सन्नाटा छा गया। फिर कुछ औरतें बुदबुदाईं। लेकिन जब रूपन जाने के लिए उठने लगीं तो इस लहीम-शहीम

पुलिस अधिकारी ने उनका रास्ता रोक लिया। रूपन किसी तरह वहाँ से निकलीं, उन्होंने पुलिस में रपट दर्ज करा दी और अदालत में भी मुकदमा दायर कर दिया।

इसके बाद—

अख़बारों में ऐसी रिपोर्टें छपीं जिनमें कहा गया था कि राज्य के राज्यपाल ने, जो ख़ुद एक प्रमुख विधिवेत्ता थे, रूपन का साथ देने से इनकार कर दिया। कुछ अख़बार मामले को 'कूल्हे पर चुटकी वाला मामला' कहने लगे। एक वरिष्ठ स्तंभकार, जो पुलिस प्रमुख के मित्र बताए जाते थे, अपने स्तंभ में संकेत देने लगे कि असल में तो रूपन सुदर्शन पुलिस अधिकारी पर फ़िदा थीं लेकिन उसके अपनी अनदेखी करने पर वह गुस्से से पगला गई थीं और इसलिए उन्होंने रिपोर्ट दर्ज कराई थी। पंजाब के प्रमुख सचिव, दिल्ली में कैबिनेट सचिव, कोई भी—एक अपेक्षाकृत कनिष्ठ अधिकारी और तिस पर स्त्री का साथ उस पुलिस अधिकारी के विरुद्ध देने को तैयार नहीं थे जिसे सुपर कॉप कहा जाता था।

घटना के सात साल बाद, 12 अक्टूबर 1995 को, भारत के सर्वोच्च न्यायालय ने पुलिस प्रमुख पर मुकदमा चलाने के रूपन के अधिकार का समर्थन किया।

वे कहती हैं कि वह अपने अधिकार का प्रयोग करेगी, और वे ऐसा करती भी हैं।

पुरुष जब बार-बार द्रौपदी को नीचा दिखाते हैं तो यथास्थितिवादी धर्मभीरू स्त्रियाँ उसे मौन रहने की सलाह देती हैं।

द्रौपदी को न सलाह चाहिए, न सहानुभूति। उसे प्रतिशोध चाहिए। एकमात्र पुरुष जिससे द्रौपदी अपने मन की बात कह सकती है, साँवला ग्वाला-योद्धा कृष्ण है जिसने सदा औरतों का साथ दिया है। कर्म में अटूट आस्था और निकम्मी पाखंडी दार्शनिकता के प्रति गहन अवमानना का भाव कृष्ण और द्रौपदी को एक अटूट बंधन में बाँधता है।

व्यग्र और चंचल द्रौपदी पूरे द्वापर को हिलाकर रख देती है। सब हिलते

हैं, सिवा युधिष्ठिर के। भीम उससे सिद्धांततः सहमत है लेकिन माँ और बड़े भाई की आज्ञा के बिना कुछ करने की हिम्मत उसमें नहीं है। अर्जुन को धनुर्विद्या के अभ्यास और स्त्रियों के संधान से फ़ुरसत नहीं, और जुड़वाँ नकुल-सहदेव एक-दूसरे के साथ ही मगन हैं। कोई आश्चर्य नहीं कि द्रौपदी अब उनकी विवाहिता नहीं कहलाना चाहती।

'इनसे मेरा कोई संबंध नहीं है,' वह रोष से कृष्ण को बताती है।

कृष्ण स्थिति का दार्शनिकतापूर्ण विवेचन करके उसे शांत करने का प्रयास करते हैं लेकिन द्रौपदी अपने विचारों का विश्लेषण नहीं करना चाहती, वह दैवी सहायता नहीं माँगती, न ही शांत बैठती है।

'आप हमें हमारी समृद्धि यूँ ही खोने दे रहे हैं जैसे आलसी ग्वाला जंगल में अपनी गायें खो देता है। धिक्कार है इस असंपृक्ति को ! यह तो कायरता पर ऊँचे आदर्श का मुलम्मा चढ़ाना हुआ। त्याग या असंपृक्ति की तो बात ही मत करिए। या तो विजय होगी या पराजय। अपने श्रम से जो भी प्राप्त करें वही हमारा होगा। बचपन में अपने पिता की गोद में बैठे मैंने एक विद्वान को कहते सुना था, 'जो सदा क्षमा करता रहता है उसके चाकर तक उसका सम्मान नहीं करते।' ज़रूरत है समय पर क़दम उठाने की। मैंने सुना है कि धर्म भी तभी रक्षा करता है जब आप उसे सुरक्षित रखें। तब आप उसके हाथों का खिलौना क्यों बने हुए हैं ? कहते हैं कि देवगण सदय माता-पिता जैसे होते हैं लेकिन ब्रह्मा तो हम पर कोड़े बरसा रहे हैं। क्यों हो रहा है ऐसा ? क्यों ?'

कृष्ण दुख से उसे देखते हैं। वे जानते हैं, द्रौपदी क्या कह रही है।

'कृष्णा' तप्त ताम्र के वर्णवाली, यह दूसरा नाम भी द्रौपदी पर खरा उतरता है। केश छितराने के बाद से वह तपती ही रहती है, उसके चेहरे पर मुसकराहट नहीं दिखती। लेकिन उसमें एक तेजस्वी गंभीरता है, शालीनता है। अपने पतियों के साथ अज्ञातवास में रहते हुए वह उनके और उनकी माँ के प्रति कर्त्तव्य को नहीं झुठलाती। उसके पास कृष्ण का दिया अक्षय पात्र है जिसमें उसके खा लेने तक भोजन हमेशा बना रहता है। स्वयं वह अंत में खाती है। अतिथियों के आने पर वह वन के शाक और भात पकाती है। पर अपना भोजन वह विरक्त भाव से ही खाती है, उसके अंतर में एक आग जो हमेशा जलती रहती है। अनंत स्मृतियाँ खदबदाती रहती हैं : कौरवों की राजसभा में हुआ उसका अपमान, वन में लंबा अज्ञातवास, विराट के महलों में दासी

के रूप में हुए अनुभव। वह अपने पतियों को भी कुछ नहीं भूलने देती। उसके खुले केश उन्हें दिन-रात डसते हैं। उसके केशों की काली छाया किसी भी संभावित प्रसन्नता को उभरने नहीं देती। प्रतिशोध ! उसे प्रतिशोध चाहिए।

1995 : उसका नाम भी माँ-बाप ने द्रौपदी रखा था। उन्हें क्या पता था कि हज़ारों साल बाद वह द्रौपदी की त्रासदी झेलेगी। अपनी नामराशि की ही तरह वह भी प्रतिभाशालिनी और तेजस्विनी निकली और रायगढ़ ज़िले के साकोर गाँव की सरपंच चुनी गई। 17 नवंबर के स्वर्गीया इंदिरा गाँधी की जयंती मनाने के सिलसिले में हो रही पंचायत की बैठक में झगड़ा हो गया। पंचायत के सदस्यों ने भरी सभा में द्रौपदी को नंगा कर दिया और उस पर सामूहिक बलात्कार का प्रयास किया। वह बच निकली। उसके गाँव के लोग कहते हैं कि उस दिन से द्रौपदी बाई ने अपने केशों का जूड़ा नहीं बाँधा है और राज्य के प्रशासन और मुख्यमंत्री को बता दिया है कि अब वह केश तभी बाँधेगी जब उसके अपराधी जेल भेज दिए जाएँगे।

द्रौपदी राज्य-भर में भटक रही है, लोग उससे जुड़ने लगे हैं। दुर्योधन और दुःश्शासन अभी छुट्टे घूम रहे हैं।

1995 : 1984 के सिख विरोधी दंगों में मारे गए सिखों की विधवाओं के वैधव्य का एक दशक पूरा हो चुका है। सर्वेक्षण बताते हैं कि घाव अब भी भरे नहीं हैं। कई विधवाओं ने क़रीबी रिश्तेदारों से ब्याह कर लिए थे लेकिन बच्चोंवाली विधवाओं में से ज़्यादातर के विवाह टूट गए। सरकार और धार्मिक संस्थाओं से मिलने वाली मदद से बस मुश्किल से ही गुज़ारा हो पाता है। उन दिनों का भय और स्मृतियाँ अब भी बने हुए हैं।

उनके बच्चे बिगड़े जा रहे हैं, कोठों के दलाल उनकी किशोर बेटियों को ललचाते हैं, बेटे उग्रवाद की चपेट में आ रहे हैं।

इन औरतों को लगता है कि समय अपराधियों का साथ दे रहा है।

पथराई आँखों वाली हड़ियल औरत कहती है, 'मुझे अकाल पुरुख पर भरोसा है। जिन्होंने हमें विधवा बनाया है, वे भी विधवाएँ और अनाथ पीछे छोड़ गए कि नहीं ? ऊपर वाले की लाठी बेआवाज़ पड़ती है, यह याद रखना।'

द्रौपदी की आँखें दहक रही हैं।

मध्ययुग तक महाभारत का दक्षिण की कई भाषाओं में अनुवाद हो चुका था, सबसे पुराना अनुवाद तमिल में उपलब्ध है। दक्षिण में द्रौपदी की गाथा स्थानीय महादेवियों से मिल जाती है। मदुरै की मीनाक्षी, कांचिपुरम की कामाक्षी और तिरुवन्नमलै की द्विलिंगी देवी जिसने अन्याय के विरुद्ध सिंह गर्जना करते हुए अकेले ही राक्षस को मार डाला जबकि देवता थरथर काँपते खड़े रह गए। उत्तर और दक्षिण के इस अनूठे मेल से द्रौपदी का एक और ही रूप सामने आता है : द्रौपदी अम्मन के रूप में उसके दो स्थानीय क्षत्रप हैं, पोट्टु राजा और मुत्तल रावुत्तन, एक हिंदू और दूसरा मुसलमान (विल्लिपुत्तूर अल्वार कृत महाभारत/14वीं सदी) दखिण अर्काट के द्रौपदी मंदिरों के बाहर अकसर भयंकर देह-मुद्रा वाले पोट्टु राजा की मूर्ति मिलती है। आंध्र में पोटा राजू के रूप में यह दैत्य महिषासुर जैसा ही है, बस वह समय पर द्रौपदी अम्मन की शरण में आ गया। यह भी कहा जाता है कि अर्जुन के प्रपौत्र जनमेजय के पाँच पीढ़ी बाद कौशांबी पर राज करने वाले राजा कुनितान का मंत्री था पोट्टु राजा। राजा और मंत्री तप करने हिमालय गए थे, पीछे से दैत्यों ने कौशांबी पर आक्रमण कर दिया। द्रौपदी के रूप में अग्नि से प्रकट हुई पराशक्ति ने दैत्यों का संहार करके राज्य की रक्षा की। आख़िरी दैत्य का मुंड उसने पोट्टु राजा को भेंट किया। आजकल पोट्टु राजा वह कटा मुंड हाथ में लिए उसके मंदिर के द्वार पर खड़ा है।

इतिहास लौट-लौटकर द्रौपदी के द्वार पर क्षमायाचना करता है। वह उसके द्वार पर लहू टपकाते ऐसे शत्रुओं के मुंड लिए खड़ा है जो अपने अपराध की क्षमा नहीं माँगते। क्षमा माँगने वालों को द्रौपदी क्षमा कर देती है। मूर्खों के मुंड रक्त टपकाते पड़े रहते हैं।

तमिलनाडु से हिमाचल प्रदेश तक द्रौपदी समय को पराजित करती हुई

अतीत को चित्रपट की तरह खोलती चली जाती है। कुछ भी भुलाया नहीं जाना चाहिए, कुछ भी नहीं। स्त्री के हर अपमान का प्रतिकार होना ही चाहिए। द्रौपदी पुरुष राज और उसके विधानों से जूझती नारी-स्मृति है। वह महाकाल के वक्ष पर पैर धरे खड़ी महाकाली है। जब भी न्याय ख़तरे में पड़ेगा अग्नि से प्रकट होकर अन्याय करने वालों को दंडित करेगी, चिदग्निकुंडसंभूता पांचाली !

द्रौपदी का अंत भी वैसा ही नाटकीय है जैसा उसका जन्म।

अठारह दिन चले उस कुलघात के बाद जिसमें उसके सभी कुटुंबी—द्रौपदी के पाँच पुत्र, उसके पुत्र और यहाँ तक कि एक अजन्मा शिशु भी खेत रहे, द्रौपदी के धर्मावतार पति युधिष्ठिर अपने भाइयों और पत्नी सहित प्रायश्चित करने हिमालय की ओर चले।

प्रायश्चित ? न्याय की पक्षधर होने का प्रायश्चित ? लेकिन द्रौपदी चली जाती है। यूँ भी उसके जीने का उद्देश्य पूरा हो चुका ! उसका अपमान करने वाले सब मारे जा चुके हैं। अपने पाँच पतियों का अनुगमन करती पांचाली चली जा रही है। उनमें से कोई भी उसकी दहकती आँखों को शांत नहीं कर पाएगा। उसकी आँखों की तरफ़ देखने से बचते वे चले जा रहे हैं। द्रौपदी उनके पीछे जा रही है, कर्त्तव्यनिष्ठ लेकिन मौन।

दिन। रात। संध्या। भोर। थकान। ठंड। संवेदनशून्यता। पहले शंकुधारी वृक्ष दिखते हैं। फिर घने जंगल, फिर सुचिक्कन छालवाले भूर्ज वृक्ष और अंत में देवदारू : देवताओं के वृक्ष।

लेकिन द्रौपदी के लिए किसी का भी अर्थ नहीं बचा। देह से पहले, उसकी आँखें तो कब की मर चुकी हैं। वह चलती जा रही है। उसकी चमड़ी फटती है, भरती है, खुरंड छोड़ जाती है। नए खुरंड पुराने खुरंडों में जुड़े चले जाते हैं।

आकाश से रुई की फुरहरियों की तरह हिम गिरता है। द्रौपदी का चलना चलता रहता है। दूर हिमालय के उत्तुंग शिखर दिखने लगे। द्रौपदी के पैर लड़खड़ा रहे हैं हिरणशावक-सी कँपकँपाती वह धीरे-धीरे गिर पड़ती है। बर्फ़

में पड़ी वह आँखें मूँद लेती है। पाँडव मुँह फेर लेते हैं। उनका तप शुरू होने से पहले ही द्रौपदी मर रही है। पाँच जोड़ी सूनी आँखें कुछ देर उस पर लगी रहती हैं। फिर पाँडव अपनी राह चल देते हैं।

भोर के दिए की तरह द्रौपदी बुझ जाती है। सूर्य या शिखरों से उसे कुछ लेना-देना नहीं। अपना प्रतिशोध वह ले चुकी।

अग्नि से उद्‌भूत पांचाली की देह हिम में ही शांत हुई।

कुंती

राजकुमारी पृथा को बचपन में ही माता-पिता ने उसके निःसंतान चाचा को गोद दे दिया था। कहते हैं कि क्रोधी दुर्वासा तक उसके मधुर स्वभाव से इतने अभिभूत हुए कि उन्होंने उसे वह मंत्र दे दिया जिसे जपकर वह किसी भी देवता का आह्वान करके उससे पुत्र-संतान पैदा कर सकती थी।

वरदान अकेली लड़कियों के मन में कई बार कैसी मूर्खता-भरी कामनाएँ जगा जाते हैं। वरदान को परखने को उत्सुक कुंती ने भी सूर्यदेव का आह्वान किया, 'आओ, आओ मुझे अपने दिव्य तेज से जला दो।' हवा प्रकाशमान होने लगी। तन्वंगी किशोरी ने पहले धीरे-धीरे हवा के घूँट भरे, उसकी साँसें तेज़ होने लगीं। अचानक कक्ष चौंधिया देने वाले प्रकाश से भर उठा, एक विराट तेज-पुँज दहलीज़ पर दिखा और फिर क्षणमात्र में वह उसकी देह पर था। उसने उसे अनावृत किया, उसे दहका दिया, फिर शांत मुर्ग़े ने बाँग दी, वह चला गया।

बड़ा ही पुराना क़िस्सा है यह। और महाकाली की तरह कालातीत।

उस एक रात की दुल्हन के गर्भ में सूर्य का बीज अँकुआने लगा। कुंती बिनब्याही माँ बन गई। अपने पहलौठी के बेटे कर्ण को उसे टोकरी में रखकर नदी में बहा देना पड़ा—और वह करती भी क्या ? कर्ण को सूत और उसकी पत्नी ने पाला-पोसा। वह संवेदनशील, प्रतिभाशाली, लेकिन दिशाहीन बना भटकता था कि दुर्योधन का साथ मिला। समय के पाँसे ऐसे पड़े कि कर्ण दुर्योधन का मित्र बना और कुंती की वैध संतानों का ही परमशत्रु। एक और संयोग से कन्या कुंती फिर से कुमारी बन गई। उसका विवाह व्यास से नियोग से जन्मे पांडुरोग निर्वीर्य पीड़ित से हुआ।

वैधता और वंश-परंपरा बनाए रखने के नाम पर क्या नहीं होता !

पांडुरोग से जीर्ण पांडु अपने अधिकारिक पिता विचित्रवीर्य की ही तरह पौरुषहीन निकला। कहते हैं कि उसे शिकार करते हुए एक हिरण का शाप लगा था। पांडु ने, जो सिंहासन का वारिस देखने को आतुर था, कुंती के हाथ जोड़े कि वह अपनी मंत्रशक्ति से देवताओं का आह्वान करके पुत्र पैदा करे। कुंती ने धर्म से संसर्ग कर युधिष्ठिर, वायु से भीम और इंद्र से अर्जुन पैदा किए।

फिर अपने पति के आग्रह पर उसने अश्विनी कुमारों का आह्वान करके अपनी सौत माद्री के भी नकुल-सहदेव पैदा कराए।

ये पाँच पुत्र पांडव कहे गए लेकिन पाखंड के प्रखर विरोधी कृष्ण उन्हें हमेशा कौंतेय ही कहते रहे—कुंती के पुत्र। माद्री पर आसक्त होकर पांडु जल्दी ही मर गया। उसकी मृत्यु का कारण बनने के अपराध-बोध से त्रस्त माद्री उसके साथ ही जल मरी। और विधवा कुंती बची तमाम षड्यंत्रों और छलों के बीच पाँच बेटों को पालने के लिए।

भाग्य का खेल देखिए, कुंती का एक अवैध पुत्र था और पाँच वैध, जिनमें से कोई भी अपने तथाकथित पिता का औरस पुत्र नहीं था। और इस कुंती की ज़िम्मेदारी थी पितृसत्ता और पैतृक वैधता के सिद्धांतों को जिलाए रखना।

उसने बड़ी निष्ठा से यह ज़िम्मेदारी निभाई। कई की माँओं की तरह कुंती के लिए भी पैतृक वैधता बहुत महत्त्वपूर्ण हो उठी थी। वह अपने बेटों को भूलने नहीं देती थी कि कौरवों ने सिंहासन छल से हथियाया है। वह बार-बार उन्हें याद दिलाती कि उनके पिता का सिंहासन उनका है। उसने अपने बेटों में बड़े भाई के निर्देश मानने और उसकी आज्ञा का पालन करने की आदत डाली। निर्वासन में रह रहे राजपुत्रों के लिए संदेह एक विलासिता ही तो था। सबसे बड़े बेटे को अपने भाइयों के लिए उदाहरण बनना था। अगर समय हिंसा की माँग करता हो तो उसे शांति-अहिंसा की राह छोड़कर रक्तपात करना था। यह पुरुषों का धर्म था, वह बताती। पितृसत्ता की जड़ें मज़बूत करने के लिए भाइयों को मिलकर रहना चाहिए, वह समझाती।

कुंती ने अपने बेटों को एक-दूसरे से एक स्नेह-भरी किताबी भाषा में बात करना और माँ के प्रति गहन सम्मान का भाव रखना सिखाया। उसने पांडु के जीवन पर कोई लीपा-पोती नहीं थी लेकिन अपने अवैध पुत्र—कर्ण के बारे

में भी उसने मुँह नहीं खोला। तब तक नहीं जब तक अवैध पुत्र, वैध पुत्रों की जान का ख़तरा नहीं बन गया।

अज्ञातवास के दिनों में उसका पेटपोंछना, लाड़ला अर्जुन द्रौपदी को लाया। 'माँ ! देखो आज मैं क्या लाया', उसने हँसते हुए माँ को पुकारा। कुंती को लगा कि शिकार करके या भिक्षा माँगकर बेटे कुछ लाए होंगे सो उसने बिना देखे ही कह दिया, 'उसे पाँचों भाई बराबर-बराबर बाँट लो।' जब तक उसे अपनी ग़लती समझ में आई, तब तक बहुत देर हो चुकी थी। कहा तो यही जाता है।

सच्चाई यह है कि कुंती ने अपने बाक़ी बेटों की आँखों से झलकती कामना देख ली थी। उसने फ़ैसला कर लिया था अगर इन भाइयों को एकजुट रखने के लिए द्रौपदी की बलि चढ़ानी है तो वही सही।

द्रौपदी के सौंदर्य से चौंधियाए भाई एक स्वर में बोल उठे थे, 'जैसा तुम कहो माँ।'

और द्रौपदी का भाग्य तय हो गया था।

लज्जा महाभारत में अनेक रूपों में देखने में आती है।

निर्वासन में रहते, दरिद्रता में जीते, पाँच बेटों की एक ही पत्नी के होते, कुंती जैसी माताएँ लज्जा के अस्तित्व को स्वीकार नहीं करना चाहतीं। लेकिन कौरव इस स्वाभिमानिनी स्त्री को लज्जित ही देखना चाहते हैं।

यही कारण है कि दुर्योधन दुर्वासा और उनकी शिष्यमंडली को कुंती के यहाँ भोजन के लिए जा धमकने को उकसाता है।

और उसकी रजस्वला बहू द्रौपदी को, जिसे उसके पति जुए में हार गए थे, केश पकड़कर घसीटते हुए राजसभा में लाने का उद्देश्य भी तो कुंती को लज्जित करना ही था।

चरम लज्जा का क्षण वह था जब वह रात के अँधेरे में अपने अवैध पुत्र कर्ण के शिविर में अपने वैध पुत्रों के प्राणों की भीख माँगने गई। कर्ण अर्जुन के अलावा सबके प्राण छोड़ने को मान जाता है, 'तुम्हारे तो हर हाल में पाँच बेटे रहेंगे ही', वह कड़वाहट से कहता है।

कुंती क्षण-भर सिर झुकाए खड़ी रहती है और फिर जैसे आई थी वैसे ही लौट जाती है। हाहाकार भरा मन लिए।

वह कर्ण को गले नहीं लगाती, वह स्वयं भी आगे नहीं बढ़ता। उनके बीच की खाई बहुत चौड़ी है।

लेकिन लज्जा तेज़ाब की तरह उसे अंदर ही अंदर गलाती रहती है। वह द्रौपदी को आशीर्वाद देने को तत्पर ब्राह्मण से कड़वाहट और विद्रूप से कहती है, 'मेरी बहू को आशीर्वाद देना ही है तो उसे भाग्यशाली संतानों की माँ होने का आशीर्वाद दीजिए, मेरी तरह शक्तिशाली और विद्वान संतानों की नहीं। मैंने इन वीर विद्वान पांडवों को जन्म दिया लेकिन हुआ क्या ? ये तो वन की धूल फाँक रहे हैं।'

भाग्यवन्तः प्रसूयेथाः न शूराः न च पंडिताः।
शूराः पण्डिताश्चैव वने सीदन्ति मे सुताः ॥

सदियों से, वनों में निराहार रहने से कृशकाय हुई कुंती की क़ौम अपना ठौर-ठिकाना खो बैठे शरणार्थी समूहों के साथ देश-देश भटकती फिर रही है। आज भी वे सब निरंतर भटकते हैं, निरंतर जूठन बीनते हैं। थैले, अधखाया भोजन, कंदमूल—कुछ भी। कुछ भी जो खाया, पहना या बेचा जा सकता हो। रात को वे किसी अँधेरे कोने में गुड़ीमुड़ी होकर सो रहते हैं, छुट्टे जानवरों को दुरदुराते, अपनी दुबली काया से अपने बच्चों को ढकते। वे प्राणपण से भूले-बिसरे अनुष्ठानों, गीतों और दंतकथाओं से चिपके रहते हैं जो उनके बेटों की विरासत, उनकी बेटियों का दहेज़ बनेंगे। सत्ता और उसे खो देने के बारे में उन्हें सब मालूम है। लज्जा उन्हें छू नहीं पाती। बेटे बैठे खाना निगलते हैं, औरतें पल्लू से आँखें पोंछती हैं। मर्दों ने हमेशा ऐनवक़्त पर उन्हें धोखा दिया है लेकिन सुरक्षा और दिशा-निर्देश के लिए वे उन्हीं का मुँह जोहेंगी।

ऐसी ज़िद ! ऐसा दुख ! ऐसी लज्जा !

अपनी माँ के मरने पर मोहन राकेश ने कहानी लिखी 'आर्द्रा'। 1947 के विभाजन के बारे में एक कहानी, एक ऐसी माँ की कहानी जिसने परिवार को हमेशा इकट्ठा रखा, भले ही इसके लिए औलादों के मानसिक संतुलन की

बलि चढ़ गई हो। कई लोगों ने कहा कि उसमें उन्हें अपनी माँ की छवि दिखी। मैले-कुचैले विधवा के वस्त्र पहने माँ की।

ऐसी माँएँ, जिन्हें आप प्यार तो करते हों, और जो गहरी लज्जा का कारण भी हों।

माँएँ जो हमारे सपनों के हाशियों पर थीं। हमेशा रहेंगी।

पड़ोसी सिंह परिवार की संपन्नता दिन दूनी-रात चौगुनी बढ़ रही थी।

'कट्ठे-कट्ठे रहना,' लाहौर से आई हमारी पड़ोसिन अपने पाँच लंबे-छरहरे दाढ़ी-मूँछ मंडित चेहरोंवाले बेटों से कहती रहती थीं, 'कट्ठे रहना पुत्तर।' 1947 में दंगे शुरू होते ही उनका परिवार पंजाब में अपनी हवेली पर ताला डालकर इधर पहाड़ों की तरफ़ चला आया था। लोग कहते थे कि बीजी गुरुग्रंथ साहब का गुटका साथ लाना भूल गई थीं लेकिन किसी तरह गहनों से भरा एक थैला ले आई थीं जिसके बूते उन्होंने अपने बेटों को 'उनके पैरों पर खड़ा' कर दिया था।

उनका सफ़र मुसीबतों से भरा रहा था लेकिन उनके ज़हूरे से सब साथ-साथ रहे।

हिंदुस्तान आकर उन्होंने ज़मीनें ख़रीदी थीं। 'ज़मीन ख़रीदो या सोना, बाक़ी कुछ टिकता नहीं' बीजी कहतीं। इसलिए उन्होंने तराई में फार्म ख़रीदे और हिल-स्टेशनों में मकान। 'और-और,' माँ बेटों को उकसाती। इसलिए उन्होंने अमीर घरों की बेटियों से ब्याह किए जो दहेज में सोना, नक़दी, ज़मीनें, मकान, कारें और साटन से मढ़े सोफ़े लाईं।

लेकिन ज़र, जोरू और ज़मीन आफ़तें साथ लाते हैं।

बहुओं के आते ही बेटे बदलने लगे। वे झेंपे-झेंपे और बेचैन रहते। आख़िर उन्होंने अपने दिलों की बात कह दी। बीजी क्रोध से उबल पड़ीं। परिवार का बँटवारा ? 'लहू, लहू से अलग कैसे हो सकता है ? लक्ष्मणजी जब घायल हुए तब रामजी ने क्या कहा था, याद है—पत्नी तो और मिल जाएगी लेकिन माँ जाया भाई कहाँ मिलेगा ? मुझे पता है, तुम किसके सिखावे में हो। ख़बरदार ! मेरी लाश पर चूल्हे बँटेंगे।'

परिवार की अप्रसन्नता की बाढ़ के आगे बीजी बाँध बनकर अड़ी रहीं। उन्होंने वे रातें झेलीं जो आदमी को माँ के पास से उठाकर ले जाती हैं। चौकीदार की तरह निगरानी रखकर उन्होंने बेटों को जाने से रोके रखा। वे रोईं, खाना-पीना छोड़ा, वे लगातार अपने बेटों को प्राण देकर भी निभाए गए वचनों और वंश परंपराओं की कहानियाँ सुनातीं। गर्मियों में वे सब बेटों को ऊपर पहाड़ों में बुलवा लेतीं। वहाँ जमा होकर बेटे गप्प-शड़ाके लगाते, ठहाकों से घर गुँजा देते और फिर बुझे-बुझे से, चोरों की तरह सीढ़ियाँ चढ़कर अपनी एकदम निजी खिन्नता के दरवाज़े भड़काते।

ऐसा खिन्न परिवार या ऐसा बढ़िया चलता कारोबार किसी ने न देखा होगा। पाँचों भाई मिलकर काम करते, उनके खेत सोना उगलते। लेकिन औरतों की चाँव-चाँव चलती रहती, खिन्नता बढ़ती गई।

कल की हुदहुद बछेरी पत्नियाँ जब ख़ुद सूखी बदरंग होती अधेड़ हो गईं, स्वेटर बुनते-बुनते उनकी ख़ुद की बहुएँ आ गईं, तो धीरे-धीरे वे भी बीजी की राय की कायल होने लगीं। साथ रहना ही अच्छा है। अपनी मृत्युशैया के चारों तरफ़ अपने परिवार को जुटाकर प्रसन्नवदना बीजी ने बहुओं को पुत्रवती होने का आशीर्वाद दिया, 'बेटियाँ और चिड़ियाँ उड़ जाती हैं। बेटे और सोना ही सदा तुम्हारे बने रहते हैं,' कहकर बीजी ने आँखें मूँदीं, ऐसा हमें बताया गया।

हमारी बाल्कनी में समुद्र की तरफ़ से गर्म हवा आ रही थी। हमारा मेहमान, बीजी का बेटा, अब तक प्रख्यात अर्थशास्त्री बन चुका था। वह अपनी स्थिर मुसकराहट और लौह संकल्प के लिए जाना जाता था। उस दिन सामने की बाल्कनी पर सिलाई मशीन पर झुकी बूढ़ी को देखते हुए वह कुछ पल को अपने लौहकवच से बाहर आ गया था, 'बीजी ने हमें इसी तरह पाला था। हमारा सबकुछ पीछे रह गया था लेकिन फिर भी उन्होंने हमें अच्छे स्कूलों में भेजा। एक बार वे मेरे बेटे के लिए ब्रिटिश काउंसिल लायब्रेरी से किताबें ला रही थीं। बारिश आने लगी। बीजी ने दुपट्टा किताबों के चारों तरफ़ लपेट दिया। उन्हें ठंड लग गई। हफ्ते-भर में बीजी चल बसीं। उनके फेफड़ों में कफ़ जम गया था।'

बेटों की स्मृति में बीजी एक अद्भुत जीवाश्म की तरह संरक्षित थीं। सोना और बेटे इनका मोल वह भी जान गया था। राजनीतिक परिदृश्य बदलने पर जब उसकी सरकार ने करार तोड़ दिए तो दूर के देश में ऊँचा ओहदा पाने के लिए उसने अपनी लिखी रपटों पर काली स्याही फेर दी और अपने विश्वास बदल दिए। शीरीं जुबाँ फरेबियों की ज़रूरत हर निजाम को होती है। फ़िलवक़्त उसके सितारे बुलंद थे।

कुंती का संसार। प्रव्रजनों, टूटे वचनों, विश्वासघातों और मित्रों के बिछुड़ जाने का संसार है। उसकी नैतिक सीमाएँ बदलती रहती हैं क्योंकि युद्ध में कुछ भी स्थायी नहीं होता। संसार के सब जाने-पहचाने नियम उलट-पलट जाते हैं : संसार प्रतिसंसार बन जाता है, लकिन कुंती स्वयं कभी पलायन नहीं करती। वह अपने बेटों के लिए अव्यवस्था-अराजकता के बीच भी जीते रहना संभव बनाती है, और ऐसा करते हुए वह अकसर अनजाने में कुटुंबों और राष्ट्रों को एक-दूसरे के विरुद्ध घातक युद्धों में ला खड़ा करती है।

कुंती गृहयुद्धों के ख़त्म होने पर भी जीती रहती है लेकिन जब मौत आती है तब तक कुंती को अंदर ही अंदर मरे बरसों बीच चुके होते हैं।

मंदोदरी

मंदोदरी, यानी क्षीण कटि वाली। यह सुंदर, स्वाभिमानिनी स्त्री रावण की पत्नी बन गई क्योंकि उसके पिता सृष्टि के वास्तुकार मय अधिकांश हिंदू पिताओं की तरह कन्या ऋणदाय से चटपट उऋण होने की जल्दी में थे। उनका कहना था, 'सम्मानकामी व्यक्ति के लिए कन्या का पिता होने से बड़ी कोई पीड़ा नहीं है।' (रामायण 8.12.11) इसलिए रावण के जन्म से जुड़े श्राप को जानते हुए भी मय ने अपनी बेटी उसे ब्याह दी। वैसे जगत दिखावे को बहाना रावण के नाना के लिए उनके मन में बहुत सम्मान का था। (8.12.20-21) मय के लिए पुरुष की वंश परंपरा बहुत महत्त्वपूर्ण थी।

जब हम लड़कियाँ थीं तो हमें बार-बार माँ की उन एक रिश्ते की बुआ की कहानी सुनाई जाती थी जिनके समृद्ध पिता ने उनका ब्याह एक ऐसे घराने में कर दिया था जिसकी क़ुलीनता की धाक दूर-दूर तक थी। कारण बताते हुए उन्होंने स्पष्ट किया था, 'जब पिता के घर में बेटी जन्मती है तो धरती दो अँगुल धँसती है और जब वह पिता के घर में रजस्वला होती है तो चौदह हाथ। उस घर में पैसा नहीं है तो क्या, उनके संबंध बहुत ऊँचे हैं और बेटियों का ब्याह तो भई शुभस्य शीघ्रम्।' बेटी को विदा करने के बाद वे उसे क़रीब-क़रीब भूल ही गए। फिर बरसों बाद उन्हें बेटी की ससुराल के पास के किसी गाँव में काम से जाना पड़ा, बुढ़ऊ को लगा कि बेटी को भी मिलते चलें। जब वे उसके टूटे-फूटे झोंपड़े में पहुँचे तो बेटी अपने भूखे बच्चों को बहकाने के लिए एक बरतन में मुट्ठी-भर अनाज में कंकड़ मिलाकर भून रही थी।

'क्या भून रही है बेटी ?' पिता ने पूछा।

'कुलीन संबंध भून रही हूँ बाबूजी। हम तो संबंध ही खाते-पकाते हैं।' बेटी ने आँसू छिपाने के लिए मुँह फेर लिया था।

ऐसे पतियों और पिताओं के रहते औरतें अगर रौद्र, अदम्य और अक्षमाशील काली की भक्त हो जाती हैं तो किमाश्चर्यम् ?

ज़्यादातर अनचाहे बच्चों की तरह मंदोदरी प्रखर, अकुंठित और अपनों के अन्याय को भी ईमानदारी से इंगित करने को तत्पर रहती है। 'अकाल मृत्यु अकारण नहीं आती। सीता तुम्हारी मृत्यु का कारण बनेगी।' वह अपने पति रावण को बताती है। वह भविष्यवाणी करती है कि राम की शक्ति नहीं, सीता का अभिशाप रावण के नाश का कारण बनेगा, 'तुम्हारे क्रोध और वासना का परिणाम होगा तुम्हारे वंश के नेताओं का नाश। पतिव्रताओं के आँसू पृथ्वी पर गिरकर यूँ ही नहीं सूख जाते। उनके भयंकर परिणाम होते हैं।'

मंदोदरी के महल में अभिजात के संयम नियम का पालन होता है।

स्वेच्छाचारी राक्षसों का रावण की विद्रोहिणी पत्नी के आवास में प्रवेश वर्जित है।

क्षोभ से भरी यह महीयसी स्त्री विषण्ण भाव से रावण के अंत की प्रतीक्षा करती है, फिर उसकी चिता पर जल मरती है।

कई सदियाँ पार कर मंदोदरी का अभिशप्त इतिहास उन असंख्य घरों में रिसता चला आया है जहाँ गर्भस्थ शिशु की तरह गुड़ीमुड़ी हुए बच्चे सो रहे हैं और पत्नियाँ ठंडी थालियों के पास जागती हुई व्यभिचारी पतियों के क़दमों की आहट की प्रतीक्षा करती उनके मरण की कामना कर रही हैं।

तारा

वानरराज बालि की पत्नी तारा मर्दों की दुनिया की औरत है। कभी अपनी प्रत्युत्पन्नमति और कभी शुद्ध तिरिया चरित्र का सहारा लेकर वह हर अन्यायपूर्ण स्थिति से सही सालिम निकल आती है।

तारा का दृढ़ विश्वास है कि परिवार के पुरुषों के बीच एकजुटता रहनी चाहिए और भाइयों को एक-दूसरे से मार-काट, छीना-झपटी नहीं करनी चाहिए। वह पहले बालि की पत्नी थी जिसे मरा हुआ मान लिया गया था लेकिन जो बाद में जीता-जागता लौट आया था। तब तक तारा बालि के भाई सुग्रीव की पत्नी बन चुकी थी। तारा बालि के पास लौट गई लेकिन रुष्ट बालि का क्रोध इसी से शांत नहीं हुआ, उसने सुग्रीव की पत्नी रूमा को हर लिया।

भाइयों के बीच बैर का बीज पड़ गया।

मंदोदरी की ही तरह तारा ने भी बालि से रूमा को लौटा देने को कहा। रावण की तरह बालि ने भी मना कर दिया। लेकिन मंदोदरी के विषण्ण क्षोभ के विपरीत तारा चिंता में नहीं पड़ गई। वह गोपनीय मंत्रों की ज्ञाता थी, इसलिए उसने स्वस्त्यायन का अनुष्ठान करके बालि को सुग्रीव से द्वंद्व युद्ध लड़ने के लिए भेजा। इससे पहले उसने बालि से वचन भरवा लिया था कि वह अपने भाई के प्राण नहीं लेगा। बालि ने तो सुग्रीव को नहीं मारा लेकिन सुग्रीव के पृष्ठपोषक राम ने पेड़ के पीछे से बालि पर जो बाण चलाया वह घातक सिद्ध हुआ। मरते हुए बालि ने तारा सुग्रीव को देते हुए उसे बताया,

'तारा की राय पर चलना। उसकी बात निष्फल नहीं होती।' (रामायण 4:22:13-14)

रामदूत हनुमान ने सुझाव दिया कि बालि और तारा के पुत्र अंगद का राज्याभिषेक कर दिया जाए और तारा उसकी संरक्षक बनकर राजकाज चलाए। दूरदर्शी तारा ने शासन करने की अपनी क्षमता को नकारा तो नहीं लेकिन कूटनीति से काम लेते हुए सलज्ज भाव से बोली, 'यह कर्त्तव्य तो सुग्रीव ही सम्हालें तो ठीक रहे।'

तारा पुरुषदंभ से परिचित थी। देवर को खमठोंक चुनौती देने की बजाए पहले ही अपराध-बोध से ग्रस्त चाचा के विवेक पर उत्तराधिकार का प्रश्न छोड़कर उसने सुनिश्चित कर लिया कि सुग्रीव के बाद, राजसिंहासन बिना रक्तपात किए, उसके पुत्र अंगद को ही मिलेगा। तारा ने बाद में सुग्रीव को भी संकट से उबारा जब भोग-विलास में मगन होकर उसने रावण से लड़ने के लिए वानर सेना के गठन के काम में ढील दे दी। कहते हैं कि क्रोध से भरे लक्ष्मण जब सुग्रीव को डाँटने आए तो तारा ख़ुद उनका स्वागत करने द्वार तक आई। उसने लक्ष्मण का क्रोध शांत होने दिया और फिर मृदुल स्वर में उसे लताड़ा, 'सुखों से विहीन भूखा दरिद्र छप्पन भोगों से भरा थाल पाकर बौरा नहीं जाएगा ?' उसने उन ऋषियों के कई उदाहरण दिए जो घोर तप के बाद मरभुक्खों की तरह नारी देह पर टूट पड़े थे। फिर उसने लक्ष्मण को बताया कि उसने सब इंतज़ाम कर रखा है 'एकदम बढ़िया तैयारी है। उनके भर्ती किए सब वानर आज यहाँ आए हुए हैं। आप हम पहले ही डरी-मरी जनानीजातों को क्यों और भी डरा रहे हैं।'

तारा के कोमल फुलछड़ी-से उलाहनों से लज्जित लक्ष्मण ने अपने कठोर वचनों के लिए सुग्रीव से क्षमा माँगी (रामायण 4.36.20) और तारा की बहुत प्रशंसा की।

विश्वयुद्ध और इंटरनेट से सदियों पहले जन्मी तारा डेडलाइनों और कॉर्पोरेट युद्धों से परिचित थी। वह न तो कुड़कुड़ाती हुई किसी के पीछे पड़ती है, न धौंसपट्टी दिखाती है और न 'अबला नारी' की छवि का सहारा लेती है। वह

स्वप्नजीवी नहीं है, उसके पैर मज़बूती से ज़मीन पर टिके हैं। तारा जानती है कि बच निकलने के लिए पीछे जाने के रास्ते बंद हो जाएँ तो आगे ही जाना होता है। क्रोध जैसी विलासिता कमज़ोर लोगों के लिए संभव नहीं है। वह उनसे भी मीठी बात करती है जिन्होंने उसके पति को मार डाला और अब नए पति को भी धमका रहे हैं। वह अपनी बात इस तरह पेश करती है कि किसी को भी समझ में आ जाता है कि उसकी सहायता करने में उन्हें ही फ़ायदा है। और जब उसकी प्रतिभा की प्रशंसा होती है तो वह विनम्रता से सिर झुकाकर उसे सिर-माथे लेती है।

अहिल्या, द्रौपदी, तारा, कुंती, मंदोदरी।

भक्तिभाव से प्रातःकाल स्मरण किए जाने वाले इन नामों के पीछे स्त्रियों के लिए एक गूढ संदेश छिपा है।

ये पाँच जीवन क्या बताते हैं ? हमारी संस्कृति के समकालीन मूल्यों और दक्षिणपंथी राजनीतिक दलों के संकेत पहचानें तो सत्य के प्रति आग्रह रखने के कारण ही इन स्त्रियों ने इतना दुख पाया। सत्य और स्वतंत्रता से जुड़ने के प्रयास ही उनकी पीड़ाओं का मूल थे। और उनकी विजय अग्नि के गर्भ से निकली। अपने कुटुंबों और पतियों के मनों पर उनकी पकड़ ही नाश का कारण बनी। अतएव हे स्त्रियो ! तुम्हें सुख से जीना है तो सत्य को अनसुना-अनदेखा करो !

यह मूर्खतापूर्ण सतही दृष्टिकोण लगता है, हमारे मीडिया ने भी तत्परता से लपक लिया। लोकप्रिय क्षेत्रीय फिल्मों और टेलीविज़न धारावाहिकों में स्वतंत्रचेता कामकाजी स्त्रियों का प्राप्तव्य सूनी सेज, ख़ाली घर होता है। रविवारी रंगीन परिशिष्टों में सामाजिक व्याख्याकार बने स्तंभकार अपना ज्ञान उगलते हैं। वे बताते हैं कि औरतों को सबकुछ नहीं मिल सकता, उन्हें कम खाना और ग़म खाना सीखना चाहिए। वे स्त्रियों के विरुद्ध बढ़ते अपराधों की ओर से आँखें मूँदकर स्त्रियों द्वारा किए मुट्ठी-भर अपराधों की ओर ध्यान दिलाते हैं।

लेकिन सीलन-भरे तहखानों में पैठकर मिथकों का मर्म टटोलने वालों के

आगे ये कहानियाँ और ही भेद खोलती हैं। व्यास और वाल्मीकि ने सत्य और न्याय के लिए उस मानवीय संघर्ष को लेखनीबद्ध किया है जिसमें भले लोग कुचले जा सकते हैं, उनका दमन हो सकता है लेकिन उन्हें कभी चुप नहीं कराया जा सकता। हमें अहिल्या, कुंती, तारा, द्रौपदी और मंदोदरी से उनका क्रोध और सतत संघर्ष की उनकी क्षमता माँगनी चाहिए ताकि हम लोकतंत्र के मज़ाक़, जाति पर आधारित आरक्षण, भूमंडलीकरण और श्रम क़ानूनों पर निर्भय टिप्पणी कर सकें जो सब-के-सब औरतों को चिता में झोंककर, लपटों, धुएँ और दुर्गंध से आँख-नाक बचाते हुए जयकारे लगाते हैं—'सती मैया की जय'।

पंचकन्याएँ मनुष्य-जाति के देना-पावना का खाता दिखाती हैं : धज्जी-भर आकाश और नामहीन नक्षत्रों को देखते हुए खाटों पर लेटी हमारी लड़कियाँ जिन रहस्यों में डूबी रहती हैं उनके देना-पावना का हिसाब। राजसी, निराभरण, ये स्त्रियाँ हमारे इतिहास के साथ चलती हैं—स्त्रियों के सपनों में, उजड़े शहरों और कारख़ानों से गुज़रती पुरानी पगडंडियों पर, हाथों में अपनी बहनों के हाथ थामे। घट्टों से भरे लेकिन स्वतंत्र हाथ !

12

उत्तरकथन

'जुन्हो ?' (जाऊँ जी ?) उत्तराखंड के जंगलों में बहू पाखी दबे स्वर में पूछती है।

'भोल ! भोल !' (कल ! कल !) उड़ती हुई सास पाखी का कड़ा स्वर उभरता है।

कहानी यह है कि मर्द मैदानों की तरफ़ चले गए थे। घर में रह गईं बस, सास-बहू। बारिश पड़ी नहीं, फसल हुई नहीं। सास-बहू को सूखे बेर खाकर गुजारा करना पड़ रहा था। वसंत का मौसम—चैत का महीना आया। गाँव की बाक़ी बहुएँ अपने-अपने मायके चली गईं। बहू रोज़ अपनी हमजोलियों को जाते देखती और सास से पूछती, 'मैं भी मायके हो आऊँ ? आँगन में उगे काफल खा आऊँ ?' लेकिन सास गुर्रा उठती, 'भोल !'

जवान, चुस्त हाथ-पैर वाली बहू भी चली गई तो पेड़ों पर चढ़कर टहनियाँ हिलाकर बेर कौन झाड़ेगा ?

'भोल !' वह कहती, 'भोल ! भोल !'

कहते हैं, भूख से (या अकेलेपन से या कौन जाने दोनों से ही) आख़िर दोनों मर गईं और दो पाखी बनकर सदियों से वही सवाल-जवाब दोहरा रही हैं।

काफल के पेड़ पर छोटी-सी काले पंखों वाली चिड़िया विलाप करती घूमती है, 'काफल पक गए, मैंने चखे तक नहीं' (काफल पाको, मैल नि चाखो)। फिर सिर टेढ़ा करके पूछती है, 'जुन्हो ?'

'भोल !' जंगल के अँधेरे अंतर से कहीं सास का स्वर आता है, 'भोल !'

पेड़ों की शाखों का काफल स्फीत कुचाग्रो से दमकते हैं। युवतियाँ उस 'भोल !' का इंतज़ार करती हैं जो कभी नहीं आएगा।

स्वागत है आपका इस खोए फटेहाल संसार में, जहाँ देवियाँ कन्याओं, वेश्याओं, फेरीवालियों, भिखारिनों और परिवार की कंगाल मुखिया बनकर स्वतंत्र विचरण करती घूम रही हैं। यहाँ भोजन का हर दुर्लभ ग्रास पवित्र है और नमक का एक कण भी बरबाद करना पाप है। यहाँ तो आप सुबह उठकर नीम से मुँह साफ़ करिए और पुरुष फॉरेस्ट ऑफिसर को सलाम करिए जिसकी अनुमति के बिना आप नीम की टहनी तक नहीं तोड़ सकते।

घुमेरी भरी सड़क चली जा रही है फार्मों, गाँवों और शहरों के बीच से गुज़रती।

इन सबके मालिक पुरुष हैं।

'क्या मतलब है आपका, विवाहिता स्त्रियों का परिवार की भूसंपति में अपने भाइयों की ही तरह अधिकार होना चाहिए ?' पुणे के प्रख्यात गोखले इंस्टीट्यूट के घनी भौंहों वाले निर्देशक चिड़चिड़ाकर मुझसे पूछते हैं, 'स्त्रियाँ तो विवाह करके ससुराल चली जाती हैं। वे पैतृक भूमि साथ ले जाएँगी ? हमारी परंपरा दहेज़ देने की है। ज़मीन हम उन्हें कैसे दे देंगे ?'

'अम्मा, ज़मीन के लिए ही तो हम मरी जा रही हैं,' तमिलनाडु के कांचीपुरम ज़िले की गोविंदम्मा उस क्षेत्र पर एक सरकारी रपट की पड़ताल करने के लिए भेजे गए हम महिलाओं के एक समूह को बताती है। पाँच बच्चों और एक पति को पालना-पोसन्ना उसी की ज़िम्मेदारी है। खरीफ के मौसम में,

जब धान के खेतों में काम रहता है तब गोविंदम्मा दस रुपए रोज़ कमाती है। सूखा पड़ जाता है तो उस सरीखों के लिए काम नहीं रह जाता, तब वे 'भूखों मरते काम का इंतज़ार करते हैं। वह बड़बड़ाती है कि उसकी अतिउपजाऊ कोख भी तो बंद नहीं होती। शहर के अस्पताल की डॉक्टरनी कहती है कि उसका दिल कमज़ोर है'। तब फिर उसका पति ? वह नसबंदी क्यों नहीं करवा लेता ? गोविंदम्मा दुख से सिर हिलाती है, 'उसे कैसे कहूँ अम्मा ? वो तो घर का मुखिया है। वही तो हमें पालता है !'

हमारे देश में मालिकों और आश्रितों के जीवन के बीच की सीमा-रेखा अलग से खिंची हुई नहीं दिखती क्योंकि उसकी ज़रूरत भी नहीं है। उसे पार करते ही आप जान लाते हैं कि आप एक दूसरे संसार में आ गए हैं। एक-एक करके संपत्ति और सत्ता को विभाजित, सीमांकित और लिपिबद्ध करने वाली रेखाएँ धुँधली पड़ने लगती हैं। रास्ते आगे जाने के बजाए ऐसी कुंडलियों में घूमने लगते हैं जो अचानक आकाश को छूती हैं और फिर पाताल में डुबकी मार देती हैं। यहाँ घरों और फुटपाथों, बच्चों और बकरियों, कुत्तों और सूअरों के बीच बाड़ें नहीं हैं। यहाँ सब मुक्त होकर काम की, भोजन की तलाश में घूमते हैं। लेकिन काम मौसम पर निर्भर है, भोजन भी। मौसम न हो तो वे संग्राहक बन जाते हैं : गोबर के, प्लास्टिक के थैलों के, जड़ी-बूटियों के, ईंधन के, नीम की टहनियों के, गोंद-शहर-चीड़ के फलों के। जमा किया हुआ सब सामान बाहर से आए व्यापारियों को बेच दिया जाता है जो उसे आगे सौ-पचास गुने दामों पर बेच देते हैं।

खोए हुए संसार का यह बाहरी चक्र अंधकार से भरा है। बेचैन काली, रक्त पिपासु छिन्नमस्ता, सूखे लटके हुए स्तनों वाली मलिनवेशी धूम्रावती इसकी परिधि पर मँडराती रहती हैं। सबका रंग काला है, चेहरे अड़ियल और आँखें दहकती हुईं। आप उन्हें एक काली चिड़िया क्या एक रोती हुई नदी या किसी पत्थर, हँसिये, नारियल के रेशे की मज़बूत रस्सी या मज़बूत हत्थेवाली कुल्हाड़ी की लपक में पहचान सकते हैं।

बाहरी लोग प्रायः नहीं पहचान पाते देवी की उन छवियों को जो अचानक

आख़िरी टहनी काटने या गरम, भाप उड़ाते गोबर को उठाने को ज़ोर लगाती औरतों की नसों से भरी कलाई या तनी हुई गरदन पर झलक जाती हैं।

इब्राहीमपुरा तालुका एग्रिकल्चरल लेबर यूनियन के दस हज़ार सदस्य हैं। क़रीब पचास औरतें क्षेत्र में बंधुआ मज़दूरी की समस्या पर चर्चा करने के लिए आयोजित की गई सभा में आई थीं। 'हम भूमिहीन हैं,' उनकी स्थानीय नेता पोचम्मा ने कहा, 'लेकिन सुधार क़ानून के बारे में हमें भी मालूम है। हम अपने चारों तरफ़ फैली उपजाऊ ज़मीन देखते हैं तो सोचते हैं, 'यह हम भूमिहीन मज़दूरों के लिए क्यों नहीं है ?'

इन औरतों ने ख़ाली पड़ी सरकारी ज़मीन में से पचास एकड़ ज़मीन अधिग्रहण करने के लिए अर्जी दी जिस पर कोई क़दम नहीं उठाया गया। आख़िर उन्होंने ज़बरदस्ती ज़मीन पर क़ब्ज़ा कर लिया और उसकी सफ़ाई शुरू कर दी ताकि फसलें उगाई जा सकें लेकिन यह कैसे होने दिया जा सकता था ?

एक सुबह जब ये औरतें अपने मालिकों के शरीफ़े के बागान में काम कर रही थीं, पुलिस आ गई, उनमें एक महिला अफ़सर भी थी। औरतों की वहशियाना ढंग से पिटाई हुई। उनके कपड़े फाड़ दिए गए। कइयों को बाल पकड़कर घसीटा गया। पोचम्मा की बहू का हाल ही में प्रसव हुआ था इसलिए उसने गुज़ारिश की कि उसे न पीटा जाए। पुलिस ने उसके दावे की सच्चाई परखने के लिए बहू की साड़ी उठवाकर देखा, और फिर पोचम्मा को गिरफ्तार कर लिया। उसकी सूखी, झुर्रियों पड़ी जाँघों पर बहुत दिन तक खरोंचें पड़ी रहीं। उसकी आँखें गुस्से से धधकती हैं, 'क्या हम ज़मीन नहीं जोत सकते ? क्या पुलिस को सजा नहीं मिलनी चाहिए ? ज़मींदार क्या परमेश्वर है कि जो चाहे कर ले ?'

क्या पोचम्मा ईश्वर में विश्वास रखती है ? उसके दुख उसकी आस्था को बनाए रखते हैं। 'मैं इतने दुख देखी हूँ जी, देवी के अलावे मेरे को कौन जिंदा रखा ?' वह पूछती है।

कभी-कभी सिर्फ़ एक जना काफ़ी होता है, गहरे गड़ी आस्था को खोद निकालने के लिए।

खोए हुए संसार के आसपास के काली के इन ध्वस्त श्मशानों में पत्रकार कम ही आते हैं। जिन्होंने आरामदेह घर बना लिए हैं और जिनकी .खुद की उपजाऊ ज़मीनें हैं वे इन हिरोशिमा जैसे खँडहरों को देखना बरदाश्त कैसे करें ? कभी अपने कैमरे और राइटिंग पैड लेकर उन्हें आना ही पड़ जाए तो वे जल्दी-से-जल्दी चलते बनते हैं। बाद में वे अपनी ही तरह की और अपने ही वर्ग की स्त्रियों के बारे में, जिनके पास सत्ता है, तरह-तरह की ज़ुबानी इशारेबाज़ियाँ करते हैं। वे गुस्से से पूछते हैं कि स्त्री-संस्थाएँ इस ग़रीबी के बारे में क्या कर रही हैं ? उनके गुस्से के पीछे एक गहरा अपराधबोध और धीरज की कमी छिपाए नहीं छिप रहे। काली एक ऐसा प्रांतर है जो धैर्य और आस्था की परीक्षा लेता है।

कभी-कभी एक ही लेख आस्था को ध्वस्त करने के लिए काफ़ी होता है। कभी-कभी उसे फिर से स्थापित करने के लिए सिर्फ़ एक पोचम्मा की ज़रूरत होती है।

गौरी अम्मा आंध्र की कस्थल कापो जाति की है। वह कलकत्ता के पास खड़गपुर के श्मशान में मृत देहें जलाती है। वह कहती है कि यह काम करने वाली वह शायद अकेली स्त्री है। गौरी अम्मा दस बरस की उम्र में अपने परिवार के साथ यहाँ आई थी। इस बात को तीस बरस हो गए। आज वह चालीस बरस की विधवा है, चांडाल के तौर पर काम करके की हुई कमाई से उसने अपनी तीन बेटियों के ब्याह किए हैं। वह महीने-भर में हज़ार से पंद्रह सौ रुपए तक कमाती है और उसे अपने पेशे पर गर्व है। 'मैं ईमान की कमाई खाती हूँ,' वह कहती है। उसे एक ही दुख है, अपने पति काकुलु के दाह संस्कार के लिए लकड़ी ख़रीदने के लिए उसके पास तीन सौ रुपए नहीं थे इसलिए उसने .खुद ही गड्ढा खोदकर उसे दफ़ना दिया था।

'रोज सुबह मैं उसकी कब्र के पास बैठकर रोती हूँ,' वह बताती है, 'मैं रो-रोकर उससे माफी माँगती हूँ कि खुद चांडाल होते हुए मैं उसका दाह नहीं कर पाई। लेकिन देखो न, मुझे लड़कियों की शादी के लिए पैसा बचाना था।' वैसे उसे लगता है कि काकुलु ने उसे माफ़ कर दिया क्योंकि उसने क़ब्र के

सिरहाने जो पौधा लगाया था वह अब एक छोटा-सा पेड़ बन गया है और जब वह उसके नीचे बैठकर प्रार्थना करती है तो यह पेड़ अपनी शाखें हिलाता है।

श्मशान के द्वार पर ही काली की मढ़ैया है

देवी प्रांतर में और गहरे पैठने पर सीधी-सतर रीढ़ोंवाली लंबी स्त्रियाँ दिखने लगती हैं जिनके सुगढ़ सुडौल सिरों पर एक-पर-एक कई घड़े टिके हैं। उनकी चाल में एक अड़ियल कामना है, पुरुषों के शहर चले जाने के बाद भी उस प्रांत में बने रहने की जो उनका अपना है। पुलिस अकसर इस इलाक़े में आती है, चुनौती देने वालियों को पीटती है, घसीटती है, नंगा करती है, बलात्कार करती है। उन्हें ट्रकों में थाने ले जाया जाता है। कुछ औरतें कभी नहीं लौटतीं। कभी-कभी नहर में उनकी बहती लाश मिलती है, कभी किसी कोठरी में छत से टँगी देह। पुलिस उसे आत्महत्या कहती है।

हैरत होती है कि ये औरतें फिर भी उठ खड़ी होती हैं और फिर भी प्रतिरोध में आवाज़ उठाती हैं।

पोचम्मा शायद ठीक ही कह रही थी कि उसे बस इतना पता है कि उसे विरोध करना है, यह नहीं पता कि क्यों करना है। पीढ़ियों से उसका ख़ानदान बंधुआ मज़दूरी करता रहा : थोड़े से धान और पुराने कपड़ों के एवज में। कभी किसी को विद्रोह करने या अपना जीवन बदलने की नहीं सूझी।

पोचम्मा में यह द्रौपदी जैसा विद्रोह क्या उसके माता-पिता द्वारा सबकुछ चुपचाप झेलते चले जाने से आया था ? या उसका जन्म ही उस विरोध को स्वर देने के लिए हुआ था जो उसके माता-पिता नहीं कर पाए थे। ऐसे असंभव विचार उसके दिमाग़ में किसने भरे ?

कौन जाने ?

उसके चेहरे पर दहकती द्रौपदी की उन आँखों को कोई अनदेखा नहीं कर

सकता था। एक कारी कमरिया की तरह कटोरी देवी के अपमान की स्मृतियाँ उनसे लिपटी उनके साथ-साथ चलती हैं। उन्हें विश्वास था कि एक दिन न्याय देवी के गले में लटके घंटों की तरह साफ़ और ऊँचे स्वर में बोलेगा। तब तक उन्हें प्रतीक्षा करनी थी। 1982 में, चवालीस बरस की कटोरी देवी उत्तर प्रदेश विधानसभा के सामने धरने पर बैठीं। ख़ुद कटोरी देवी सहित बहुत कम लोगों को यह अंदाज़ा था कि उनके अगले चौदह बरस एक फटे तंबू में अकेले बैठे गुज़रेंगे। एक टूटी खाट, मैला बिस्तर और उनके केस के काग़ज़ ही उनका संबल रहेंगे।

अख़बारी रपटों के मुताबिक मामला कुछ ऐसा था : 1970 में बत्तीस बरस की कटोरी देवी का तबादला मथुरा के उस स्कूल से कर दिया गया जहाँ वे प्रिंसिपल थीं जब उन्होंने विरोध किया तो पहले उन्हें नौकरी से निकाल दिया गया, फिर बहाल कर दिया गया, लेकिन विरोध की सजा के तौर पर अगले दस बरस उन्हें एक कस्बे से दूसरे कस्बे भेजा जाता रहा। 1981 में उनके किराएदार ने उन पर हमला किया और जब उन्होंने इसका विरोध किया तो पुलिस ने उन्हें मारा-पीटा। कटोरी देवी को लगा कि अब बहुत हो लिया और वे पुलिस स्टेशन के सामने धरने पर बैठ गईं। गुस्साई पुलिस ने उन्हें गिरफ़्तार कर लिया। उन्हें डराने के लिए हिरासत में उन पर बलात्कार का प्रयास किया गया, हिरासत में रहने के कारण उनकी नौकरी भी जाती रही। अपनी नौकरी और पुलिस पर विश्वास खो देने के बाद कटोरी देवी ने तब तक विधानसभा के सामने धरने पर बैठने का फ़ैसला किया जब तक कि उन्हें न्याय और दोषियों को सजा नहीं मिल जाती। आख़िर चौदह बरस बाद एक ऐसा आम चुनाव सिर पर आ खड़ा हुआ जिसमें औरतों के वोट बैंक का बहुत शोर था और तब राज्य सरकार का ध्यान कटोरी देवी की तरफ़ गया। 1996 की फरवरी के अंत में राज्य सरकार ने 1981 से उनकी नौकरी बहाल मानी, उनकी सेवा की अवधि दो साल बढ़ा दी गई, उनकी सीनियॅरिटी बरकरार रखी गई। अमूमन स्वतंत्रता सेनानियों को दिया जाने वाला मुफ़्त बस पास उन्हें दिया गया और सवा तीन लाख रुपए हर्जाने के तौर पर दिए गए। उनसे मारपीट करने वाले पुलिसकर्मियों के विरुद्ध अनुशासनात्मक कार्रवाई की भी ताकीद की गई।

राज्य के तत्कालीन शासनप्रमुख राज्यपाल (इससे पहले तीन सरकारें

अकालमृत्यु को प्राप्त हो चुकी थीं) एक प्रमुख राजनीतिक दल से जुड़े घाघ राजनीतिज्ञ थे। अख़बारों में छपी रपटों में कहा गया कि वे राज्यपाल के रूप में अपने अधिकारों का दुरुपयोग औरतों के वोट बैंक में सेंध लगाने के लिए कर रहे हैं ताकि उनका दल राज्य में सत्ता में आ सके। कहा गया कि वे उत्तराखंडी महिलाओं पर हुए अत्याचार की जनस्मृति को पोंछने की कोशिश कर रहे हैं। कटोरी देवी के सम्मान में आयोजित एक जन समारोह में बोलते हुए महामहिम महोदय ने कहा कि कटोरी देवी की गाँधीवादी आस्था और अन्याय के विरुद्ध उनके अहिंसक विरोध के लिए उनके मन में बहुत प्रशंसा का भाव है।

कटोरी देवी, जिनकी चौदह बरस तक सुनवाई किसी सरकार ने न की, चुप ही रहीं। उन्होंने बस हाथ जोड़ दिए।

आम चुनाव से स्फीत हुई हमारी राजनीतिक नदियों में हर पाँच साल में कटोरी देवी जैसे मामले अधजली लाशों की तरह उतरा आते हैं। बाक़ी कभी भी पुलिस की ज़्यादतियाँ मानवाधिकारों का अतिक्रमण नहीं मानी जातीं। हद ही हो जाए तो उन्हें क्षणिक आवेग में हुए अपराध मान लिया जाता है जिन पर पुलिस के क़ानून के तहत विभागीय कार्रवाई की जाती है। दोषी का तबादला कर दिया जाता है। कभी, भूले-भटके किसी को बर्खास्त कर ही दिया जाता है तो चटपट उसे बहाल भी कर लिया जाता है। औरतों पर हुए अपराधों की सुनवाई में औरतों के बयान मायने नहीं रखते, व्यवस्था के कान पर जूँ नहीं रेंगती।

लेकिन चुनावी फ़िज़ा कुछ और ही होती है।

मेरी उन प्रिय अध्यापिका ने एक छुटभैये राजनेता से ब्याह कर लिया था।

'आपने ब्याह क्यों नहीं किया ?' मैंने पहले कभी उनसे पूछा था। वे पचासेक बरस की थीं और बड़ी तेज़ी से धुँधलाती अपने परिवार और ज़मीनों की पृष्ठभूमि में गायब हुई जा रही थी। 'अरे, मैं हमेशा मूर्खों की तरह एक ऐसे चुप्पे-से आदमी की तलाश में रही जो मेरी बातें सुना करे,' उनकी आँखें खिलखिला उठी थीं।

फिर अचानक सुनने में आया कि उन्होंने इस बातूनी, ख़ुद के बीसेक बरस छोटे छैला से ब्याह कर लिया। इसके दो बरस बाद ही वे मर गईं। अफ़वाह थी कि उस संपन्न बुढ़ाती स्त्री की मौत सहज नहीं थी। उनके परिवार ने मामला दबा दिया था। उनके युवा पति को उनकी सब संपत्ति मिल गई थी और शायद उसके बाद वह सदा सुख से रहा।

सुना यह भी है कि उनकी बरसी पर उसने ज़बरदस्त ब्रह्मभोज किया और तगड़ी दक्षिणाएँ ब्राह्मणों को भेंट कीं।

जैसाकि माँ ने ध्यान दिलाया था, वह चुनाव का वर्ष था और चुनावी साल में पत्नियों के शानदार श्राद्ध करना राजनीतिज्ञों के लिए श्रेयस्कर हैं।

कुछ भी न हो तो बेचारी की आत्मा तुष्ट होगी, परिवार की स्त्रियों ने कहा था, और हमने बात वहीं छोड़ दी थी।

आप पूछते है कि इस कहानी का देवी से क्या लेना-देना है ? इस संदर्भ में उसे क्यों उठाया जाए ? मैं आप ही से पूछती हूँ कि अगर हर औरत की कहानी आपके मन को सवालों से बेध दे तो आप ख़ुद क्या करेंगे ? अगर आपको लगे कि कुछ अनाम लेकिन पहचाना-सा औरतों की कहानियों के नीचे गाथाओं की नम काली मिट्टी में छिपकर सुरंग खोद रहा है तब आप क्या करेंगे ? आप जानने की कोशिश नहीं करेंगे कि वह क्या या कौन है ? सीता ? काकुलु की देह ? मेरी अध्यापिका ? मेरी दोस्त 'क' और विजया ? मेरी ही तरह क्या आप भी उत्तर ढूँढ़ना नहीं चाहेंगे हालाँकि आपको मालूम है कि आपकी मातृभाषा की अनगढ़ वर्णमाला को प्रतिस्थापित कर चुकी भाषा की चिकनी सतह पर सच ख़ुद को सम्हाले नहीं रख पाएगा ?

आप वाक् को अपने तंत्र से बाहर नहीं धकेल सकते बिलकुल उसी तरह, जैसे आप काली के रक्तरंजित हाथों पर से नज़र नहीं हटा सकते। आप अपना ही ख़ून पीती सिरकटी छिन्नमस्ता को बिना बहुत-सी स्त्रियों को याद किए कैसे भूल सकते हैं ?

पोचम्मा, भँवरी, रूपन देओल, बड़ी अम्मा, मेरी माँ। काली, द्रौपदी, लक्ष्मी और सरस्वती। इनकी स्मृतियाँ आपको कभी नहीं छोड़तीं।

देवी चक्र का अंतर्तम प्रांतर लेखकों के लिए ख़तरनाक जगह है।

यहाँ औरतें जीवन और मृत्यु, नौकरी और छँटनी, भूख और आशा के शिखरों पर बँधी रस्सी पर नटिनी-सी संतुलन साधती चलती हैं, ज़रा पैर फिसला और...।

यहाँ साँड़ से मर्द खूँरेज़ लड़ाइयों और यौन सुख की तलाश में डकराते घूमते हैं।

इसी चक्र में मेरी आख़िरी कहानियों में से एक है, शोम्पा की कहानी। वह बीस बरस की थी कि विधवा हो गई। ससुरालवालों ने गोद की बच्ची के साथ उसे घर से धकेल दिया। इस बिंदु पर कथा में निखिल का प्रवेश होता है जो कहता है कि वह उसे चाँदी की सड़कोंवाले कलकत्ता में नौकरानी की नौकरी दिला देगा। शोम्पा को इसी मौक़े की तलाश थी। बच्ची को भाभी के पास छोड़कर, हर महीने पैसा भेजने का वादा करके वह निकल पड़ी।

हज़ारों और औरतों की तरह आख़िर शोम्पा भी कलकत्ता के एक चकले में पहुँच गई। लेकिन उसने हार नहीं मानी। अपनी तीक्ष्ण बुद्धि, किसानी के काम से मज़बूत हुई काठी और हर स्थिति में से हँसी खोज निकालने की आदत पर पकड़ बनाए रखकर उसने हारी बाज़ी जीत ली। वह गर्व से बताती है कि आज उसका अपना चकला है। वह ख़ुद अपनी 'किराएदारिनों' से 'किराया' वसूलती है। बेटी का उसने भारी दहेज़ देकर ब्याह कर दिया है। शोम्पा बताती है कि उसके गाँव में सब जानते हैं कि उसका धंधा क्या है लेकिन जब वह बताती है कि वह नौकरानी है तो सब 'हाँ-हाँ' करते मुंडी हिलाते हैं।

'उनके सिर पर चाँदी का जूता मारो माँ तो तुम्हारा किया-धरा सब झेल लेंगे !' ठहाके के साथ ही पीक की फुहार उसकी छाती को रँग देती है।

'यहाँ जिंदा पाने के लिए काठ का दिल करना जरूरी है माँ। किसी मरद को अपने कंधे पर सिर टिकाने दिया तो साला कान में मूतने लगता है।'

पुरुषों के बनाए पैसे और देहव्यापार की दुनिया को शोम्पा अच्छी तरह जान गई है। अब उनके और दूसरों के संसारों के बीच वह मज़े में आती-जाती रहती है।

मेदिनी की तरह शोम्पा ने ख़ुद को ढक लिया है और अपने कान कसकर

बंद कर लिए हैं।

शोम्पा के घर के बाहर पैसे और हिंसा की जगर-मगर पन्नी मढ़ी दुनिया के एकदम बाहर से शुरू होकर खोखों में बसी किताबों की दुकानों की एक लंबी क़तार चली गई है।

यहाँ से भद्रलोक का संसार शुरू होता है। ज़्यादातर खोखे बन रही या ख़ाली पड़ी इमारतों से चुराए गए सामान से बने हैं। यहाँ किराए पर किताबें मिलती हैं। खोखे एक गुप्त संसार के झरोखे हैं—शहरी ग़रीबों का संसार जिनके पास अपने सम्मान और एक मूलभूत शिक्षा के अलावा कोई आधार नहीं है। यहाँ किताबें दोबारा, तिबारा, चौथी-पाँचवीं-छठी बार बिकती हैं जब तक कि उनके पन्ने अलग नहीं हो जाते और तब उन्हें मोटी सुइयों और आटे की लेई से फिर चिपकाया जाता है, आख़िर लिखित शब्द मछली की बास से गंधाने लगते हैं।

किताबों की गंध से याद आया कि अपनी अधलिखी कहानियों को एक तरफ़ कर देने के बाद हमारी बड़ी अम्मा ने भी अपने बग़ीचे में एक टिन शेड में विष्णुपुर की पहली लायब्रेरी शुरू की थी।

कई लोगों को अब भी ताज्जुब होता था कि उन्होंने अपनी प्रतिभा कब और क्यों गँवा दी ? उस विचित्र, धुँधली रोशनी वाले छोटे से कस्बे में उनका होना कुछ देर को किसी को भी हक्का-बक्का कर देता था। लेकिन कभी भूले-भटके वहाँ आ निकलने वाले बुद्धिजीवी, संगीतकार, चित्रकार उन्हें अद्‌भुत रूप से आकर्षक पाते थे। वे लगभग किसी भी विषय पर सेाधिकार बात करतीं—स्थानीय वनस्पतियाँ और जंतु, बुनाई और कताई की परंपरागत विधियाँ, ऊनी नमदे का निर्माण और कम क़ीमत शौचालय। उनके काठ के बने मकान के लाल-हरे फर्नीचर से भरे दीवानख़ाने में अभ्यागत आग जैसी आँखोंवाली इस स्त्री से बतियाते, चमत्कृत होते जो उन महान दार्शनिकों और इतिहासकारों की उद्धरण पर उद्धरण देती चली जातीं जो उससे कभी मिले थे। और उन्हें सुनते यह सब कितना सहज लगता, कितना आसान।

बड़ी अम्मा को अपने आसपास के जीवन के बारे में बतियाते सुनना

अधिकांश विवाहों पर धूल की तरह जम जाने वाली हार और हताशा को भूलना था। अपनी गायों के दिए दूध की मात्रा की बात करते कालिदास के श्लोक उच्चारतीं बड़ी अम्मा। गर्मी के दो महीने बिताने आए अपने मेहमानों को आधी बताई कभी-कभी झलक-भर दिखी सपनीली सच्चाइयों के एक विचित्र संसार में पहुँचा देतीं। वे अपने पकाए खानों की बात करतीं, उन कालजयी काव्यों की जो वे दादा के कहने पर उन्हें पढ़कर सुनाती थीं, और उन महान सिद्धांतों की जो उनके दादा ने बड़े रहस्यमय ढंग से, एकदम साधारण भंगिमाओं से उनके लिए उजागर किए थे।

पृथ्वी द्वारा कोख में सबसे छिपा ली गई निधियों की तरह बड़ी अम्मा की बातों में तथ्य पर जान-बूझकर मुलम्मा चढ़ाया गया होता। वे हमें ललचाती-सी एक झलक दिखातीं और फिर चट से उसे छिपा लेतीं। उनके हलकी मिट्टी और सड़ी घासों की बास वाले क़िस्से विष्णुपुर के वेटरनरी हॉस्पिटल के उस नम साइलेज चारे की तरह थे जो गायों के जाड़े में खाने के लिए संरक्षित रखा जाता था। असमय प्रौढ़ हुए बच्चों के लिए कहानियों के रूप में ढाले गए उनके प्लाट उस गोपनीय सच को धारे रहते जो सिर्फ़ उन्हें ही दिखाई देता था। उन लंबी, ठिठुरी जाड़े की रातों में जब परिवार आग के पास बैठकर .खुद को गर्माता तो कहानियाँ पिघलकर बह निकलतीं। और गर्मियों में तो वे फलती-फूलती चली जातीं।

साहित्य के उस लगभग खो गए संसार में जहाँ स्वयंप्रभा समुज्चला स्त्रियाँ देवी बनी घूमती हैं, बड़ी अम्मा सिंहासन पर विराजती महादेवी हैं। वे वह गंगोत्री हैं जहाँ से मेरी गाथाएँ उत्सृत होती हैं। खिलखिलाती, .खुश, छलकती-कलकल करती या मंथर-उदास गति से मुँह फुलाए बहतीं।

हँसती, डाँटती, योजना बनाती, पसीना-पसीना होती और खाना बनाती बड़ी अम्मा से मैंने जाना कि अंततः हर गाथा का मर्म—मनुष्य के अंतर की तरह—एक परम रहस्य में होता है जिसे वैसे ही बने रहना चाहिए। इस निर्विवाद सत्य के सामने खड़े होने पर होने वाला आदर और कृतज्ञता का भाव ही तो जीवन को जीने के लायक बनाते हैं, और कहानियों को सुनने के योग्य।

मेरी कहानियों में कई जगह बड़ी अम्मा अचानक उठकर बेवजह चली आती हैं। कभी वह किसी ख़ास अदा के रूप में फुसफुसाकर कही गई कोई बात बनकर आती हैं या फिर क्रोध-भरे गर्जन या एक आमंत्रकारी मुसकान या किसी बेचेहरा अतिक्रमणकारी के हाथ पर एक झन्नाटेदार थप्पड़ के रूप में वे कभी भी प्रकट हो सकती हैं।

कभी-कभी तो वे अजीब-सी ख़बरों में अवतरित होती हैं।

अगस्त 1995 में पश्चिम बंगाल के रूपनारायण नद के तट पर बसे भाथाचार गाँव के लोगों को पानी पर बहता केले के तनों से बना एक बेड़ा दिखा जिसे रंग-बिरंगी चटाइयों, एक नई चादर और फूलों से सजाया गया था। बेड़े पर एक मसहरी पड़ी थी। मसहरी के अंदर लाल साड़ी में लिपटी किसी नई दुल्हन की सड़ती लाश थी। इस विचित्र बेड़े में लोगों को एक चिट्ठी भी मिली जिसमें लिखा था कि खोलाछाली गाँव की इस नई दुल्हन की मौत साँप के काटे से हुई है। गाँव में उसे ठीक करने के लिए कोई ओझा नहीं है इसलिए उसके परिवारी उसकी देह को नदी में बहा दे रहे हैं। अगर यह बेड़ा किसी ऐसे गाँव में पहुँच जाए जहाँ कामरूप कामाख्या की विद्या सीखा कोई ओझा हो तो वह ज़रूर उस दुल्हन को ज़िंदा कर पाएगा, जैसेकि बेहुला के पति लखिंदर को किया गया था। (सती बेहुला के पति को उसके सतीत्व और ओझा के मंत्रों ने जिला दिया था)

एक मछुआरे ने बताया कि ऐसे विचित्र मामले कभी-कभी ही देखने में आते हैं। इससे पहले किसी सँपेरे की बेटी ज्योत्सना की देह भी ऐसे ही बहती आई थी, उससे भी पहले बड़ग्राम के किसी दस साल के लड़के की। और सबसे पहले तो ख़ैर बेहुला बहती आई थी अपने लखिंदर की देह लिए।

इलाक़े में कोई पक्की सड़क न होने से नदी ही यातायात का एक मार्ग बनती है और यहीं साल दर साल सड़ती देहें उतराती हैं। जनश्रुतियाँ, और आशा और आस्था भी।

'किस्मत अच्छी होनी चाहिए, बस।' एक मछुआरिन कहती है। 'मान लो कभी कोई गुनी मिल ही जाए, तब तो आप फिर से ज़िंदा हो सकते हैं। इसमें तो कोई संदेह ही नहीं है। गुनी मिलने-भर की देर है, बस !'

जब वे अपने प्रियजनों की मृत देह पर चंदन का लेप करके उन्हें बहाते होते हैं, क्या सोचते हैं रूपनारायण नद और भारत की उन तमाम नदियों के किनारे के गाँवों के रहने वाले ? और वह क्या है जो मछुआरों और मछुआरिनों को रेत में कहीं अटक गए इन डरावने बेड़ों को हौले से छुड़ाकर पुनः धारा में पहुँचा देने को प्रेरित करता है ?

हम कभी नहीं जान पाएँगे। वे ग्रामीण .खुद भी शायद नहीं जानते। लेकिन उनकी भंगिमाओं-मुद्राओं और उनके स्वरों में उनका विश्वास महसूस किया जा सकता है।

चौहत्तर साल की उम्र में जब बड़ी अम्मा दुनिया से जा रही थीं तो उन्होंने कहा कि उन्हें अपने चारों तरफ .खुशबूदार फूल बिखरे चाहिए थे : मोगरा, सोनजुही, चंपा, चमेली, पारिजात। ख़ास किसी से न बतियाती वे बार-बार बस यही कहतीं, 'मुझे देवी के मंदिर की सुगंध की याद दिलाते हैं ये।'

उनके परिवार के लोगों के लिए यह याद दिलाना कठिन न था कि उन्होंने तो कभी जाने-पहचाने अनुष्ठानों को माना ही नहीं था। अपनी विवाहिता, समाज द्वारा अच्छी माँएँ और पत्नियाँ घोषित कर दी गईं अपनी बहनों की तरह वे मंदिर जाने वाली भी तो कभी रही नहीं। लोगों के लिए बड़ा आसान था यह याद दिलाना कि उन्हें क्या-क्या करना चाहिए था जो उन्होंने नहीं किया। किन रास्तों पर उन्हें नहीं जाना था और न ही वे गईं।

अब उन्हें यह सब क्यों चाहिए ? प्रेम-विवश बेटे-बहुएँ उनकी आख़िरी इच्छाएँ पूरी करते बार-बार एक-दूसरे से पूछते। और मन ही मन मनाते कि वे अब बिदा हो ही जाएँ। पर प्रकट में कोई कुछ न कहता।

सुनी-अनसुनी आवाज़ों के बीच बड़ी अम्मा शायद अपनी अंतिम घड़ियों में भी दृष्टिहीन आँखों से छत को ताकती हुई फूलों से सुगंध, भय से गाथाओं और जीवन से मृत्यु के सत्त को खींच रही थीं। तभी उनके होंठों पर अंतिम क्षणों में एक दिव्य मुसकान खेली। एक हलका निःश्वास।

फिर वे चली गईं।

●●●